La Malédiction Hilliker

Du même auteur
chez le même éditeur

Lune sanglante
À cause de la nuit
La Colline aux suicidés
Brown's Requiem
Clandestin
Le Dahlia noir
Un tueur sur la route
Le Grand Nulle Part
L.A. Confidential
White Jazz
Dick Contino's Blues
American Tabloid
Ma part d'ombre
Crimes en série
American Death Trip
Moisson noire 2003 (anthologie sous la direction de James Ellroy)
Destination morgue
Revue POLAR spécial James Ellroy
Tijuana mon amour
Underworld USA

James Ellroy

La Malédiction Hilliker

Mon obsession des femmes

Traduit de l'anglais (États-Unis)
par Jean-Paul Gratias

Collection dirigée
par François Guérif

Rivages/noir

Retrouvez l'ensemble des parutions
des Éditions Payot & Rivages sur
www.payot-rivages.fr

Titre original : *The Hilliker Curse*

106, boulevard Saint-Germain – 75006 Paris

ISBN : 978-2-7436-2411-8

à Erika Schickel

Je prendrai le destin à la gorge.

Ludwig VAN BEETHOVEN

Pour que les femmes m'aiment.

J'ai invoqué la Malédiction il y a un demi-siècle. Elle définit mon existence depuis mon dixième anniversaire. Ses effets quasi immédiats m'ont forcé de façon pratiquement continuelle à dialoguer avec ma mère et à réparer mes torts. J'écris des histoires pour consoler le fantôme qu'elle est devenue. Elle est omniprésente et toujours insolite. Les autres femmes s'imposent par leur chair et leur sang. Elles ont *leurs* histoires. Leur contact m'a sauvé à des degrés divers et m'a permis de survivre à mon appétit insensé et à mon ambition déraisonnable. Elles ont supporté mes imprudences et mes déprédations. J'ai résisté à leurs reproches. Mes talents de conteur sont imperturbablement robustes et enracinés dans ce moment de mon existence où j'ai souhaité sa mort et ordonné son meurtre. Le monde où je vis, ce sont les femmes qui me le donnent, et ce sont les femmes qui en font un lieu où je me sens en sécurité. Je ne peux plus continuer très longtemps d'aller vers Elles dans l'espoir de La trouver. Ma volonté obsessionnelle est trop proche de son point de rupture. Il faut que Leurs histoires éclipsent La Sienne par leur volume et leur contenu. Ces Femmes, il faut que je les honore et qu'une à une je les différencie d'Elle. Ma quête a été à la fois âpre et pleine de discernement. C'est ce discernement qui me réconforte aujourd'hui. Ma boulimie s'est toujours accompagnée d'appogiatures.

Cette quête a été un rêve fiévreux. Un rêve qu'aujourd'hui je me dois de décoder dans le respect des convenances. Elles sont toutes sorties de ma vie, à présent. Sans elles, je suis désincarné. Si je parle d'elles avec sincérité, elles m'épargneront leur fureur. Avec le recul, il se peut que mon emprise se résume à une caresse. Je découvrirai la réponse dans mes rêves et dans quelques éclairs de lucidité. Elles me trouveront seul et me parleront dans le noir.

PREMIÈRE PARTIE

ELLE

1

Le nombre importe peu. Il ne s'agit pas d'un recensement, d'une liste griffonnée sur un bloc-notes ni d'une rodomontade. Les statistiques dénaturent l'intention et la signification. Mon bilan est donc ambigu. Copines, épouses, rencontres d'un soir, partenaires rétribuées. Dans les premiers temps, des filles chastes. Par la suite, une rafale de succès flatteurs. Dans mon cas, la quantité ne veut pas dire grand-chose. Et le contact *ultime* encore moins. Dès le départ, j'étais un spectateur. L'accès visuel était pour moi synonyme de conquête. La Malédiction a fait mûrir mes dons de narrateur. Auparavant, mon regard de voyeur les avait affûtés. Avec trente ans d'avance, le gamin que j'étais a vécu une version pour mômes des vies tordues de mes héros.

Nous regardons. Nos globes oculaires abolissent les distances et nous tournons en orbite. Nous reluquons les femmes. Nous sommes en quête de quelque chose d'énorme. Mes héros ne le savent pas encore. Leur créateur encore vierge n'en a pas la moindre idée. Nous ne savons pas que nous déchiffrons des personnages. Nous regardons afin de pouvoir un jour cesser de regarder. Nous avons désespérément besoin des valeurs morales d'une certaine femme. Nous La reconnaîtrons lorsque nous La verrons. En attendant, nous continuerons de regarder.

Un document témoigne de ma fixation précoce. Il est daté du 17 février 1955. Il précède de trois ans la Malédiction. C'est un tirage sur papier Kodak en noir et blanc, qui représente un terrain de jeu.

Une cage à poules, deux toboggans et un bac à sable encombrent le premier plan. Je suis debout, seul, sur la gauche. J'ai l'air d'une grande perche, les cheveux en bataille. Il est évident que je suis un gamin perturbé. Quelqu'un qui ne me connaît pas me classerait tout de suite môme à problèmes qui en bave tous les jours. J'ai des yeux de fouine. Ils sont braqués sur quatre fillettes, qui forment un groupe sur la droite de l'image. La photo regorge d'enfants qui jouent allègrement avec divers objets. Mais moi, je suis recroquevillé sur moi-même, absorbé par mon examen. J'observe ces gamines avec une intensité ahurissante. À cinquante-cinq ans de distance, je vais relire mes propres pensées.

Ces quatre filles préfigurent l'Autre. Je suis un jeune luthérien pieux. Il ne peut y en avoir qu'une. Est-ce elle, elle, elle ou Elle ?

Je crois que c'est ma mère qui a pris cette photo. Un adulte impartial aurait recadré la scène pour en exclure le gamin caractériel. Jean Hilliker à 39 ans :

teint pâle et cheveux roux, noués derrière la tête avec la raie au milieu – mes traits et mon regard intense, avec une grâce sûre d'elle-même que je n'ai jamais possédée.

La photo décore un rebord de fenêtre. J'étais encore trop jeune pour rôder à ma guise et coller mon visage au carreau. Mes parents se séparèrent un peu plus tard cette même année. Jean Hilliker obtint le droit de garde. Elle obligea mon père à faire sa valise et l'envoya crécher dans un appartement minable à quelques pâtés de maisons plus loin. Je me tirais en douce pour lui rendre de petites visites. Sur le chemin, les buissons trop hauts et les stores baissés me bloquaient la vue. Ma mère m'apprit que mon père l'espionnait. Elle le sentait. Elle me dit qu'elle avait trouvé des traces de doigts sur la vitre de sa chambre. J'ai lu le dossier de divorce des années plus tard. Mon père y avouait ses activités de voyeur. Il les justifiait par son désir de dénoncer l'immoralité intrinsèque de ma mère.

Il l'avait vue faire l'amour avec un homme. Sur le plan légal, cela ne justifiait pas sa présence derrière la fenêtre de ma mère. Les fenêtres étaient des balises. *Moi*, le gamin détraqué, je le savais déjà alors que je me ruais vers la Malédiction. Et c'est *moi* qui devais, dix ans plus tard, m'introduire chez des gens en passant *par les fenêtres*. Mais *moi*, je savais comment ne jamais laisser de traces. C'est grâce à mon père et ma mère que j'avais appris cela.

Elle avait du cran. Lui avait le bagout et le sourire d'un escroc. Elle travaillait sans cesse. Lui fuyait le travail et manigançait toujours diverses combines, comme le sergent Bilko de la série comique *Tu ne seras jamais riche* ou George le Caïd du feuilleton *Amos & Andy*. Le pasteur de notre église l'appelait « l'homme blanc le plus paresseux du monde ». Il avait une queue de quarante centimètres. Elle dépassait de son caleçon. Tous ses amis en parlaient. Ce n'est pas une interprétation des faits sortie du cerveau d'un môme perturbé.

Jean Hilliker prenait des bitures au bourbon et balançait du Brahms à pleins tubes sur l'électrophone. Armand Ellroy était abonné à des feuilles à scandales et à des magazines pornos. J'avais le droit de passer chez lui deux jours par semaine. Il me laissait regarder par la fenêtre donnant sur la rue et tripatouiller ses jumelles. Mon neuvième anniversaire arrivait. Ma mère m'acheta un costume neuf pour aller à l'église. Mon père me demanda ce que je désirais. Je lui répondis que je voulais une paire de lunettes à rayons X. J'avais repéré une publicité pour cet article dans un illustré.

Il ricana et dit qu'il était d'accord. Il envoya par la poste un billet d'un dollar. Je trompai mon impatience grâce à des tâches assidues. Je dressai des listes de toutes les filles de l'école et de l'église que je pourrais voir nues. Je concoctai des bricolages pour fixer les lunettes à mon périscope-jouet. Cela me procurerait un accès instantané à toutes les fenêtres.

J'attendis – mars, avril, mai 1957. La fin du printemps puis l'été tout entier. Aucun moyen de me renseigner sur ma commande. Bien obligé de faire confiance au fabricant, à son honnêteté et à sa conscience professionnelle.

L'attente perturba mes fantasmes. Je me dispersai dans de nouvelles directions. J'allais m'asseoir dans la penderie de ma mère. J'adorais l'odeur de sa lingerie et de ses uniformes d'infirmière. Je fauchai les jumelles de mon père pour épier une voisine. Je la vis glisser la main sous son chemisier et soulever la bretelle de son soutien-gorge.

Automne 57. La Longue Attente[1]. Mickey Spillane a écrit un livre qui porte ce titre. Spillane était le roi du thriller anticommuniste. Mon père avait une étagère spéciale pour les œuvres de Spillane. Il me disait : « Tu pourras les lire quand tu auras dix ans. »

C'était la Saison de ma Considérable Confusion. Elle ne tarda pas à se liquéfier dans l'Hiver Livide de mon Mécontentement de Môme Mal dans sa Peau. J'étais agité. Les informations télévisées me flanquaient la frousse. Les Russes venaient de lancer le premier Spoutnik. Des élèves noirs semaient la pagaille au lycée Central. Je redoutais Noël. Ma mère avait prévu un voyage à Madison, Wisconsin. Nous devions rendre visite à sa sœur. Ma tante Leoda avait épousé un catholique. Mon père la soupçonnait d'être une Rouge.

Les lunettes à rayons X arrivèrent enfin.

Mon père me tendit le paquet. Je déchirai l'emballage et je les mis aussitôt. Plissant les paupières, je tentai de voir quelque chose à travers deux bouts

1. *The Long Wait*, publié en France sous le titre *Nettoyage par le vide*. (Toutes les notes sont du traducteur.)

de cellophane teintée. Mon regard fit le tour du salon. La pièce avait pris une teinte turquoise.

Les murs ne fondirent pas. Je ne voyais pas le croisillon des lattes de bois à travers le plâtre. Mon père se moqua de moi. La maison de Sandra Danner se trouvait trois rues plus loin. Je piquai un sprint jusque chez elle, sans reprendre mon souffle.

Sandy et sa mère posaient sur la façade les guirlandes lumineuses de Noël. Je mis mes lunettes et les regardai intensément. Elles se moquèrent de moi. Sandy posa son index sur sa tempe et le fit tourner. Dans le langage des signes des années 50, cela voulait dire : *Il est diiiingue*.

Ces lunettes étaient une arnaque. J'avais lu dans le magazine *Whisper* des articles sur les escroqueries. Des faisans vendaient à des vieux des mines de plutonium dans les Alpes. Ils blousaient les gogos cacochymes qui finissaient à l'hospice. Je réduisis les lunettes en lambeaux de carton et de cellophane. Sandy Danner fit de nouveau le signe *Il est diiiingue*. Sa mère m'offrit un biscuit.

Je rentrai en courant à l'appartement. Mon père riait toujours. Il me donna mon lot de consolation : une balle de base-ball neuve. Je la lançai par la fenêtre. Mon père ricana et me dit de me bouger un peu. Il m'emmenait voir un film à Hollywood. C'était le soir même que je prenais l'avion pour aller dans l'Est.

Le film s'appelait *Plunder Road*[1]. Des losers psychotiques pillent un train chargé de lingots d'or.

1. Sorti en France sous le titre *Hold-Up*.

Deux types de la bande ont des copines bien en chair. Elles portent des chemisiers ajustés et des pantalons corsaire. La salle était quasiment vide. Je m'avançai de plusieurs rangées pour mieux reluquer les nanas. En gloussant, mon père me bombarda d'amandes grillées, visant ma tête.

L'attaque du train tourne mal. Le Loser n° 1 et la Blonde n° 1 soudent les lingots d'or au pare-chocs avant de la voiture de la fille et les recouvrent de peinture argentée. Ils prennent le Hollywood Freeway, direction Tijuana. Un coup du sort intervient. Le Loser n° 1 et la Blonde n° 1 ont un accrochage. Un flic futé remarque la couleur jaune sous la peinture éraflée et met le grappin sur le Loser n° 1. La Blonde n° 1 fond en larmes. Ses gros nibards tressautent.

Le film me fout les jetons. J'en perds les pédales. Je n'ai plus envie de prendre l'avion pour Pine-de-Klebs, Wisconsin. Mon père m'emmène dans des petites rues de Hollywood, puis il remonte vers le nord par Cherokee Avenue. Il m'installe sur l'escalier d'une entrée d'immeuble. Il me dit qu'il a à faire à l'intérieur et qu'il en ressortira dans une heure. Il me donne un illustré et me dit de ne pas partir en vadrouille.

J'étais un môme-aux-idées-mal-placées-avec-un-fond-de-religiosité. Par conséquent, mon détecteur de bobards se mit en route aussitôt. Ma mère avait confié à une amie que mon père était un cavaleur. J'avais entendu mon père utiliser l'expression « baisodrome ». J'en conclus ceci : il est en train de sauter la Blonde n° 1 du film.

Je remarque une bouteille de vin ordinaire, à moitié pleine, près des boîtes à lettres. Je la vide d'une traite et je me sens crétin et euphorique. Je suis bourré. Je pars en expédition pour mater aux fenêtres.

Cherokee Avenue, au nord de Sunset Boulevard. Des immeubles de style espagnol et de petites résidences constituées de maisons basses. Les fenêtres entourées de guirlandes de Noël. Des rez-de-chaussée dont les rebords de fenêtres ne sont pas très hauts. Le perchoir idéal d'un gamin grand pour son âge et qui meurt d'envie de REGARDER.

J'étais paf. C'était il y a cinquante-trois ans. Je *sais* que je n'ai pas vu la Blonde n° 1 ni mon père en train de s'envoyer en l'air. Je *sais* que j'ai vu un gros type retourner des steaks hachés sur son gril. Je *sais* que j'ai vu une femme maigre qui regardait la télé.

Brusquement, tout se brouille. Coma éthylique – à 9 ans.

Je me rappelle un voyage nauséeux en taxi. J'habite de nouveau chez ma mère à Santa Monica. J'ai mis le costume neuf qu'elle m'a acheté pour aller à l'église. Nous sommes en avion. Jean Hilliker porte un tailleur en serge bleue, et elle tient un manteau sur son bras. Ses cheveux roux sont attachés par une barrette en écaille. Elle boit un bourbon soda et fume une cigarette.

Je me penche vers ma mère. Elle se méprend sur mes intentions et m'ébouriffe les cheveux. J'avais envie de me blottir contre elle et de goûter au bourbon. Elle ne s'en doutait pas.

Je m'assoupis. Jean Hilliker s'assoupit. Je me réveille et je la regarde dormir. Elle a 42 ans, à présent. Elle boit plus qu'avant. Son visage en porte les traces. Elle a repris le nom de « Hilliker » une fois le divorce prononcé. C'est un choix qui me stigmatise. D'un côté, son orgueil ; de l'autre, mon identité écartelée. Je liquide le fond de son cocktail et j'avale la cerise. Cela me procure une dose d'alcool supplémentaire. Je vois une femme entrer dans les toilettes au fond de l'avion.

Je m'y rends sans me presser et je me poste près de la porte. Des adultes passent près de moi sans m'accorder la moindre attention. Plusieurs femmes utilisent les toilettes. Je traîne dans les parages et j'entends cliqueter le verrou. Quand elles ressortent, elles me jettent un regard noir. Je lis sur leurs visages un blâme de dimensions bibliques. Une passagère entre et oublie de verrouiller la porte. Je fais irruption résolument-mais-comme-par-accident. La dame hurle. Je vois des bas fins en nylon et quelques centimètres carrés de peau.

Coincée entre deux lacs, la ville de Madison, Wisconsin, était aussi pétrifiée par le froid qu'une merde de pingouin. Un pré couvert de neige bordait la maison de tante Leoda. Le premier jour, je me retrouve embarqué dans une bataille de boules de neige. Je prends en pleine figure une boule recouverte d'une croûte de glace, qui ébranle plusieurs de mes dents déjà chancelantes. Je m'enferme dans une chambre du fond pour broyer du noir.

Mes cousins sont sortis, pour jouer aux enfants-ravis-que-Noël-soit-proche. Jean Hilliker est sortie avec tante Leoda-la-mocheté et Oncle Ed-le-gros-lard. Ed vend des Buick. Ma mère lui a acheté une berline rouge et blanc. Son idée : rentrer à Los Angeles en voiture après la Saint-Sylvestre.

Moi, je ressassais. C'est une activité qui nécessite de longs moments seul dans le noir. J'en profitais pour penser aux filles de l'école. Dans ma tête, je passais en revue les filles que j'avais vues à l'école ou à l'église. C'était une galerie purement visuelle. Je n'y ajoutais pas de scénarios. Essentiellement, je n'ai fait que méditer jusqu'à aujourd'hui. Je m'allonge dans le noir, je ferme les yeux et je *réfléchis*. Avant tout, je pense aux femmes. Assez souvent, je tremble et je sanglote. Mon cœur se gonfle au moment où des visages de femmes se fondent dans des aventures imaginaires improvisées dans l'instant. L'Histoire intervient. De grands événements publics se déroulent en contrepoint d'un amour profond. Des femmes entrevues une demi-seconde prennent une importance spirituelle égale à celle de maîtresses de longue date.

Pine-au-Cul, Wisconsin, c'était la zone. Ma bouche me faisait souffrir. Cette saloperie de boule de neige m'avait fendu les lèvres. Je ne pourrais plus embrasser Christine Nelson, ma copine d'école. Mon père m'avait dit qu'il connaissait une actrice de télé du nom de Chris Nelson. Elle était mariée à un juif qui s'appelait Louie Quinn. Chris était nympho. Elle lui avait laissé entrevoir sa chatte pendant une soirée destinée aux gens du cinéma.

Les adultes rentrent. Ma mère m'a pris un bouquin à la bibliothèque. C'était un vrai roman pour enfants, rempli de trucs mystiques. Il y était question de sorcellerie, de sortilèges et de malédictions. Ma mère allume la lumière dans la chambre. Je suis obligé de lire plutôt que de méditer.

Le livre m'emballe. Je le dévore. J'ai l'impression qu'il a été écrit pour *moi*. Les trucs mystiques viennent tout droit de ma demeure ancestrale de Pétaouchnock, en Grande-Bretagne. Les potions magiques y abondent. Les sorciers s'enfilent des breuvages secrets qui leur donnent des visions. Cela ravit l'alcoolo et le toxico naissants qui sont en moi. Le texte tout entier étayait les traditions religieuses auxquelles je croyais alors et auxquelles je crois encore aujourd'hui.

Il existe un univers que nous ne pouvons voir. Il existe séparément du monde réel et de façon simultanée. Cet autre univers, on y entre par l'offrande de prières et d'incantations. On y vit entièrement dans les confins de son esprit. On chasse le monde réel grâce à une discipline mentale. On repousse le monde réel à force de volonté. Votre univers intérieur vous donnera ce que vous désirez et ce dont vous avez besoin pour survivre.

J'y croyais alors. J'y crois encore aujourd'hui. Mes nombreuses années passées dans les ténèbres m'ont confirmé que c'était pour moi un article de foi primordial. J'avais 9 ans à l'époque. J'en ai 62 aujourd'hui. Le monde réel a souvent fait irruption pendant mes séances dans le noir. Grâce à ce livre lu dans ma jeunesse, je me suis senti *officiellement* autorisé à rester allongé, immobile, pour imaginer des femmes. Je l'ai fait à cette époque. Je le fais encore aujourd'hui. Ce livre décrivait le pouvoir destructeur d'une invective formelle. L'idée même de la Malédiction ne me semblait pas prophétique vers la fin de l'année 1957. Ce n'était qu'un codicille à mon permis de fantasmer.

Je possède une mémoire merveilleusement affûtée. Le temps que j'ai passé dans le noir a amélioré ma capacité à évoquer un souvenir dans ses moindres détails. Ma férocité mentale s'est affirmée dès mon plus jeune âge.

J'ai eu besoin d'une Malédiction quelques mois plus tard. J'y étais insolemment bien préparé.

La nouvelle Buick est une énorme charrette suréquipée. Elle a des pneus larges à flancs blancs et davantage de chromes que la guinde de la mort dans *Plunder Road*. J'ai envie de prendre le volant, de rouler à fond jusqu'à L.A. et de revoir mon père. J'ai hâte de reprendre ma vie fantasmée dans mon propre territoire.

Les adultes ont prévu une sortie en boîte de nuit pour la Saint-Sylvestre. Une jeune Allemande récemment immigrée vient nous servir de baby-sitter, à mes cousins et à moi. Elle est âgée de 17 ou 18 ans, criblée d'acné, et grassouillette. Elle porte un chemisier orné de rennes et une jupe en flanelle sur laquelle est brodé un caniche rose. Elle semble sortir tout droit des *Hitler Jugend*.

C'est moi qu'elle vient border en dernier, refermant derrière elle la porte de la chambre. Elle virevolte dans la pièce, mais sa présence a quelque chose de louche. Elle s'assied sur le bord du lit et me tapote un peu partout. Mon sentiment de malaise s'efface. Elle tire les couvertures et me suce la bite.

Ça me plaît et ça me révulse en proportion égale. Je le supporte trente secondes puis je repousse la fille. Elle lâche un chapelet d'injures en boche et quitte la chambre en vitesse. J'éteins la lumière et je me pose des questions sur cet avatar.

Je me sens agressé, plus physiquement que sexuellement. Je me souviens du livre des sortilèges. Je me dis que je pourrais concocter un élixir qui effacerait les souvenirs. En même temps, j'en profiterais pour créer une poudre qui me donnerait un regard aux rayons X. Je m'étais fait arnaquer, avec ces fameuses lunettes. Mon mélange spécial pour les yeux allait arranger ça.

Je me suis endormi en 57 et je me réveille en 58. Jean Hilliker et moi quittons Madison sous des rafales de neige. Les conditions empirent au bout de quelques heures. Nous franchissons la frontière de l'Iowa. La neige se transforme en glace. Ma mère gare la voiture sur le bas-côté et m'emmitoufle dans une couverture sur la banquette arrière. Les voitures n'ont plus d'adhérence et font des embardées sur la chaussée. Les roues dérapent sur le bitume verglacé. Les collisions à faible vitesse se multiplient. Des automobilistes imbéciles usent leurs pneus jusqu'à la trame en les faisant fumer sur la croûte de glace, et ils finissent dans les champs de maïs.

Jean Hilliker *m'adresse un clin d'œil. Elle me fait un vrai numéro*. J'ai mémorisé la séquence entière image par image. Elle porte un manteau marron et un foulard écossais sur les cheveux. Elle engage de nouveau la voiture sur la chaussée.

Je la regarde. Elle fume cigarette sur cigarette tout en manœuvrant. Elle a ôté ses chaussures et pousse les pédales de ses pieds gainés de bas nylon. Elle grignote du terrain en première. Tout autour de nous, des voitures valsent, se percutent et glissent en arrière. Jean ne quitte pas la voie pour véhicules lents et ses pneus droits mordent dans la boue du bas-côté. Des fragments de glace bombardent le pare-brise. Jean met le dégivrage en marche et la glace fond au contact de la vitre. Il règne dans la voiture une chaleur de hammam. Jean ôte son manteau. En dessous, elle porte un chemisier bleu à manches courtes. Je remarque à quel point ses bras sont pâles et ravissants.

De dérapage en dérapage, nous sortons d'une ornière boueuse pour retomber dans une autre. La voiture heurte les poteaux d'une clôture et perd son rétro droit. Jean scrute la chaussée à la recherche de secteurs épargnés par le verglas. Elle reste constamment devant les voitures qui chassent du train arrière et garde les yeux ouverts pour repérer les zones sûres. Elle guide le volant en douceur et le freine avec son genou gauche. Elle fume sans cesse, tenant sa cigarette entre ses phalanges exsangues.

Le temps se radoucit. Le verglas fond et la route devient praticable. Nous entrons dans l'enceinte d'un motel et prenons une chambre pour la nuit. Les murs offrent un mélange de montants apparents en bois et de moulures en plastique. Ma mère trouve un quatuor à cordes à la radio. Nous sommes trempés de sueur après son utilisation magistrale du dégivrage. Je prends ma douche le premier et je mets mon pyjama.

Elle était d'une humeur différente, ce soir. Pendant un moment, elle a pris la tête de la course qui l'opposait à mon père dans mon cœur insensé. Son regard était intense et ses yeux pailletés de gris d'une façon nouvelle. Elle souriait et lâchait un « hop là ! » chaque fois qu'elle percutait une boîte à lettres au bord de la route.

Je fais semblant de dormir. Elle sort d'un nuage de vapeur d'eau et, nue, se frotte avec une serviette. J'entrouvre à peine les paupières et je mémorise son corps pour la dix milliardième fois. Elle ne cache jamais sa nudité. Elle ne l'exhibe jamais non plus. Elle est infirmière diplômée. Sa nudité est toujours impassible, voire abrupte. C'est une femme qui a fait des études médicales et pour qui, sans aucun doute, l'activité sexuelle est une simple fonction corporelle. Elle avait envie que je lui demande comment les enfants viennent au monde. Elle avait envie d'affirmer son statut de mère éclairée et de premier membre de la famille Hilliker à avoir fait des études supérieures. Je ne voulais pas de réponses abstraites. Je voulais tout apprendre sur elle et sur le sexe d'une façon affriolante mais avec une approche mystique. Ce que je voulais, en proportion parfaitement égale, c'était Dieu et Elle, et son monde intime à *elle*.

Je l'avais déjà surprise *in flagrante delicto*. Avec ce crétin de Hank Hart, son premier flirt post-divorce. Ce jour-là, j'eus le temps de mémoriser les principes mécaniques de base de la manœuvre, avant de m'éloigner du pas de la porte. Hank Hart avait perdu un pouce dans un accident du travail sur une perceuse à colonne. Ma mère avait perdu le bout d'un mamelon à cause d'une infection survenue après l'accouchement. J'ai feuilleté la Bible et les feuilles à scandales de mon père, à la recherche d'éclaircissements sur le sexe et les organes concernés. J'ai trouvé la condamnation de l'adultère et des insinuations salaces. Pour obtenir mes réponses, j'ai recommencé à reluquer les femmes.

Le lendemain, on sort de la zone de la tempête de neige et on tourne à droite pour passer au Texas. Je lorgne les filles dans les voitures qui nous dépassent et je me gratte les couilles en douce. Ma mère m'apprend qu'on déménagera *peut-être* en février. Elle s'est entichée d'une maison dans la vallée de San Gabriel. Notre fric fond à vue d'œil. On claque un pognon fou en cheeseburgers et en motels rustiques. Avec ses quatre carburateurs, la Buick engloutit des tonnes de super. On s'arrête à Albuquerque et on va voir un film. C'est un nanar du genre aventure maritime intitulé *Fire Down Below*[1]. Les stars : Robert Mitchum, Jack Lemmon et Rita Hayworth.

Je montre le nom de Rita Hayworth au générique. Ma mère *incendie* l'écran du regard. Mon père connaît Rita *La Roja* depuis les années 30. C'était bien avant qu'il ne rencontre Jean, vers 1940. Rita était la fille d'une Anglo-Américaine et d'un aristocrate mexicain. Mon père travaillait comme croupier

1. Sorti en France sous le titre *L'Enfer des tropiques*.

à Tijuana. Le père de Rita l'engagea pour servir de garde du corps à Rita et décourager les dragueurs. Mon père m'a dit qu'il avait trombiné Rita. Je ne peux pas confirmer cette assertion. Ce qui est sûr, c'est qu'il a *longtemps* été le larbin en chef de Rita – qui l'a viré vers 1950 parce qu'il était trop fainéant.

Mes parents, il n'était pas facile de leur coller une étiquette. Jean Hilliker arrive à L.A. vers la fin de l'année 1938. Elle remporte un concours de beauté, foire un bout d'essai, et rentre à Chicago. Elle habite un grand appartement avec quatre autres infirmières. Une lesbienne hommasse faisait régner l'ordre dans la volière. Jean tombe enceinte, tente d'avorter par ses propres moyens et déclenche une hémorragie. Un copain toubib répare les dégâts. Elle a une liaison avec lui, le largue puis épouse un type riche. Son premier mariage tourne vite au fiasco. Jean se rappelle à quel point Los Angeles lui a plu et monte dans un bus. Une de ses amies connaît une nana qui s'appelle Jean Feese. Jean F. était mariée à un jean-foutre plutôt beau gosse nommé Ellroy.

Ils font connaissance, ils se plaisent, ils se mettent en ménage. Mon père largue Jean n° 1. Jean n° 2 tombe enceinte en 47. Ils se marient en août. Une grossesse à problèmes présage ma vie frénétiquement perturbée et balisée par ma mémoire.

Je n'ai jamais été *séduit* par Rita Hayworth. Épilée des jambes aux sourcils, laquée, vernie, remodelée, améliorée. Elle a viré mon père avant l'implosion du couple Hilliker-Ellroy. Elle a été pour mon père le *deus ex machina* qui lui a fait faux bond. Il avait un arrangement parfait avec Rita. C'est elle qui y a mis fin – pas lui. L'avenir lui promettait d'autres arrangements parfaits. Il y avait d'autres Rita de par le vaste monde. Il s'en trouverait bien une.

C'était un discours de minable, même aux oreilles d'un môme pas brillant et prédisposé à le croire. J'ai entendu ce discours exprimé sur un ton plaintif, geignard, et faux jeton. Jean Hilliker a entendu mon père le brailler, le beugler, le débiter avec des sanglots dans la voix – derrière des portes de chambre qui m'étaient fermées au nez. Elle sous-estimait ma capacité à écouter aux trous de serrure et à extrapoler. Elle ne me croyait pas suffisamment malin pour décrypter les soupirs. Elle agressait verbalement mon père avec moins de pathos et à un volume sonore plus raisonnable. Je regardais la tristesse et la colère s'accumuler en elle. Je ne l'ai jamais *entendue* les exprimer. De l'extérieur, je l'ai vue les concevoir et les réprimer au lieu de les formuler.

Tu es un faible. Tu vis aux dépens des femmes. Je ne te laisserai pas profiter de moi beaucoup plus longtemps.

Je savais que c'était vrai – *à ce moment-là.*

J'ai pris le parti de mon père – *à ce moment-là.*

Je détestais ma mère, à cette époque. Je la détestais, parce que *mon père*, c'était *moi*, et une fois qu'il serait parti, je me retrouverais seul avec toute l'étendue de ma honte. Je détestais ma mère parce que je la désirais de diverses façons, toutes inqualifiables.

J'étais un Ellroy, en ce temps-là. Je suis un Hilliker aujourd'hui. D'un côté, *notre* orgueil ; de l'autre, mon identité écartelée.

Mon père a fait de moi son complice en médisance. Son leitmotiv : *C'est une alcoolique et une traînée.* De façon abjecte, j'ai adhéré à ce jugement. Il m'a dit qu'il avait engagé un détective privé pour surveiller ma mère. Je l'ai cru *sur le moment.* Je sais *aujourd'hui* que c'était du pipeau. Cela n'avait pas d'importance *à ce moment-là. Cherchez la femme** [1]. Les détectives imaginaires m'ont conduit aux femmes.

Pour moi, tous les hommes seuls étaient des détectives. Tous les piétons étaient des détectives. Tous les hommes qui se cachaient derrière un journal, c'était moi qu'ils pistaient. Mon père faisait travailler une agence entière de privés. Un nombre égal de limiers espionnait ma mère.

Mon père était en quête de la prochaine Rita Hayworth. Il décrivait ainsi son boulot : « Esclave de l'industrie du cinéma » et « Charognard de Hollywood ». Il exploitait un filon imaginaire. Il touchait le pactole qui échappait au sergent Bilko malgré toutes ses magouilles et à George le Caïd en dépit de sa cupidité. La police privée revenait cher. C'est dire si mon père m'aimait. Une bande de barbouzes assurait ma sécurité. Une seconde bande suivait la rousse saute-au-paf dans les bars louches et les hôtels de passe. La débauche était un argument qu'il n'était pas facile de faire admettre. Dans les affaires de garde d'enfant, les juges prenaient habituellement parti

1. Les mots ou expressions en italiques suivis d'un astérisque sont en français dans le texte original.

pour la mère. Mon père avait conservé des relations du temps où il travaillait pour les gens de cinéma. Il était bien renseigné sur les juges juifs qu'on pouvait acheter. Il suffisait de glisser une provision plus que confortable à Perry Mason.

Et *ça*, alors, ça m'impressionnait énormément. Je regardais la série *Perry Mason* chaque semaine. Mon histoire allait peut-être passer à la télé.

Mon école se trouve à l'angle de Wilshire Boulevard et Yale Street, et j'habite près du carrefour Broadway-Princeton. À Santa Monica, la circulation des piétons n'était pas intense. La plupart du temps, je vais à l'école à pied, et j'en reviens en flânant de ci, de là. Mon vagabondage reste confiné à un cercle de trois kilomètres de circonférence. Wilshire Boulevard est parsemé de bars et de motels. J'adore le Broken Drum, le Fox and Hounds et l'Ivanhoe. Je traînasse devant la porte et je regarde les privés entrer et ressortir. Je pose sur eux un regard neutre qui dévie bientôt vers la première femme présente dans les parages, ou vers toutes les femmes si elles sont plusieurs. Cela me confirme que les sbires de mon père font leur boulot, et je prends mon pied à détailler le décor avoisinant.

C'est une séquence floue, vieille de cinquante ans, en Technicolor de ces années-là. Elle est cadrée Vista Vision et en Sexorama. Elle comprend des arrêts sur image et des plans de coupe qui représentent de nouveaux stimuli et témoignent que mon attention se disperse.

Certains détails restent juteux. Le bus de Wilshire qui déverse un flot de lycéennes – des élèves de l'Uni

High School. L'une des filles balance ses livres de classe, maintenus ensemble au bout d'une ceinture marron. Je marche à côté d'une autre fille, plutôt potelée. Elle est bras nus. L'une des bretelles de sa robe glisse constamment, elle la remonte sans cesse. Le fin duvet noir de son bras est couvert de poudre. Je regarde des femmes entrer dans les chambres du motel Ivanhoe. L'une d'elles, de type italien, ne cesse de tripoter les échelles de ses bas. Les arrêts de bus sont des endroits parfaits pour voir et revoir les mêmes scènes. Au carrefour de Santa Monica Boulevard et Franklin Street, je repère le même détective à plusieurs reprises. À chaque fois, il bavarde avec une voisine. Un jour, elle portait une robe vert sombre qui lui découvrait copieusement le dos. La fermeture éclair était coincée juste au-dessus de l'agrafe de son soutien-gorge. Elle disait au type qu'elle travaillait à Beverly Hills. Elle portait une sacoche au lieu d'un sac à main. Il me sembla qu'elle avait le même âge que Jean Hilliker. Avant de monter dans le bus, elle fumait toujours une dernière cigarette qu'elle jetait sous la roue avant droite.

Un soir, je l'ai attendue. J'avais *9* ans, et j'étais déjà obsédé au point de faire ce genre de chose. Le bus du retour la déposa de l'autre côté de la rue, juste en face de l'arrêt où elle le prenait le matin. Je la pistai jusqu'à une baraque d'Arizona Avenue. En ouvrant sa porte, elle me repéra. Elle me lança un regard de schizo et referma la porte. Je ne la revis jamais.

C'était une surveillance à l'intérieur d'une surveillance. J'entrais en coup de vent dans une cafétéria, j'utilisais les toilettes, et je ressortais aussi vite. J'entrais dans des bars *verboten* aux enfants et je lorgnais le comptoir. Je voyais des femmes dont le miroir placé sur le mur me renvoyait le reflet. Je voyais des femmes à l'air pensif faire tourner des cendriers. Je voyais des femmes laisser pendre au bout de leur pied une chaussure à talon plat.

Le lycée Samo et le collège Lincoln se trouvaient près de chez moi. Les jours de classe, les élèves passaient dans mon quartier vers seize heures. Garçons et filles ensemble. Tous plus âgés que moi. Les filles serraient leurs livres scolaires contre elles, s'écartant les seins. L'une d'elles calait son menton sur ses bouquins et se balançait tout en marchant. Elle traînait toujours derrière les autres. Elle était pâle. Elle avait de longs cheveux bruns et portait des lunettes. Une cour séparait sa maison de la mienne. Je ne connaissais pas son nom. Je décidai de l'appeler « Joan ».

Je commence à espionner son bungalow. À plusieurs reprises, je la vois en train de lire. Elle est assise en biais dans un fauteuil et fait bouger ses orteils. J'observe sa vie de famille. Son père porte une kippa et il est aux petits soins pour elle. La maman a une préférence pour son lourdaud de petit frère. Cela fait cinquante-trois ans que je pense à Joan et que je prie pour Joan. Je la considérais comme une prophétesse, à l'époque. J'avais raison. Une femme portant réellement le nom de Joan apparut dans ma vie quarante-six ans plus tard. Physiquement, elle était trait pour trait cette lycéenne dont j'avais imaginé le prénom.

Les deux Joan ont disparu, à présent. La vraie Joan était une brune aux cheveux spectaculairement striés de gris. Je l'ai vue pour la dernière fois il y a quatre ans. J'ai appris qu'elle avait eu un enfant. Je me demande combien de nouvelles mèches grises se sont insinuées dans ses cheveux noirs.

Nous avons réussi à regagner L.A. avec un fond de réservoir et 1,98 dollar. La peinture de la Buick était éraflée et il lui manquait ce fameux rétro extérieur droit. Je suis retourné à mes errances et à mes méditations. Jean Hilliker est retournée à Brahms et au bourbon, et à son boulot d'infirmière chez Airtek Dynamics.

Je n'ai plus repensé au livre de magie ni à la Nazillette et sa turlute avortée. Je n'ai pas concocté de potions. Un matin de grand froid, j'ai piqué une rogne contre ma mère à la sortie de l'église. Je lui ai conseillé de bien se tenir – mon père avait engagé Perry Mason pour obtenir de me garder. Jean Hilliker a trouvé ça désopilant. Elle m'a expliqué que le Perry Mason de la télé était un personnage inventé. En plus, cet acteur aux sourcils en broussaille était pédé.

Mon vieux n'arrêtait pas de me tanner pour que j'espionne ma mère. Il appelait sans cesse chez nous, ce qui la rendait folle. Elle remettait constamment sur le tapis son projet de déménagement pour qu'on s'installe en banlieue.

Elle persistait, elle insistait, elle racontait des salades, elle m'embobinait, elle mentait. « En banlieue » : euphémisme/propagande/double langage de langue fourchue. La vallée de San Gabriel, c'était l'exil dans la fournaise. Une populace de petits Blancs et de clandestins mexicains. Le paradis des traîne-patins.

Évidemment, on est partis s'installer là-bas.

Évidemment, c'est là-bas qu'elle est morte.

Évidemment, c'est moi qui ai causé sa mort.

Je me jette aux pieds des femmes et je leur parle seul dans le noir. Elles me répondent. Ce sont elles qui m'ont convaincu de ma culpabilité.

Nous avons déménagé la veille de la Saint-Valentin. Sous la porte de Joan, j'ai glissé une carte ornée d'un gros cœur rouge en relief. Quarante-huit ans plus tard, j'ai offert à la vraie Joan une carte de la Saint-Valentin et un chemisier. Nous avons fait l'amour dans une suite d'hôtel et projeté de nous marier.

Notre liaison prit fin peu de temps après. À présent, je suis seul avec les images de Joan. Mentalement, je la regarde vieillir et devenir plus forte. Elle est en moi comme toutes les autres – il n'y en a pas deux qui se ressemblent, chacune est unique.

2

Mon père a obtenu ma garde. Il n'a pas eu besoin de verser une provision à Perry Mason ni de soudoyer des juges juifs. Lui comme moi en étions ravis et soulagés. Le meurtre de ma mère n'a jamais été élucidé. J'ai esquivé le problème de ma culpabilité et j'ai profité d'une période où tous les adultes m'entouraient de leur sollicitude. Personne ne m'adressait de reproches. *Regardez, regardez*. N'est-ce pas qu'il est courageux ? N'est-ce pas qu'il est mignon ?

Hélas, non.

L'été 58 se révéla pollué *et* bleu pastel. Je pistais des filles dans le parc de Lemon Grove. Je volai un coffret de chimie, mélangeant des poudres au hasard et adoucissant le tout à l'aide d'un sachet de Kool-Aid[1]. Je regardai avec dévotion l'émission de télé

1. Préparation à diluer dans de l'eau pour confectionner une boisson au goût de fruit.

« Les prophéties de Criswell ». Criswell était une espèce de tapette qui portait une cape. Il prédisait l'avenir et s'exprimait de façon solennelle. Il était l'incarnation du suprême aplomb. Sous le charme de l'écran de télé, je l'étudiai pour peaufiner mon numéro. Ellroy le Magnifique a dit : *Cet élixir sacré tu boiras et tes vêtements tu ôteras !*

Les émanations des composants caustiques masquaient le goût du Kool-Aid. Aucune fille ne voulut porter à ses lèvres un de mes gobelets. *Une fois de plus*, j'échappai à une inculpation pour assassinat. Je revendique le panache qu'on devrait reconnaître aux avant-gardistes : ma tentative a précédé avec une avance spectaculaire le Massacre de Jonestown [1].

Un bazar du quartier vendait des lunettes à rayons X de diverses marques. Je les vole et les essaie toutes sans obtenir le moindre résultat. Je fais un saut jusqu'à la quincaillerie Andrews. On y trouve des jumelles à infrarouge pour les gens qui chassent la nuit. *Moi, je chassais les femmes à poil*. Ces jumelles coûtent cher et elles sont trop volumineuses pour que je puisse les voler. Je les braque sur des clientes et je vois mes proies tout habillées enveloppées d'une brume rougeâtre. Quelques-unes rient en me voyant faire et me tapotent la tête. *Aaaah*, n'est-ce pas qu'il est mignon ?

1. Le 18 novembre 1978, dans la jungle de la Guyana (Amérique du Sud), plusieurs centaines d'adeptes d'une secte sont retrouvés morts, la plupart à la suite d'injections de cyanure. On parle d'abord de suicide collectif ; une enquête conclura que « *dans la majorité des cas, il s'agissait bien de meurtres et pas de suicides* ».

Hélas, non.

Je vis pour lire, pour méditer, pour coller l'œil aux trous de serrure, pour pister des filles, pour rôder et fantasmer. Mes lectures s'orientent vers les histoires policières pour gamins et s'y attardent tout l'été. Des mômes riches de familles heureuses y élucidaient des meurtres. L'ordre était rétabli dans ces mondes parfaits et tout le monde s'en tirait sans trop de mal. On n'y voyait pas de photos choquantes à la Weegee. L'homicide y était aseptisé. Pas de taches de sperme, pas de giclées de sang. Pas de membres enchevêtrés rendus inséparables par la rigidité cadavérique.

Niaiseries stéréotypées. La version sublimée de mon dialogue sur le meurtre de Jean Hilliker. Un tri thérapeutique qui me préparait à Mickey Spillane.

Mike Hammer – son héros – était un aimant à gonzesses et un as du dégommage de cocos. Il frappait les types de gauche à coups de pistolet et il mordait les femmes au cou. Il était dûment dichotomisé. Il malmenait les malfrats et sauvait les femmes vertueuses. La quête de Mike Hammer devint mon credo moral. Mais il restait une pierre d'achoppement majeure qui me contrariait.

Dans ces romans, les femmes n'étaient pas *toutes* l'expression même de la vertu. Certaines se révélaient outrancières, extravagantes. Il y en avait même une qui, *en réalité*, était un homme dont on laissait entendre que la nature l'avait doté d'une bite de bourricot. Ces dames de la haute société étaient internationalistes et sympathisantes communistes. Mike Hammer maltraitait les femmes immorales. Mike Hammer n'hésitait pas à abattre de sang-froid le travesti bien monté. Ces passages-là, je n'arrivais pas à les lire. Je ne supportais pas les scènes de violence infligées aux femmes. Le même schéma s'appliquait à la télévision et au cinéma. *Je ne voulais pas voir ça.* Il fallait que je ferme les yeux. Je bannissais les femmes battues de ce que je m'autorisais à voir. Je tenais absolument à ce que les femmes mutilées restent hors champ et hors de la page. Il y avait un îlot d'empathie au sein de ma passion de préadolescent pour les romans noirs.

Les femmes maltraitées me ramenaient à *Elle*. Ma ténacité mentale maintenait ma culpabilité sous l'éteignoir. J'étais déjà un petit garçon obsédé par le sexe *avant* l'assassinat que j'avais prescrit. À présent, je minimisais le résultat final. La source de ma volonté était et reste encore ma capacité à tirer parti du malheur. La puberté s'annonçait. Mes hormones rugissaient. Le stimulus provoqué par Toutes les Femmes Tout le Temps m'obligea à réfréner mon obsession. J'étais déjà un vieux briscard de la rêverie et du voyeurisme. Je commençai à me raconter des histoires pour l'amadouer.

Des rêves éveillés dans lesquels je sauvais la vie à des femmes. Des tableaux romantiques sur fond historique. Mike Hammer sans la misogynie.

Je me passionne pour l'affaire du Dahlia noir. Une fille qui rêve de faire du cinéma débarque à L.A. et finit coupée en morceaux dans un terrain vague. Encore une femme victime d'un meurtre non élucidé. C'est L.A. 47, encore une fois en Sexorama.

Je sauve le Dahlia, seul dans la nuit. Je tue son assassin et je la ressuscite à l'aide de potions magiques. Je voyage dans le temps. Nous dînons dans des endroits à la mode aujourd'hui disparus que je recrée à partir de photos anciennes et d'images improvisées. Nous faisons l'amour dans un bungalow du Beverly Hills Hotel. Mon père et Rita Hayworth nous servent de larbins. Ils nous apportent de la bouffe qui vient tout droit du restaurant d'Ollie Hammond. Je ne suis plus un gamin maigrichon qui commence à avoir de l'acné. Je suis Zachary Scott avec sa supermoustache et la bite géante de mon père. Telle que je me la représentais, la mécanique de l'accouplement était une divagation de puceau. De temps à autre, un processus de filtrage intervenait dans ma rêverie, et souvent coupait net mon élan narratif. Je revoyais ma mère au lit avec Hank Hart. Je chassais l'image de mon esprit et je priais pour qu'elle disparaisse.

Au côté de ma mère, le Dahlia lui disputait fréquemment la vedette. Je lui déniais un statut de martyre à l'égal de Jean Hilliker. Un implicite morbide me renvoyait brutalement à Dahlialand. Le même sentiment de mort me heurtait de plein fouet et me réexpédiait dans mon univers présent. Je créais de toutes pièces des unions émouvantes avec des filles du quartier et leurs mères.

Je vivais dans un clapier sans clim' contigu au quartier chic de Hancock Park. Des rangées de maisons luxueuses se déployaient autour de nous dans trois directions. Mon père et moi possédions une chienne, un beagle à l'œil torve. C'était une femelle dominante qui nous mordait et nous faisait filer doux. Il n'y avait pas moyen de lui apprendre à être propre.

Elle transformait notre baraque en champ d'épandage de déjections canines. La puanteur s'incrustait et gagnait en intensité. Je sortais la chienne pour de longues promenades nocturnes et je reluquais à travers les fenêtres de Hancock Park.

Ces filles-là fréquentaient des écoles huppées. Dans la journée, elles portaient des robes d'uniforme aux couleurs pastel, et le soir, les tenues de ville des jeunes filles de bonne famille. Chemisiers de madras et kilts en tissu écossais. Chemises à col boutonné héritées du grand frère. Robes aux teintes de sorbets pour le bal des débutantes.

Collectivement, le raffinement de leur milieu social les rendait remarquables. Individuellement, je les trouvais ravissantes alors que je les épiais dans un contexte prosaïque. J'avais un contrat secret avec elles. Mon droit d'accès était celui d'un dieu. En alternance, d'un battement de cœur à l'autre, il exacerbait ma faim et calmait mon jeûne.

Je ramenais les filles à la maison et je leur parlais dans le noir. Elles me répondaient avec sincérité, en chuchotant. Je concoctais des histoires de mômes où dominaient la lutte pour la promotion sociale et l'ivresse procurée par la certitude que l'amour-est-plus-fort-que-tout. Ces filles fantasmées par *moi*, elles n'étaient jamais banalement jolies ni d'une beauté classique. J'étais toujours à la recherche du défaut physique ou du signe particulier qui étaient la marque de la gravité. Fenêtre après fenêtre, je regardais tous les visages. Je cherchais *un* visage. Il ne peut y en avoir qu'*un seul*. De cette façon elle sera moi et elle sera L'AUTRE.

« L'Autre » : mon vrai moi enfin complet grâce à une *image*. Ma peine adoucie par la caresse d'une femme aimante.

Voyeur. Petit protestant pieux. Embarqué dans une quête stupide.

Tout ce cinéma se déroulait *entièrement* dans ma tête.

Je ramenais les filles à la maison. Leurs mères me découvraient, me projetaient contre les murs, me jetaient sur le plancher et elles me *prenaient*. Leur désir était mon désir exprimé à travers leur agression hallucinée. Elles m'écrasaient le visage. Leurs mains me faisaient mal. Nos bouches s'entrechoquaient. Leurs dents grinçaient contre les miennes. Notre nudité était brouillée par le va-et-vient de l'obturateur qui fonctionnait en moi. J'étais frêle et bien insuffisant, comparé à leur opulence. Cela m'effrayait, à cette époque. La brutalité me désorientait. L'absence d'un déroulement narratif me laissait en apesanteur. Je ne savais pas *alors* ce que cela signifiait. Je vais lui donner un sens *aujourd'hui*. Elles me voulaient parce que je pressentais ce qu'elles étaient vraiment et me jetais sur elles avec cet instinct prédateur. C'est une morte qui m'a éclairé sur ce point. J'étais incapable de les distinguer les unes des autres, et pourtant chacune était unique. Mes intentions morales visaient toute la gent féminine et j'en payais le prix fort avec mon propre sang – petit garçon malingre aveuglé par sa crédulité et profondément blessé.

Les femmes étaient partout et nulle part. Mon père cachait ses maîtresses. Notre taudis empuanti par les crottes de chien rendait impensables les rendez-vous galants. Je surprenais des appels téléphoniques qui commençaient par : « Salut, beauté ! » et j'en déduisais des rencards dans un quelconque baisodrome. Il n'avait pas de famille. Les parents de Jean Hilliker habitaient au diable, à Bite-à-l'Air, Wisconsin. J'allais à l'école et à l'église parce qu'il le fallait, et aussi parce que j'y voyais des femmes. Cela me sortait de ma bauge pour clébard et me donnait l'occasion de respirer un peu d'air frais. Momentanément, la vie en groupe reconditionnait ma vie fantasmée. J'étais contraint de rester assis, d'écouter et de parler. Ma scolarité m'orienta vers des obsessions de niveau supérieur. L'histoire de l'Amérique et la musique classique commencèrent à m'enthousiasmer. Elles devinrent des fixations subsidiaires, obscurcissant provisoirement ma passion absolue pour les femmes.

Je ne tardai pas à annexer ces deux nouvelles lubies. Les fantasmagories dans lesquelles je sauvais des femmes y gagnèrent en vraisemblance et en intérêt. Beethoven m'écrivait des partitions. Nos rhapsodies surpassaient la Neuvième Symphonie et les derniers quatuors à cordes.

J'avais *besoin* de parler aux gens. *Tout le monde* me faisait peur. Les femmes et les filles davantage que les hommes et les garçons de mon âge. Je m'adressais à tous les mâles avec une forfanterie atténuée par la peur qui me nouait les tripes. Je baissais la tête, j'énonçais une prise de position délibérément provocante, et je me retirais de la conversation aussi vite que je m'y étais immiscé. J'étais incapable de parler à des personnes de sexe féminin sinon pour faire des remarques sans queue ni tête. Je ne parvenais pas à parler des *filles* avec des *garçons*. Leurs propos étaient trop salaces, trop ignares et immatures, et il leur manquait ma puérile grandeur. Je restais captif d'une adolescence impétueuse. De 10 à 13 ans, j'ai vécu dans le brouillard qui entoure l'attaque de la puberté. Je grandissais toujours et je restais proportionnellement désincarné. Un petit voisin m'initia à la masturbation. Je la découvris de façon étonnamment tardive. Ce fait explicite ma prédisposition mentale et mon horreur du vrai rapport sexuel. Je réinvestissais le sexe et remettais à plus tard les manœuvres d'approche chaque fois que je voyais une fille ou une femme qui aurait pu être l'Autre. J'étais le petit-fils d'un pasteur écossais et le descendant de fermiers et d'un ecclésiastique qui avait choisi la bouteille plutôt que la chair. J'allais accéder le moment venu à l'une et à l'autre et manquer en mourir. Mon esprit et mon âme ont rencontré ma main droite à l'âge de 13 ans. Tout s'accéléra. Jean Hilliker se décomposait dans le sillage d'une technique manipulatoire fraîchement acquise et de stimuli constants.

Le collège, c'était fabuleux. Il était fréquenté par des filles de Hancock Park et des juives de Shtetlville[1] West. Je découvris des douzaines de réincarnations sémites de la fille dont j'avais souhaité qu'elle se prénomme Joan. Je suivais Donna Weiss

1. De *Shtetl* (yiddish) : autrefois, communauté juive des petites villes d'Europe de l'Est.

quand elle quittait Beverly Boulevard pour prendre Gardner Street. Je la voyais se rendre à des fêtes à la synagogue ou bien à Gilmore Park. Elle était blondinette et bien roulée. Ses traits étaient trop épais pour son visage. À la piscine, elle portait un bikini qui n'avait rien d'impudique. Son bronzage devint plus intense au cours de l'été 61. La construction du Mur de Berlin eut un tel retentissement que le monde entier vacilla. Je désirais ardemment la solution facile d'un holocauste nucléaire. J'aimais Donna, Cathy, Kay, et de nombreux autres visages vus à travers des fenêtres. J'aspirais à la monogamie mentale. Cela me rendait dingue. J'avais besoin d'une image unique, capturée pour un apaisement infini et pour le sexe.

Il y avait *trop* de filles et de femmes. L'ultrachic Hancock Park, c'était un brasier du sexe à portée de main et de regard.

Cathy Montgomery était purement Hancock Park. Kay Olmsted ne l'était que marginalement. La grande brune. La petite blonde aux yeux noisette où passaient des tempêtes. Des robes-chemisiers paysannes pour Cathy. Un béret noir pour Kay la beatnik chic.

J'économisai l'argent que me rapportait ma distribution de journaux et je fis livrer à l'une et à l'autre un énorme bouquet. Ce fut mon Jour « J » à moi, mon « D » Day de l'été 62 – « D » comme dans « éperDu » et « Délirant ». En retour, je reçus un mot de remerciement et un autre me conseillant d'aller me faire voir ailleurs.

Des années plus tard, je devins un spécialiste de la violation de domicile. C'est *alors* que je m'introduisis à plusieurs reprises chez Cathy et chez Kay.

L'idée d'entrer chez les gens et de fouiner partout ne m'avait pas effleuré auparavant. Mon délire et mon jusqu'au-boutisme n'avaient pas encore atteint leur point culminant.

Mes années d'adolescence avaient pris du retard. Mon accélération était entièrement intériorisée. J'ai accompli laborieusement mon parcours au collège puis au lycée. J'avais des cliques à géométrie variable de copains paumés et de non-amis. J'ai collé au-dessus de mon lit des portraits de Beethoven et médité sur notre génie. Sa meilleure musique, il l'a composée pour son « Immortelle Bien-aimée ». L'identité de cette femme est restée aussi mystérieuse que celle de « l'Autre » pour moi. Beethoven comprenait ma profonde solitude et mon chagrin. Sa surdité lui inspirait des pensées visionnaires inconnues des mortels. *Ma* surdité était volontaire. Beethoven comprenait cela. J'écoutais souvent l'adagio de la sonate n° 29 *Hammerklavier* avant de partir faire le voyeur. Beethoven approuvait cette pratique plus qu'il ne la condamnait. Parfois il me faisait les gros yeux en secouant son index. Il n'est jamais *vraiment* allé jusqu'à me dire de grandir et de me sortir la tête du cul.

J'étais sourd au monde réel et à tout ce qui contrariait mes projets personnels de monomaniaque. Dans les années 60, la vie mondaine se résumait à des articles saugrenus dans les journaux et rien de plus. Rien de ce qui se passait dans le monde *réel* ne me touchait ni ne m'inquiétait. John Kennedy est élu, il baise, il se fait descendre. *Pardon ? Pourquoi je me ferais du souci, moi ?* Merde... voilà Joanne Anzer.

Il s'en faudra de peu qu'on ne couche ensemble pendant l'Été de l'Amour. Maintenant, elle passe à la télé. Merde... *c'est bien elle*. Elle danse le wah-watusi dans l'émission de Lloyd Thaxton !!!

Le mot « Plus » résumait mes projets personnels. C'était une compulsion sexuelle alimentée par ma terreur du contact humain et la perte de mon contrôle mental. J'étais capable de méditer, d'épier et de pister des femmes, de réfléchir et de raconter ma vie. J'étais incapable d'*agir*. Je compris cette énigme sur-le-champ. Ma vanité affaiblit la puissance de cette révélation et me poussa plus avant dans un état mystique. J'en vins à croire que certaines femmes étaient capables de déchiffrer mon aura et de détecter ma pitoyable condition. Une certitude : tôt ou tard ces femmes me trouveraient. J'étais le paratonnerre qui allait attirer leur fougue. Nos passions identiques seraient alors unies.

Des femmes – pas des filles. Les *mères* de ces filles. Les femmes fantasmées qui autrefois m'avaient agressé avec tant de violence et de brutalité.

Un soir, j'ai regardé en douce une soirée dansante, à l'angle d'Irving Boulevard et de la 2e Rue. Cathy Montgomery habitait à deux cents mètres de là, à l'ouest. Joanne Anzer vivait à cent mètres, au nord. La soirée dégageait des ondes de choc dignes de l'épicentre d'un tremblement de terre. C'était l'automne 63. J'avais vaguement l'impression que le Twist était mort. Oui et non – il n'y avait qu'à voir se tortiller tous ces quadras coincés.

Oui et non. Les hommes étaient coincés. Les femmes ne l'étaient pas. Ces femmes avaient épousé des bourgeois coincés et le regrettaient aujourd'hui. Toutes les femmes que je regardais dansaient mieux que leurs partenaires. Elles remuaient les hanches avec plus d'ampleur, elles étaient moins inhibées. Elles tournaient sur elles-mêmes parce qu'elles assimilaient cette giration à un succédané de l'acte sexuel. Il y avait chez elles moins de condescendance envers cette musique idiote que de plaisir à s'y abandonner. Danser avait davantage d'importance pour elles parce que leur vie de famille avait perdu de son charme et que leur petit mari n'était pas à la hauteur de leurs espérances. Cette soirée était un moment de répit dans leur traversée d'un désert d'ennui et de tendresse réprimée qui allait les mener jusqu'à moi.

C'était leur bref aperçu de cet univers de faux luxe qui constituait mon ordinaire. Je voyais un espoir dans ce à quoi elles avaient renoncé pour mériter Hancock Park. Je refusais d'admettre que leurs vies puissent avoir une substance quelconque au-delà de la *Gestalt* du *Peppermint Twist*. Je sentais implicitement ce que les coureurs de jupons de longue date savent par cœur : l'insatisfaction féminine est une occasion à saisir.

La soirée dansante me resta en mémoire sous la forme d'une banque d'images. En traînant dans Hancock Park, j'aperçus quelques-unes des femmes que j'avais vues danser. Hors contexte, elles restaient d'une profondeur à couper le souffle. Un jour, j'ai rattrapé le chien fugueur de l'une d'elles. Nous avons bavardé un moment. Elle pouvait avoir dans les 45 ans, j'en avais 15. Elle ressemblait à Karen, ma future maîtresse.

Le concept du paratonnerre s'incrustait dans mon esprit. Pas une seule femme ne vint à ma rencontre afin de prouver sa validité. L'automne 63 se prolongea. Mon père eut une grave attaque d'apoplexie. Je tirai profit de son séjour à l'hôpital pour sécher les cours et faire les quatre cents coups.

Je volai des numéros de *Playboy*, des bouquins pornos de second choix et des photos prises dans des camps de nudistes qui montraient des toisons pubiennes. Je scotchai ces clichés sur tous les murs de l'appartement et punaisai la « Playmate du mois » à côté de Beethoven. Je vadrouillais, je faisais le voyeur, je volais dans les magasins et je méditais du crépuscule à l'aube. Je découvris *Le Fugitif* à la télévision.

Le personnage principal était mon moi imaginaire en tant que déclencheur de passions sexuelles. Il était en fuite à cause d'une accusation de meurtre aussi fallacieuse que la mienne était réelle. Cette série reflétait l'épopée d'une Amérique changeante et solitaire. L'amour n'y était jamais consommé. Le désir y était continuel et transféré de façon monogame. Chaque semaine, le Dr Richard Kimble y vivait avec des femmes des moments d'une vérité stupéfiante. Le monde réel annihilait ses efforts pour les conquérir et créer avec elles un monde à part où chacun protégerait l'autre du danger. Les actrices vedettes qui se succédaient au fil des épisodes étaient cruellement conscientes de cet état de fait, et condamnées à l'enfermement dans un personnage complexe de femme frustrée. Elles essaient toutes d'aimer Kimble. Il essaie de les aimer toutes. Cela n'arrive jamais. Ils se quittent pour toujours.

Tous les mardis soir, je m'effondre en larmes à la fin de l'épisode. Incontestablement, pendant une heure, chacune de ces femmes est l'Autre, seule avec moi.

Mon père finit par rentrer de l'hôpital. Il est fragile et a besoin d'attentions. Cela me met en rage. Je dois décoller toutes mes photos de femmes à poil et céder ma place devant la télé. J'envisage un moment de réactiver la Malédiction, puis je change d'avis. Il est vieux. Bientôt il ne sera plus de ce monde. Je lui survivrai et je connaîtrai d'autres mardis.

Ce qui me touchait, ce n'était pas le regard que ces femmes portaient sur le Dr Kimble. C'était leur personnalité, et la façon dont leur blessure profonde les avait menées jusqu'à lui.

3

Je me réveille. Je suis nu, elle est nue, je ne sais pas où je suis.

Nous sommes sous les draps. Elle dort encore. Je ne sais pas *qui* elle est.

Je me passe la main sur le visage. Il me semble que j'ai une barbe de quatre jours. Autant que je m'en souvienne, j'étais rasé de près la dernière fois que je me suis frotté le menton.

Tu as vendu ton sang en ville. Tu as fait du stop pour te rendre à la plage. Tu as rencontré ton copain Randy et commencé à picoler. Tu t'es engueulé avec des hippies. Planté sur Pacific Palisades, tu étais fou de rage. Tes vues réactionnaires sur l'état du monde les révulsaient. Tu es parti en pestant.

Coma éthylique – à 23 ans.

Je n'ai pas un poil de graisse et je pèse 72 kilos. La femme qui est près de moi dépasse les 130, facilement. J'*adoooore* les rondeurs. Mes critères sont extensibles. Mais ces courbes-là dépassent les limites.

Soudain, un souvenir me revient en mémoire. Il me restait encore neuf dollars de la banque du sang.

Mes vêtements sont sur le plancher, près du lit. Mes lunettes et mon portefeuille sont intacts. Deux billets de vingt dollars sont rangés à l'intérieur.

La femme continue de ronfler. Elle m'a peut-être payé pour ma prestation. Ce qui constituerait une première dans mon cas.

Je me lève, je m'habille et je sors de l'appartement sans faire de bruit. Je descends l'escalier jusqu'au rez-de-chaussée. Je sors de l'immeuble. Je suis dans Fell Street, à San Francisco.

C'était la quatrième. Tenir la liste à jour était facile, à cette époque. La première s'appelait Susan. Elle avait 29 ans, et moi 20. Elle avait besoin d'un toit et elle a couché avec moi par solidarité révolutionnaire. Elle m'avait surpris en train de me branler, shooté aux amphétamines, le soir où Bobby Kennedy s'est fait descendre. Elle m'a insulté, me traitant de pervers, de baiseur minable et de fasciste. Elle est devenue gouine pour des raisons politiques et pour le motif tout à fait valable que tels étaient ses penchants.

J'étais un type de 20 ans particulièrement puéril et malléable à l'extrême. Cela faisait des mois que j'enchaînais les crises de larmes purement provoquées par la disette sexuelle et l'angoisse qui en découlait. Susan avait parfaitement assimilé le discours type des années 60. J'y adhérais totalement quand on était défoncés et je n'en croyais pas un mot quand on n'avait rien pris. Susan connaissait un de mes copains de lycée et se laissait sauter par lui avec la même indifférence. Il était encore plus malléable que moi et sa piaule encore plus infestée de cafards que la mienne. Son acné kystique était pire que la mienne. J'étais capable de voler des médicaments dans les pharmacies et chez les gens riches. Lui n'osait pas. Pour Susan, j'offrais de meilleures perspectives dans le rôle de paillasson et d'amant de fortune.

Susan et moi, on se gavait de comprimés et de sirop pour la toux que je raflais dans toutes les armoires à pharmacie de Hancock Park. On parlait indéfiniment de musique classique. On se défonçait avant d'écouter Emil Gilels et Sviatoslav Richter. On descendait en flammes le rock-and-roll, le qualifiant de soupe contre-révolutionnaire. Susan était sujette à des changements d'humeur beethoveniens et me traitait comme un petit frère mongolien et un voleur-de-dope-à-ses-ordres. Tous ces efforts que je déployais pour elle me rapportèrent quatre coïts à exécuter sans discussion. Mes boutons d'acné explosèrent au paroxysme de ma passion bien réelle et de sa passion simulée. Susan arrêta les frais après le coït n° 5. Ma technique n'avait pas progressé au point de satisfaire ses exigences. Mes capacités à me comporter en société étaient au-dessous de tout. J'étais épouvantablement ringard et j'avais besoin d'un nettoyage de peau en profondeur et d'une abrasion de l'épiderme. Et puis... elle venait de faire la connaissance d'une nana géniale qui avait un appartement sympa à Hollywood Hills.

La deuxième s'appelait Charlotte. Je la rencontre vers la fin de l'année 69. C'est une fille riche de Palos Verdes momentanément désœuvrée – elle vient de terminer ses études supérieures. L'alcool me donne le courage de la draguer d'une façon qui la charme. Elle se laisse avoir par mon baratin de grand-écrivain-en-devenir, avant d'ouvrir les yeux trois mois plus tard. Son inclination personnelle : sa première expérience sexuelle pouvait attendre qu'elle épouse un *vrai* homme. Pourquoi j'y ai eu droit : l'époque prescrivait les relations sexuelles avant le mariage en tant qu'expérience. Nous sommes voisins de palier et nous faisons connaissance dans le bus qui dessert Wilshire Boulevard. J'enchaîne les petits boulots temporaires tout en concoctant dans ma tête le plus grand roman, encore à écrire, de la littérature mondiale. Charlotte trouve que je bois trop. Je force les issues de secours des salles de cinéma et nous permets de voir gratuitement des doubles programmes. Charlotte trouve ça sympa et *très* 69. Elle pense que je suis trop émotif et obsédé sexuel. Le sexe, ce n'est pas toute-la-journée-et-toute-la-nuit. Le sexe, c'est une occasion très particulière. Charlotte en vient à me considérer comme une expérience d'un intérêt *douteux*.

L'expérience foire en beauté. Charlotte me lance un regard de profond mépris et décampe aussitôt. Ce regard m'est depuis devenu familier. Il signifie : *Tu m'as menti, et tu n'es pas la personne que tu prétends être*.

Christine fut la n° 3. Elle se passionnait davantage pour les boutons d'acné que pour les relations sexuelles. On s'est accouplés début 71, puis on a copulé régulièrement. Je me suis bagarré à coups de poing avec ses nombreux petits copains. Chris était une poétesse et une dermatologue manquée. Mon dos assailli par l'acné faisait ses délices. Elle étudiait pendant des heures des coupes transversales du derme humain. Un jour, elle a mordu jusqu'à l'os la deuxième jointure du majeur de ma main droite pour jeter un coup d'œil au cartilage. J'en ai gardé la cicatrice. Elle faisait éclater mes boutons pour examiner le pus au microscope. Mes trois premières maîtresses m'ont traité comme un rat de laboratoire.

Je vole une bouteille de vodka et je saute dans un bus pour rentrer de San Francisco à L.A. Cet été-là, j'ai vécu dans Robert Burns Park. Il jouxtait Hancock Park. Les filles dont j'étais tombé amoureux et que j'avais pistées étaient parties faire un troisième cycle à l'université ou bien elles avaient épousé des snobs. Elles avaient comblé les espoirs que leurs mères avaient mis en elles lors de cette fameuse soirée dansante. L'argent et la sécurité étaient des tentations horribles. Elles auraient dû m'attendre. Je savais que je sortirais la tête de l'eau à un moment plus ou moins proche.

Les années 60 s'emballaient tout autour de moi. Je restais perplexe. Mes bouffonneries se sclérosaient et se fossilisaient. J'étais déjà parti en vrille pour une *loooongue* descente.

Mon père est mort en 65. Je me fais virer du lycée puis réformer pour raisons psychologiques après trois mois d'armée. Je prends des petits boulots payés à un tarif de misère et je dors dans des hôtels minables ou dans des parcs. Je fume de l'herbe et me procure des amphètes auprès de toubibs véreux. Je fauche dans les magasins et je fantasme à plein temps. Je planque un buste de Beethoven dans un buisson de Burns Park. Je fais de courts séjours dans diverses prisons du comté de Los Angeles. Je suis trop maigre et je commence à souffrir de toux chronique.

L'alcool et les drogues sont les régulateurs de ma vie fantasmée. Son thème unique n'a fait que se renforcer. Je continue de me consumer pour les femmes. Cela me pousse vers la folie et la mort.

En aucune façon mes brèves liaisons n'ont été marquées par la tendresse. J'empoignais mes partenaires avec une force capable de les étouffer et je partais en quête de la prochaine image alors que des femmes réelles étaient présentes. Je ne parvenais pas à renoncer à ma blessure ni à cesser de me raconter des histoires. Je ne pouvais m'arrêter de regarder les femmes, de les supplier de détruire mes affabulations et de me répondre.

Le seul amour que je connaissais était pornographique et sortait de ma propre imagination. Les seules amantes que je désirais irradiaient une méfiance des hommes qui m'exclurait toujours. Je succombais à des fantasmes centrés sur Jean Hilliker que je possédais pendant quelques secondes de dépravation inspirées par la drogue. *Fils dépravé à la piété perdue, chercheur entêté que rien ne peut racheter.*

Les années 60 version américaine : même une

extrême complaisance envers soi-même avait ses limites.

L'alcool et les calmants alimentaient mes fantasmes de grand écrivain. Je lisais des romans noirs et des livres d'histoire dans les bibliothèques publiques. Les amphétamines me donnaient le SEXE. Dexedrine, Biphétamine, Desoxyn. Le trio qui titille les testicules. Des substances qui ratatinent la bite. Sans être contre-productives. *Il n'y avait pas de femmes. Elles étaient toutes dans ma tête.*

Les filles de Hancock Park. Leurs mères. Les actrices vedettes du *Fugitif*. Des femmes entraperçues quand j'allais, de façon obsessionnelle, coller l'œil aux fenêtres.

Mes fantasmes étaient crus et débordants d'amour. Je me terrais dans des hôtels pouilleux, des toilettes de stations-services ou des jardins publics après la tombée de la nuit. Je voyais des visages, des visages, des visages. Je la voyais, Elle, et puis toutes les Autres. Il ne peut y en avoir qu'une seule. Ce défilé de visages doit me mener à la révélation d'une femme unique.

Je me masturbais jusqu'au sang. Mentalement, je scrutais des visages entrevus pour y chercher la beauté et la probité. La drogue ressortait de mon système par tous mes pores. Je me soûlais jusqu'à perdre connaissance et me réveillais au hasard dans un bosquet ou une prison. Jamais je ne remis en question la validité de ma mission. Jamais je ne remis en question ma santé mentale ni la ferveur de ma quête. Je n'adhérais pas à l'idée que l'Amérique des années 60 conditionnait fatalement toutes les conduites extrêmes. Je suivais le tracé de la Malédiction Hilliker. Je voulais qu'Une Femme ou que Toutes Les Femmes soient Elle. L'horrible menace de la folie ou de la mort avait beau planer sur moi, elle ne me dissuadait en aucune façon.

Les flics commençaient à serrer les toubibs qui prescrivaient des drogues. J'étais grand, j'avais les cheveux courts, et l'allure étrange d'une sorte d'hybride intello/pas commode. On me prenait pour un flic débutant/faux hippie. *Personne* ne voulait me vendre de la dope.

Je rôdais dans Hancock Park pour coller l'œil aux fenêtres. L'envie me prit d'aller fouiner *à l'intérieur* des maisons.

La maison de Peggy. Celles de Kay, de Cathy. Celles de Missy, Julie et Joanne.

De superbes maisons de Hancock Park. C'était *là* qu'elles vivaient. Je pourrais respirer leurs secrets et toucher leurs effets personnels.

Mon activité de cambrioleur s'étendit du milieu jusqu'à la fin des années 60. Elle se déroulait dans une sorte de brume qui lui était propre. J'ai dû m'y adonner une vingtaine de fois. Le temps se désintégrait au cours de l'opération elle-même. Elle prend de l'importance avec le recul. Mais ce n'était qu'une part infime de mon activité de voyeur.

Hancock Park. Toutes ces maisons. S'y introduire par effraction, c'était *facile*, à l'époque.

Un téléphone que personne ne décrochait trahissait une maison vide. Les chatières étaient faites pour moi. Il me suffisait de pousser le rabat en caoutchouc pour décoincer le loquet intérieur. Déterminisme génétique : c'est pour ça que tu as de longs bras.

Les cadres en bois munis de grillage étaient attachés sommairement à des clous tordus. Derrière eux, les fenêtres restaient souvent levées. Les rebords de fenêtres du rez-de-chaussée étaient à ma portée. J'avais mémorisé ces détails lors de reconnaissances furtives. C'était un processus d'apprentissage. Je ne le savais pas avant ma première intrusion.

Mon idée, c'était de toucher Leurs vies et de Les toucher par procuration. Ne salis rien à l'intérieur. Pas de pillage. Ne laisse pas de traces. *Tu les aimes*. Tu sais que ce que tu fais est mal. Ne proclame pas ta profanation.

De cette façon, tu pourras recommencer encore et encore. De cette façon, tu pourras perpétuer tes méfaits. Les apparences justifieront ton affection.

Dans cette entreprise, je ne connus que le succès. Je suis passé aux actes sans jamais me faire prendre. J'avais les numéros de téléphone, je connaissais le quartier, ma présence paraissait inoffensive dans les rues à dix heures du soir. Accessoirement, mes intrusions me permettaient quelques larcins. Je piquais des billets de faible valeur dans les sacs à main et de petites quantités de comprimés dans les armoires à pharmacie. J'ouvrais les frigos et j'avalais quelques bouchées de nourriture. Je me versais de petites doses d'alcool, d'une carafe dans un verre – en veillant à ne jamais rien renverser.

Garçon méticuleux, au cœur tourmenté, toujours égoïste.

Ce fut un long prélude au reste de ma vie. Ne convoitant jamais les richesses qui m'entouraient, je n'étais jamais envieux dans ma quête.

J'étais doué de vision nocturne. J'emportais une lampe de poche pour mieux distinguer les détails et je gardais le faisceau braqué vers le sol. L'obscurité me rassurait. Les pièces non éclairées m'apaisent aujourd'hui. Les couleurs sourdes me ravissaient alors. Les tissus me stimulaient. Les tapisseries en brocart et en chenille. Des choses qu'Elles avaient touchées.

Des objets jetés au hasard. Des serviettes de table qui traînaient. Une raquette de tennis calée contre un mur avec trois parapluies.

Leurs intérieurs. Une vue détaillée pour accompagner un amour qui n'existe qu'en moi. Des décors luxueux pour mes fantasmes.

Leurs chambres me faisaient peur. Les parfums y étaient plus forts, les couleurs plus vives. Je m'étendais sur Leurs lits et me relevais d'un bond, d'autant plus effrayé. Je passais mon nez sur Leurs oreillers. Je touchais Leurs vêtements et respirais l'odeur de nouveaux effets et captais fugitivement Leur quotidien.

Ce flash me faisait tourner la tête. Le vertige me donnait l'impression d'un réagencement de mes neurones auquel je risquais de ne pas survivre. Je volais des ensembles de lingerie. J'ôtais des cheveux pris dans les brosses et je les posais contre ma joue.

Les années 60 me cajolaient et me camouflaient. Je refusais d'adopter la panoplie hippie. Mes bitures me valurent quelques séjours dans les prisons du comté. Contrairement à mes infâmes violations de domiciles et mes épiques séances de paluchage. Mes approvisionnements en dope finirent par se tarir. Une rencontre imprévue me fournit une source inépuisable et parfaitement légale.

Un hippie me parle des inhalateurs Benzedrex.

C'est un décongestionnant nasal vendu sous la forme d'un tube en plastique. Le tube contient un tampon d'ouate imbibé d'une solution à base d'amphétamines. *Une ouate toxique que l'on avale.* Une source sans fin de sexe sous forme de branlette – jusqu'à ce qu'elle te détruise la santé ou te tue.

Une drogue facile à voler, vendue sans ordonnance. Un moteur de recherche qui me servira sept ans dans ma quête d'Elle.

J'avale des tampons d'inhalateur et je scrute des visages dans ma tête. Sporadiquement, je fais des petits boulots. Je me fais engager chez KCOP-TV, au service du courrier. Je vole les billets de banque que contiennent certaines enveloppes, je bousille la camionnette de l'entreprise, et je me fais virer. Je distribue des prospectus pour un médium serbo-croate. Je trouve un emploi dans une librairie porno ouverte toute la nuit. Je fais une descente dans les piles de bouquins bourrés de photos de chattes, à la recherche de celles qui pourraient La représenter. Je vole lesdits bouquins et je les désosse pendants mes trips à l'inhalateur. Je pique dans la caisse, ce qui me vaut d'être foutu à la porte.

Pas une seule des photos n'est une image d'Elle. « Elle » n'existe pas, « l'Autre » n'existe pas. Je ne le savais pas *alors*. Je ne pouvais pas cesser de la chercher *alors*. Rien ne pouvait m'arrêter, à part la mort.

Sans m'en rendre compte, j'ai acquis une certaine tolérance aux tampons d'ouate. Il faut que j'en avale entre huit et douze pour décoller vraiment. Je vois des visages de femmes et j'entends dans ma tête des voix moqueuses. Elles m'accusent d'avoir proféré la Malédiction et tué ma mère. La dope me bousille les poumons. À deux reprises, je chope une pneumonie. Des séjours de deux semaines au centre de détention du comté m'en guérissent et ne m'apprennent rien. En ressortant, je vole de nouveau des inhalateurs. Je reprends ma quête pour La trouver.

Je consomme des tampons d'ouate en quantités extrêmes et je rôde dans les rues qui m'attirent depuis l'enfance. Je connais toutes les maisons, la plupart des fenêtres et l'emplacement exact de celles derrière lesquelles j'ai vu des visages. De nouvelles fenêtres m'alertaient de la présence de nouvelles femmes. Je vois des visages connus – plus âgés, à présent, et étrangement graves. Je me réfugie dans des chambres d'hôtels minables ou des parcs et je me retrouve seul dans le noir avec ces visages. Dans ma tête, les voix se font plus présentes. Je frôle la psychose. Je m'enfonce du coton dans les oreilles et j'entends les voix d'autant plus fort.

Je fuis mes refuges clos et je parcours à pied de longues distances pour dévier le son. Je suis secoué par des tics, je vacille, et je trahis du même coup mon état mental. Les gens s'écartent de mon chemin. Les femmes me fixent brièvement puis détournent le regard. Je tente à chaque fois de mémoriser leur visage sans les effrayer. Je sais que je n'y parviens jamais.

On me découvre un gros abcès au poumon. Une énorme poche de pus me bouffe la plèvre gauche. J'échoue dans un hôpital. Un mois d'antibiotiques par intraveineuse et des manips quotidiennes pendant lesquelles un infirmier me martèle le dos auront raison de cette saloperie.

Une quête de sept ans.

Pour La trouver. Elle. L'Autre.

J'ai survécu. Dieu a toujours eu un boulot pour moi. Je suis le type qui survit pour raconter l'histoire.

J'ai rencontré une femme en 1973. On fait connaissance dans une laverie automatique. Je suis au trente-sixième dessous alors qu'elle mène une existence convenable. Elle se montre d'une extrême gentillesse à mon égard.

Elle s'appelle Marcia Sidwell. Elle a un an de moins que moi et elle est infirmière diplômée. Elle porte des lunettes et ses cheveux sont blond roux.

Nous aurons trois conversations à une semaine d'intervalle. C'est Marcia qui me parle la première. Elle se montre franchement amicale, sans faire de charme. Elle a deviné, je le vois bien, que je dors à la belle étoile, mais elle ne me juge pas pour autant. Je me surpasse pour paraître convenable, car elle mérite tous les efforts que je suis capable de fournir pour continuer à la voir.

Marcia parle plus que moi. Nous discutons du Watergate. Marcia pense que mon dédain pour le rock-and-roll est original et dénote de ma part une réflexion intéressante. Elle a un petit ami plutôt louche. Elle prend ombrage du fait qu'en général les hommes sont fascinés par sa forte poitrine et elle me sait gré de ne pas loucher sur ses seins. Je ne parle jamais de ma mère, rousse et infirmière, qui est morte il y a quinze ans. Marcia a des yeux d'un bleu saisissant. Je lui montre mon buste tout crasseux de Beethoven. Elle me touche le bras l'espace d'une seconde.

Je retourne à la laverie pour une quatrième conversation. Marcia faisait sa lessive chaque semaine à la même heure. J'espère la voir arriver au volant de sa Volkswagen.

Elle n'est pas venue ce jour-là. Pendant un mois, je l'ai attendue tous les jours. Marcia n'a jamais reparu.

Cela m'a anéanti. J'ai pensé que j'avais dit ou fait quelque chose qui lui avait déplu, ou que je m'étais trahi en lui laissant entrevoir ma dépravation extrême. Ma logique de type égocentrique et rongé par la culpabilité était parfaitement spécieuse. Marcia a trouvé une laverie plus proche de son domicile ou choisi une autre solution. Notre relation était cruciale pour moi et ne signifiait pas grand-chose pour elle.

Elle m'a dit qui elle était et m'a traité de façon équitable. Je regrette de ne pas avoir fait pour elle, en retour, quelque chose de remarquablement audacieux.

Février 1958 – la vallée de San Gabriel, c'est le mélange du tiers-monde et des Appalaches. Jean Hilliker et moi atterrissons au cœur même de l'enfer.

Notre maison est étriquée et sent le moisi. Une pourriture envahissante provoque chez moi des haut-le-cœur et des éternuements. Nos voisins Pachucos-Petits Blancs font trembler mon âme pieuse et se hérisser mes poils de jeune pervers.

Jean Hilliker picole de plus en plus. Son haleine empeste en permanence le bourbon bon marché. Pour mon anniversaire, elle m'a offert un chien complètement nul. Je sais que ce n'est pas un vrai cadeau et que, pour moi, il y aura un prix à payer.

Elle me fait asseoir sur le canapé. Elle est à moitié beurrée. Elle me raconte des salades sur mon rite de passage. *Tu es un jeune homme, à présent. Tu as l'âge de faire des choix. Tu aimerais mieux vivre avec ton père ou avec moi ?*

Je réponds : *Avec Papa.*

Elle me frappe.

Je tombe du canapé et je m'ouvre le cuir chevelu sur la table basse en verre. Le sang jaillit de l'entaille. Je la traite d'alcoolique et de traînée. Elle s'agenouille et me frappe de nouveau. Un arrêt sur image s'opère dans son cerveau. Elle plaque une main sur sa bouche et se recule brusquement.

Un filet de sang pénètre dans ma bouche. Je me souviens du livre, je profère la Malédiction, je décrète sa mort. Elle sera assassinée trois mois plus tard. Elle mourra à l'apogée de ma haine et de mon désir pour elle – un désir aussi brûlant que ma haine.

Le crime qu'elle avait commis envers moi était passionnel et donc pardonnable. Elle s'était causé du tort à elle-même et repentie en toute hâte. Ma punition fut inhumaine et préméditée. Je remballai ma rage et fis mystiquement appel à un assassin. Elle et moi ne faisons qu'un dans notre appétit de vivre et notre droiture. Je lui suis redevable de tout ce que je suis. Il faut que je lève la Malédiction qui pèse sur elle et sur moi-même. Il faut que je révoque son statut pour qu'elle cesse d'être l'Autre.

4

Retour au bercail.

En 2006, j'ai bouclé la boucle pour regagner Los Angeles. J'avais passé vingt-cinq ans dans diverses villes du Nord et de l'Est, et péniblement franchi les étapes qui allaient me ramener là-bas. Parmi lesdites étapes, deux divorces et une dépression. Mon instinct de survie est intervenu. La vraie Joan m'a largué à San Francisco. Une femme mariée que j'avais rencontrée pendant deux secondes vivait à L.A.

Joan et moi avions désiré avoir une fille. La femme mariée avait deux filles. Ce hasard ténu m'a fait franchir le dernier tronçon du voyage de retour.

L'adaptation à l'écran du *Dahlia noir* était sortie. Éreinté par la critique, échec commercial, le film n'a pas fait carrière, mais la réédition du livre en collection de poche est un énorme succès. Mon éditeur organise une lecture publique à la librairie Skylight Books d'East Hollywood.

Je me sens en pleine forme, cela se voit, et ma renaissance s'accompagne de cette excitation qui signifie : Je suis de retour ! Les esprits me poussent du coude. Deux femmes me manquent : Joan et ma seconde ex-épouse, Helen. La veille au soir, j'ai vu la femme mariée pour la deuxième fois. Notre affinité réciproque s'est confirmée. Nous avons discuté du plaisir pour des parents d'avoir des filles – une réalité pour elle, un souhait non réalisé pour moi. J'ai recours au stratagème : Et si nous déjeunions ensemble ? Je doute fort qu'elle me rappelle. Je pense sans cesse à Marcia Sidwell. Trois brefs dialogues trente ans plus tôt. Une partie de moi-même, séparée du reste mais d'une grande importance, lui *appartient*.

J'ai fait plusieurs tentatives pour la retrouver. Elles ont toujours échoué. J'ai payé des détectives privés. J'ai mis à contribution mes copains flics. J'ai envie de la revoir et de lui dire merci. J'ai envie de faire pour elle quelque chose de *grand* et de coûteux. Peut-être a-t-elle un enfant malade à qui je pourrais donner un de mes reins. Deux secondes avec ces yeux d'un bleu éclatant me réduiraient le cœur en cendres.

La librairie Skylight est bondée. Je compte deux cents personnes, dont un bon tiers de femmes. L'un des libraires me présente. Mes fans délirent. Je remarque une rousse lumineuse d'une cinquantaine d'années. Le type assis près d'elle a l'air de tenir le rôle du petit copain pour la circonstance.

Je m'approche du pupitre. Je me dis : *Et merde, qu'est-ce que je risque ?*

Je commence : *Faites quelque chose pour moi. Ça me monte à la tête. J'ai besoin d'une femme énergique qui saura me dompter grâce à son amour et me piétiner en bottes de cuir noir à talons hauts.*

Mes fans adorent. Quelques femmes sifflent. Je lis des passages du livre, réponds à des questions, et je répète quatre fois mon accroche. *Vous avez saisi ? J'ai besoin d'affection.*

Le succès est phénoménal, par rapport à mes propres critères qui placent la barre très haut. Après la lecture, je signe des livres pour les clients de la librairie. La rousse écarte son petit copain et me montre ses bottes. Je gémis et m'accroche au pupitre. Sept femmes me glissent leur numéro de téléphone.

J'en appelle trois. Je dîne avec chacune d'elles les soirs suivants. Je leur explique que je suis entre deux obsessions et que j'ai besoin d'une amie intime. *Me trouvez-vous trop abrupt ou bien choquant de quelque manière que ce soit ?*

Toutes les trois me répondent *Non* et se disent ravies. Une intimité instantanée se concrétise. L'attente et l'espoir étaient plus doux et plus importants que les actes.

Je donne une autre lecture la semaine suivante. Je suis sur les rotules mais je fais un triomphe malgré tout. La femme mariée ne m'a pas appelé. Je pense à elle sans cesse. Je m'étends sur mon lit et je lui parle. Nous discutons du fait d'avoir des filles. Au-dessus de nous, Beethoven fronce les sourcils.

La foule qui vient d'assister à ma lecture se disperse. Je regagne ma voiture, épuisé. Je remarque une femme à la terrasse d'un café.

Son âge correspond. Elle a la même couleur de cheveux et la même allure.

Je croise son regard et lui dis : *Marcia ?*

Elle cligne des yeux et répond : *Non.*

La femme mariée m'appelle le lendemain.

DEUXIÈME PARTIE

ELLES

5

I want to hold your hand[1].

C'était le sketch qui concluait chaque séance. D'abord, il fallait se farcir tous les récits vécus des accros à la gnôle et à la dope, et puis on formait la chaîne pour adresser nos prières au Seigneur. Quatre-vingt-dix minutes de confessions pour vingt secondes de contact physique. Il fallait que je reconstruise ma vie. Cette étape m'apparaissait comme une corvée, et la rousse aux allures de lesbienne, provisoirement, comme un lot de consolation.

Ma première réunion des Alcooliques Anonymes. Lundi 1er août 1977.

J'ai 29 ans. J'ai survécu à sept ans de psychoses et d'ingestion de tampons d'inhalateurs. J'ai arrêté la gnôle, l'herbe et les stimulants pharmaceutiques. Mon nouveau régime, c'est l'abstinence. L'avenir

---

1. *Je veux te tenir la main*, titre d'un succès des Beatles.

s'annonce horrible. J'ai renoncé au vol à l'étalage et aux violations de domicile. Je n'ai pas eu de révélation spirituelle. Faire défiler dans ma tête des visages de femmes a failli me tuer. Mon appétit compulsif avait effectué un tour complet sur lui-même. À présent, c'était le droit chemin qui m'attirait. Mon apostasie était dictée par un intérêt implacablement égoïste. Je voulais des femmes. Je voulais écrire des romans. La sobriété était synonyme d'efficacité. Je ne pouvais pas réaliser mes projets dans mon état de délabrement physique du moment.

La réunion s'éternise. La plupart des participants ont la cigarette au bec. La fumée irrite mes tissus pulmonaires en voie de guérison. Un type appelle la rousse « Leslie ». Elle ressemble à une Marcia Sidwell au rabais. On arrête de se tenir la main. Leslie ne m'a pas jeté un seul regard. Tu as fait *tout ce chemin* pour *ça* ?

La situation n'est pas si dramatique. Ma toux chronique est guérie. Je suis jeune et d'une résilience héroïque. J'ai un emploi de caddie au Country Club de Bel-Air. J'ai une chambre d'hôtel à vingt dollars par semaine. Les toilettes et les salles de bains communes sont au bout du couloir. Le lavabo de ma chambre me sert de pissotière.

Une nouvelle affiche de Beethoven trône au-dessus de mon lit. J'écoute les messes mystiques du Maître sur un magnéto huit pistes et je médite. Un sens moral qui s'est révélé en moi depuis peu m'interdit désormais de jouer les voyeurs. Je ne lorgne plus, j'examine. Je traîne dans Westwood Village, je regarde les femmes, et je me cabre au moment de les aborder. Je n'ai aucune notion du code social. Pour moi, le monde qui m'entoure est encore flou. La révolution sexuelle concerne les autres. La permissivité de l'époque appartient aux petits malins et aux baratineurs. Je suis un ancien pervers à la dérive, et mon repentir reste fragile.

Mes pulsions sexuelles ont failli me tuer. Elles étaient solitaires et stimulées par la drogue. De cette période me reste un mémorable défilé de visages féminins. Il me semble que c'est à Dieu que je dois mon salut, et je me demande quelle mission Il a prévue pour moi. Elle se résume à écrire des livres et à trouver l'Autre. Cela se passait il y a trente-deux ans. Les visages tourbillonnent encore dans ma tête plusieurs décennies plus tard. Ces femmes demeurent sous la forme d'images en quête d'une structure narrative. Elles ne savaient pas qui j'étais alors, et elles ne savent pas qui je suis aujourd'hui. Des femmes réelles les ont rejointes. Mon expérience de la réalité et d'un discours concret n'a en aucune façon effacé cette collection de visages. Mon cœur lascif s'est dilaté pour les conserver tous.

J'ai failli mourir. J'ai attribué ma maladie à la Malédiction. C'était un châtiment divin et un dommage collatéral de la mort que j'avais provoquée. J'avais échafaudé des fantasmes honteux dont la figure centrale était Jean Hilliker et payé un prix quasi fatal pour cette transgression qui provenait tout droit de la Malédiction. Ma mère était morte depuis dix-neuf ans. Je n'éprouvais aucun amour pour elle et j'ignorais ma dette envers elle. Je redoutais son pouvoir, que j'annihilais en la bannissant de mon esprit.

Ma chambre d'hôtel était étroite et insuffisamment meublée. Je veillais à ce qu'elle soit d'une propreté impeccable. J'y allumais rarement la lumière. Sobre comme un chameau, j'écoutais Beethoven et ses disciples de moindre talent, et dans ma tête je parlais à des femmes.

Des visages surgissaient du temps de ma jeunesse. Les filles de Hancock Park étaient là. Celle que j'avais prénommée Joan apparaissait souvent. Mentalement, je me la représentais âgée de 38 ans et je me félicitais de ses pouvoirs de prophétesse. La vraie Joan eut 12 ans cette année-là.

C'était de la peinture mentale. Je créais une palette visuelle sur une bande-son dont l'urgence était toute nouvelle. Je voulais à tout prix écrire des histoires et toucher réellement des femmes. Aux Alcooliques Anonymes, j'ai entendu des femmes raconter leur vie. J'ai analysé la façon dont elles disaient avoir souffert de misogynie et de traumatismes sexuels sans remettre en question l'idée même de la suprématie masculine. Je conversais avec elles dans le noir. J'étais leur consolateur, leur interlocuteur, leur ami. Au cœur d'une profonde compréhension réciproque, nous faisions assaut de séduction. Le sexe était pour chacun de nous l'expression d'une vie marquée par une appétence contrariée jusqu'à ce premier baiser.

Ce fantasme répétitif à l'infini pouvait se transposer aisément. J'étais à la recherche de la probité et du sexe transcendant dans une confrontation face à face. J'enlaçais des femmes-images avec discernement et les abandonnais sans ménagement. La sobriété décuplait mes prouesses fantasmées mais entravait gravement mes capacités à réprimer mes propres sentiments. Je me sentais victime d'un envoûtement vaudou. Qui déclenchait des crises de larmes et des accès de rage à donner des coups de poing contre les murs. Ce qui me poussa à passer à l'action.

En sachant que les femmes ne pourraient lire mes pensées et détecter ma pitoyable condition.

En sachant que mon dessein moral cachait purement et simplement un désir sexuel.

En sachant que les femmes ne me percevaient pas en sauveur et qu'en fait elles avaient peur de moi.

Je traînais dans les librairies proches du campus de UCLA. Je scrutais des visages de femmes pour y déceler un caractère et un sens de l'humour indiquant qu'elles pourraient être éventuellement sensibles à mon charme. Erreur de calcul de ma part. Je ne possédais aucun charme et tout chez moi trahissait mon état de tension nerveuse. Pour les aborder, j'utilisais un boniment qui avait toujours un rapport avec les livres – et je ne prenais pour cibles que des femmes qui paraissaient intellectuelles et pleines d'assurance. Elles avaient franchi le cap de ma rigoureuse présélection : pas de maquillage excessif, pas de vernis à ongles, pas de posture sexy ou d'accoutrement rock-and-roll. Ce que je cherchais, c'était un mélange de naturel et de passion brûlante. Je cherchais une âme sœur : autodidacte et insensible aux tendances.

Les premières femmes que j'abordai me rejetèrent sans tarder. Je me trahissais instantanément. La conversation causait ma perte. Ma bouche se convulsait, mes yeux de fouine lançaient des éclairs, mon corps secoué de spasmes déclenchait des alarmes. Mes lunettes glissaient sur mon nez. J'exhibais de tristes chicots, témoins des bagarres à coups de poing que j'avais perdues et d'une hygiène dentaire déplorable. J'étais l'incarnation d'un appel au secours. Les femmes le comprenaient aussitôt. Les rebuffades m'ont décidé à revoir mes critères et à placer la barre plus haut sur le plan spirituel.

Seules les femmes solitaires et égarées comprendraient ma gravité. Aussi inadaptées que moi, c'étaient mes sœurs, réglées sur ma longueur d'onde. Elles *seules* appréciaient le discours intérieur et le sexe comme flamme sanctifiée. Leurs âmes souillées étaient synchrones avec celle de votre serviteur.

Voilà *à quel point* mon raisonnement était alambiqué, *à quel point* ma quête de l'amour était mystique et prédatrice. Je suis parti à l'assaut d'une seconde vague de conquêtes potentielles, repérées cette fois dans des magasins de disques. Leur physique n'avait rien de remarquable, et elles étaient toutes d'une stupéfiante non-sveltesse. Elles me plaisaient et je les désirais malgré tout.

Elles m'ont *toutes* rembarré. Mon approche avait *toujours* un rapport avec Beethoven. Elles passaient *toutes* en revue les albums de musique classique. J'ai fait un bide cette fois encore. Leurs sirènes d'alarme se sont déclenchées. Beethoven a été le seul artiste de l'Histoire à rivaliser avec Ellroy, auteur inconnu et pas encore publié. Nous étions semblables : l'un comme l'autre adeptes de la délectation morose, qui se pratique en se curant le nez et en se grattant les couilles. Il désirait des femmes dans le silence de sa solitude. Son âme s'exprimait au même niveau sonore que mes hurlements riches en décibels. Toi et moi, petit :

Elle, L'Immortelle Bien-aimée/L'Autre. Conjonction, communion, consécration, et l'accomplissement du tout. L'espèce humaine progresse et toutes les âmes sauvées deux à deux s'unissent. L'union sacrée de l'art et du sexe pour toucher Dieu.

Ces femmes n'auraient pas pu décrypter mon cœur. Il les aurait horrifiées.

Je veux ramper en toi et t'offrir le même réconfort. Plaque tes mains sur mes oreilles. Je ferai la même chose pour toi. Le hurlement du monde est insupportable et nous seuls savons ce qu'il signifie.

Je déclarais cela à de parfaites inconnues. Ma repartie bâclée en guise de hurlement. C'était la note aiguë et dissonante des derniers quatuors de Beethoven. Je restais *à ce point* obsédé, même dans un état de sobriété totale. Je ne voyais aucun signe d'apaisement ni aucun espoir de libération.

J'étais devenu sobre. La peur de mourir m'aidait à tenir le cap. Le côté consciencieux de ma nature se renforçait constamment, jour après jour. Les Alcooliques Anonymes m'offraient la prédestination et une latitude acceptable dans ma propre foi. La moitié de mes camarades en sobriété étaient des femmes. Je les observais et j'enchaînais à toute vitesse des béguins à sens unique. Elles me rejoignaient dans le noir. Je reconstruisais les discours qu'elles avaient tenus lors des réunions et j'altérais le sens de leurs vies pour mettre l'accent sur l'amour fictif qu'elles éprouvaient pour moi.

Tout était affaire de reconnaissance. Le dialogue était inclus à proportion égale. On partageait pareillement la vérité de nos existences, puis on s'embrassait. Arrivés au bord du précipice de la passion, on battait en retraite, on se jurait de rester monogame puis on faisait l'amour. C'était *à ce moment-là* que je me masturbais. Cette partie de mon voyage se terminait de façon abrupte. *Ouf !* – à présent nous pouvons parler de ce que tout cela *signifie*.

Des images au flou artistique défilaient au rythme des confidences sur l'oreiller. Des femmes que je n'avais jamais vues nues apparaissaient dévêtues près de moi. Melinda D. aplatit son sein pour mieux se blottir contre moi. Je touche les cicatrices d'acné sur le cou de Pat J. pour lui dire que ce n'est pas grave. Elle secoue la tête, repousse ma main et me dit *chuuut...* Le clair de lune traverse les vitres de mon hôtel minable. Laurie B. a les larmes aux yeux. Je souris parce qu'elle vient de dire *Je t'aime*. Elle rit et tire sur mes chicots grotesques.

Voilà comment c'était. Il y a plus de trente ans – et je ne peux renoncer à un seul moment de cette période.

On discute avec gravité, on fait l'amour, on rediscute avec gravité. Transpiration et haleine chargée d'une odeur de nicotine, à cette époque où les femmes qui avaient de la classe fumaient encore. On se promet un avenir commun. C'est notre cause commune à *Nous*. On analyse nos passés partagés qui nous promettent un avenir utopique. Leurs histoires véritables et la version que j'en donne quand je les réinterprète. La façon hypocrite dont j'omets de parler de cette femme dont la mort plane au-dessus de ma tête. Le rôle de sauveur que je m'attribue et devant lequel elles capitulent. Leur promesse d'apaiser mon immense chagrin. Ma promesse de rosser jusqu'au dernier tous les hommes qui leur ont fait du mal. Notre certitude que nous resterions éternellement fidèles et que cela resterait toujours aussi *meeeerveilleux*.

On discute avec gravité, on fait l'amour, on rediscute avec gravité. Chaque nuit, sur un mode monogame mais transférable, n'importe quelle femme pouvait devenir Elle.

Pauvre cinglé, *artiste manqué**, tout cela n'était qu'acrobaties mentales.

Cette fièvre-là m'a hanté une année entière. C'étaient les courants changeants de l'âme qui la régissaient. Mon angoisse physique s'accrut. Le scénario des confidences sur l'oreiller changea de direction. Le monde réel m'appelait de nouveau. Il fallait que je la possède *tout de suite*. Je restais paralysé. J'écoutais moins l'Elle fantasmée mais je lui parlais davantage. Je vivais dans le stimulus qu'Elle me procurait, et la rage qui m'habitait était le désir de réécrire Sa vie selon mes propres critères. La passion cernée par le flux des perceptions. Des biographies révisées pour convenir à mes besoins narratifs et assouvir mon ego démesuré et déficient. Un stage de formation pour un jeune homme à l'ambition sans bornes, tenaillé par la culpabilité, et profondément croyant.

« Je prendrai le destin à la gorge. » Tel est le cri que poussa Beethoven alors que sa surdité s'aggravait. La solitude chaste du Maître et ma conviction a posteriori : l'art est ce dialogue avec les esprits inaccessibles – et ce que vous parvenez à saisir afin de pouvoir écrire.

Mon seuil de stimulation explosa. Les putes envahissaient le Sunset Strip en masse.

On était en 78. La panique causée par l'Étrangleur des collines avait fait rage puis était retombée. Finis, les rapts à Hollywood. Ce salopard s'était volatilisé. Mes prières pour sa capture n'avaient pas été entendues. J'observai le résultat.

Sunset grouillait de prostituées sur plusieurs kilomètres. Certaines portaient des fringues vulgaires de tapineuses et un maquillage outrancier. La plupart s'habillaient comme des femmes normales. Elles semblaient représenter un nouveau style de l'amour-à-vendre. Puisqu'elles voulaient vendre, j'étais acheteur.

Aux Alcooliques Anonymes, j'avais fait la connaissance de quelques flics. Ils m'ont vite mis au courant. Ces femmes étaient des « occasionnelles du week-end ». Certaines étaient des « actrices » qui cherchaient de quoi améliorer leurs revenus. La plupart étaient des employées de bureau ou des institutrices venues de Bakersfield ou de San Bernardino. Elles créchaient dans des motels et se sentaient en sécurité parce qu'elles étaient nombreuses. Évidemment, elles paraissaient normales. Mais... aucune fille normale ne propose son cul pour du fric.

C'était leur *apparence* de normalité qui m'excitait. Je sentais là des histoires individuelles façonnées par des codes sociaux spécieux. L'un de mes copains flics m'a cité la cocaïne. Un autre, le féminisme dévoyé. Un troisième, l'appât du gain – tortille du cul, *The times, they are a changin'*[1].

Ces femmes semblaient *réelles*. J'empruntais des voitures, je maraudais sur le Strip, et je scrutais leurs visages. Je lisais leur regard, je sentais ce qui les avait amenées là et ce qui les persuaderait d'arrêter. Elles investissaient le trottoir à partir de vingt heures. J'effectuais des douzaines de circuits de reconnaissance. Je les observais, à la recherche de visages respirant la santé ou de signes indiquant des façades sur le point de se fissurer. Ensuite, je changeais de territoire. Je suivais Sunset vers l'est jusqu'à Bunker Hill. Je surveillais le Dorothy Chandler Pavilion.

Les concerts symphoniques se terminaient vers vingt-deux heures. Des femmes portant des violons ou des violoncelles surgissaient des portes de derrière. J'étais l'admirateur muet qui guette les artistes à leur sortie de scène. La plupart des femmes étaient attendues par leurs maris ou leurs compagnons. Elles portaient des robes noires ajustées à la taille et au décolleté plongeant. Elles semblaient impatientes de se débarrasser de leur tenue de travail, de boire

1. *Les temps changent*, titre d'un succès de Bob Dylan.

quelques verres et de parler de musique. Des femmes seules sortaient en trimballant de lourds instruments. Je proposai mon aide à plusieurs d'entre elles. Elles me dirent toutes *Non*.

Retour au Strip. Pour décrypter des visages. Et peaufiner mon esthétique de l'amour-est-à-vendre, achetons-le.

J'aimais les femmes plus âgées que moi. Je pensais qu'elles me seraient reconnaissantes de les avoir choisies et qu'elles seraient mieux disposées à mon égard. J'aimais les femmes à lunettes. J'aimais les femmes dont le front plissé disait : *Faire le tapin, ce n'est peut-être pas l'idéal.*

Cela m'a pris deux douzaines de maraudes en voiture et de rebuffades avec le L.A. Philharmonic. J'ai mis un peu de fric de côté, emprunté une voiture, et je suis *passé à l'attaque.*

C'est un milieu de semaine. Il fait froid. Des tornades de pluie ont balayé Los Angeles. Le Strip est noir de monde. Les femmes portent des cirés boursouflés et des cache-poussière en daim. Je remarque une professionnelle solitaire contre le mur latéral du lycée de Hollywood. Elle porte des petites lunettes rondes. Elle est blonde, grande et mince. Elle porte une robe moulante sous un duffle-coat. C'est simple et c'est *touchant*. C'est la conception qu'une marginale intello pourrait avoir d'une tenue sexy. Elle a sept ou huit ans de plus que moi et semble nerveuse. J'extrapole l'histoire de sa vie instantanément et d'une façon qui me paraît pertinente. Prof de fac dans la débine. Une succession d'hommes faibles.

Une approche détachée de la prostitution comme expérience de laboratoire.

Je me gare le long du trottoir. Elle s'approche de la voiture et se penche à la fenêtre de la portière côté passager. Je lui dis bonsoir. Elle veut savoir si je suis flic. Je lui demande d'où lui vient cette idée.

Elle me parle de mes cheveux courts. Je justifie ma coupe à ras et j'ajoute que je travaille sur un terrain de golf. Elle m'objecte : *Tu cherches simplement à ne pas être comme tout le monde.*

Son discernement me ravit. Elle parle d'une voix monocorde, du Midwest. Elle m'annonce que c'est vingt dollars pour une pipe et trente si je veux la sauter. Je lui réponds que j'ai cent dollars en poche et que je souhaite simplement profiter d'une portion raisonnable de son temps. Elle regarde sa montre et me demande si je désire quelque chose de spécial. Je lui dis : *Non, seulement un peu de temps avec vous.* Le regard qu'elle me lance signifie : *Ah, bon, tu fais partie de ces types-là...*

Elle m'entraîne vers un motel, quatre pâtés de maisons plus loin, sur La Brea. La chambre est deux fois plus grande que la mienne, et quand même petite. Elle nous enferme à clé et désigne la coiffeuse. J'y dépose cinq billets de vingt dollars.

Il fait chaud dans la chambre. J'ai les jambes en coton et je sens qu'elles se couvrent de sueur. Elle ôte son manteau et le jette sur une chaise. Elle a des bras ronds pour une femme aussi mince. Une image me traverse l'esprit : Vera Miles en experte des bars chic dans *Le Fugitif.* Elle ramasse mon argent et le fourre dans son sac à main. Je dis : *On n'est pas obligés de le faire.* Elle me répond : *Je te fous à la porte si tu te mets à pleurer.*

Je m'adosse au mur et je ferme les yeux. Elle me conseille de ne pas en faire tout un plat. Je rouvre les yeux. Elle déboutonne son chemisier. Je lui demande d'où elle vient. De Fullerton, me répond-elle.

Une ville universitaire du comté d'Orange. Ce qui validait ma théorie. Je commence à parler...

Elle dégrafe son soutien-gorge. Je vois ses seins et je souris. *Voilà qui est mieux*, dit-elle. Je lui prends la main droite et pose un baiser sur son bras, au-dessus du coude. Elle me secoue la main et me dit : *Laisse-toi un peu aller, d'accord ?*

Je respire à fond plusieurs fois, cela me détend. Elle se débarrasse de ses chaussures et garde ses socquettes. Elle ôte sa robe et ses sous-vêtements et reste plantée devant moi.

Elle me demande : *Ça va ?*

La chambre bascule.

Ensuite, tout se précipite. Tout va plus vite parce qu'elle a hâte d'en finir et que je n'ai pas envie de la gêner ou de la contrarier.

Elle n'a pas envie de parler.

Elle esquive mes questions.

Elle ne me laisse pas la serrer dans mes bras.

Je ne sais pas combien de temps cela a duré. J'ai eu le sentiment que le monde venait de m'être révélé.

J'ai donc recommencé à de nombreuses reprises avec mon intuition de branque et ma ferveur de petit-fils de pasteur en rut.

Ma liste devint imposante, les tarifs élevés de ces dames plombaient mes finances, mes critères étaient uniques. Le tourbillon de visages disponibles se renouvelait sans cesse.

Les voitures que j'empruntais pour jouer les pervers me transportaient jusqu'au Strip et me ramenaient chez moi, insatisfait : j'avais fait l'amour, mais je n'étais pas repu. Un détour du côté du Dorothy Chandler Pavilion rétablissait l'équilibre et faisait remonter mon appétence. Dans l'un ou l'autre de ces deux endroits, j'éveillais les soupçons. L'Étrangleur des collines, le monstre local, était encore dans toutes les mémoires. Je sillonnais le même territoire. *Pourquoi est-ce que tu me proposes plus d'argent que je ne t'en demande ? Non, je n'ai pas besoin que vous me portiez mon violoncelle.*

Je comprenais les différences entre les deux professions et je traitais ces deux catégories de femmes de la même façon. Je cherchais un élément culturel chez les prostituées et une lascivité brutale chez les musiciennes. Des premières, j'obtenais le passage à l'acte ; des secondes, je n'obtenais rien du tout. Mon acuité extrême était une illusion, et suprêmement égoïste. Je scrutais des visages de femmes pour savoir si elles méritaient d'être aimées, et j'exigeais aussitôt leur amour en retour. Tout cela n'était qu'un troc grossier typiquement mâle : de l'argent contre des faveurs faussement impromptues. J'arrivais avec un texte tout prêt, et je me désintégrais au premier signe d'improvisation. Les prostituées n'avaient pas envie d'entendre l'argumentaire grâce auquel je me justifiais d'acheter leur corps. Les violonistes n'avaient pas besoin d'un minable comme moi – elles voulaient un vrai Sviatoslav Richter. Les deux groupes voyaient en moi un fanatique qui masquait ses intentions derrière un écran de fumée.

Les prostituées prenaient pour principe que le sexe était une activité banale, c'est pourquoi elles faisaient confiance aux hommes qui acceptaient de les payer pour les sauter. Je ne pouvais pas accepter ce principe implicite. Les musiciennes voyaient le sexe comme un aspect parmi d'autres de leur existence en quête de raffinement. Cette idée-là était tout aussi restrictive. La bonne réponse, c'est que le sexe est *tout* – alors, montrez-moi les visages et je raconterai l'histoire.

Mon idée maîtresse, c'était : les femmes en tant que muses. Je faisais subir à la gent féminine tout entière une véritable course d'obstacles. Les rares élues franchissaient fièrement la dernière haie. Des prostituées choisies avec soin survivaient à une série de repérages en voiture et je les décrétais aptes à m'avoir une fois pour client et à rester dans ma mémoire éternellement. Les musiciennes survivaient chastement. Je ne portais jamais leur instrument. Je récoltais quelques sourires qui me permettaient de tenir jusqu'à la semaine suivante.

Du Sunset Strip au Dorothy Chandler Pavilion et retour. Mon processus de sélection. Cent dollars offerts pour ça : est-ce qu'on peut se déshabiller et bavarder un peu ?

J'ai encaissé trois refus. Ça a marché quatre fois. Ça permettait aux filles de décompresser. En échange, j'avais droit à de la douceur, des soupirs tarifés, et de la conversation. Le plus excitant, c'était le déshabillage et les *tableaux** mis en scène. J'ai entendu des histoires de mauvais pères, de maris infidèles à Camp Pendleton et du visqueux Tonton Harold qui les pelotait dans les coins. Je ferrais ma proie un peu plus tard dans la soirée. Elles étaient fatiguées et bien contentes de tomber sur un micheton qui ne les épuisait pas. Je les étudiais tout en les pressant de questions. Elles faisaient des économies pour ouvrir une boutique. Elles avaient besoin de fric pour payer la scolarité de leur môme attardé mental. Elles étaient post-sexe ou au-dessus du sexe. C'étaient des féministes pragmatiques qui s'enflammaient pour une doctrine quelconque trouvée dans un bouquin à gros tirage. Elles faisaient peu de cas de l'idée selon laquelle il n'y avait rien de plus important sur terre que le sexe. Elles me donnaient un moment infime de leur vie et elles m'étaient reconnaissantes de lui accorder de l'importance.

J'appris un peu à bavarder. J'appris quelques pratiques sensuelles. Fais ceci ou bien ceci – tu auras peut-être une copine un jour. Tu es un gentil garçon, fais-toi soigner les dents, ne regarde pas les filles *avec ces yeux ronds*. Qu'est-ce qui se passe dans cette caboche bizarre ?

Je l'ai dit à quelques-unes. Je leur ai expliqué que je voulais écrire des livres. Que j'aimais les romans noirs et la musique classique. Mon cerveau fonctionnait en surrégime. Je me rendais à pied à mon travail au terrain de golf, et je flânais en route pour regarder les femmes. Le drame commence lorsqu'un homme rencontre une femme. De violents événements interviennent. L'homme et la femme sont balayés par une corruption catastrophique. Ils affrontent une série de personnes moralement dérangées qu'il faut contrecarrer ou neutraliser. L'homme et la femme ne parviennent pas à échapper à ces malfaisants.

Moralement, l'intérêt de la lutte consiste à vaincre l'adversité et donc à changer. Cela m'effraie de penser qu'avec le temps, l'amour/le sexe véritables s'étiolent et finissent par mourir. Je veux l'amour véritable et je trouverai l'amour véritable et je ne le laisserai pas paralyser mon imagination. Tu me dessines de belles images. Nous sommes ici pour nous faire des confidences particulières. Peu m'importe que tu essaies simplement d'être gentille et que je te paye pour ça. Les femmes m'entraînent dans des lieux extraordinaires puis elles m'abandonnent à mon triste sort. C'est la perspective romantique depuis laquelle je veux écrire. Tu reprogrammes mon cœur et tu me montres comment les choses fonctionnent. Tu me parles et tu m'écoutes. C'est le monde dans un livre d'images animées que je suis capable de comprendre.

Oui, mais je suis nue.

Eh bien, moi aussi, je suis nu.

Tu ne vas pas me demander quelque chose de dégoûtant.

Non, absolument pas.

J'ai eu cette conversation à quatre reprises. Elle était suivie de regards stupéfaits et de regards tendres. Avec la dernière de ces femmes, j'ai parlé jusqu'à deux heures du matin. C'était une ouvrière agricole du comté de Kern. Elle gardait les mains croisées derrière la tête. À chaque pause de mon monologue, je déposais un baiser au creux de ses aisselles. Cela semblait la ravir. On n'a pas fait l'amour. On s'est assoupis et on a dormi côte à côte. Elle s'est blottie contre moi et m'a tenu le poignet gauche.

La formule s'est constituée de cette façon. Les visages ont formé un tout cohérent au cours de ma vie de voyeur. Aux confidences imaginaires sur l'oreiller ont succédé de vraies confidences dans des motels de passe. Les esprits furent revus et corrigés au détriment de leur véracité probable.

L'histoire est née de ma perception des femmes que je n'avais pas pu avoir et s'annonçait aussi grandiose que leur re-création sous forme de mythe. Je me métamorphosai aisément en détective privé fou de musique. Celui-ci venait de la lisière pauvre de Hancock Park. Il avait récemment cessé de boire. Sa mère n'avait pas été assassinée. Il ne pistait pas les filles riches et ne volait rien dans leurs appartements. Je supprimai le pathos d'une masturbation quasi fatale. Ce type-là avait davantage de dignité.

La femme jouait du violoncelle. Elle ressemblait à celle que j'avais prénommée Joan. La vraie Joan eut 14 ans cette même année.

Le langage corporel de cette femme fictive était emprunté aux prostituées que j'avais observées. Ses formes étaient celles des femmes rencontrées aux Alcooliques Anonymes que je m'étais mentalement représentées nues. Son tempérament était celui de Jean Hilliker. Son regard prophétisait la vraie Joan et aussi ma future maîtresse Karen, une femme mariée. Il y avait même des visions fugitives de la magicienne Erika.

L'intrigue était un patchwork de romans criminels. L'action se déroulait dans une version rigoureusement aseptisée de Los Angeles. Il n'y avait pas d'El Monte. Je n'avais pas le cran nécessaire. Il n'y avait pas de Hancock Park avec toutes ses perversions sous-jacentes.

J'évitais Hancock Park. Je restais au nord de la 1re Rue, au sud de la 6e, à l'ouest de Highland et à l'est de Western. Une fois par mois, je passais en vitesse devant cette laverie automatique, à la recherche de Marcia Sidwell. Elle n'y était jamais. C'étaient des missions-éclair. Un coup d'œil et je m'éloignais.

Verboten ! Ne fais pas ça ! Tu es un homme nouveau ! Collet en barbelé, puits empoisonné, attention danger !

Les maisons m'attiraient toujours comme des balises. Des vestiges des filles y étaient encore vivaces. Je ne pouvais pas me permettre d'y retourner.

6

Les femmes s'endorment les premières. C'est Penny qui m'a appris ça. L'insomnie de l'amant – première leçon.

Elle est juste à côté de toi, elle est nue, vous avez déjà fait l'amour. Elle est inconsciente. Toi, dans un état d'excitation fébrile, tu lui parles. Elle n'est pas réceptive. Tu ne l'as pas *payée* pour t'écouter. Elle ne te répond pas.

Le lit de Penny est étroit et court. J'ai de longues jambes, de longs bras ; soûlé d'amour, j'aime m'étaler. Penny avait peaufiné la posture à adopter pour dormir près d'un homme. Elle roulait toujours sur le flanc de son côté du lit et elle créait une distance. Toute symbolique. Elle dormait à quelques centimètres de moi. Mais elle était ailleurs, au-delà de la planète Terre.

Je me rapproche d'elle. Je laisse mon pied frôler sa jambe. J'ai rétabli le contact. Puis je commence à lui parler dans le noir.

Je lui parle d'elle, de moi, de *Nous*. De ses études de droit et de mon livre en cours d'écriture. De temps à autre, je passais avec elle les nuits du week-end, selon son bon plaisir. Penny faisait la grasse matinée. Moi, je me levais avant l'aube et je fonçais au terrain de golf.

Le lit était un champ de mines. Je ne dormais jamais.

J'avais impérativement besoin de davantage de contact. L'anxiété m'étouffait. Elle ne me disait jamais qu'elle m'aimait. Notre relation était ténue et imprévisible. Je restai allongé près d'elle dans l'attente d'un mouvement de sa part. Un genou plié dans ma direction concrétisa une confirmation. Je bloquai ma vessie jusqu'à cinq heures du matin. Dans ma tête, je parlai à Penny. Dans ma tête, je parlai à d'autres femmes et je m'en sentis coupable. Quand elle se tournait vers moi, cela me remplissait de gratitude. Quand elle me tournait le dos, cela me remplissait d'effroi. Penny est ton premier amour depuis que tu as cessé de boire, et elle refuse de dire qu'elle t'aime. Ce n'est pas ce à quoi tu t'attendais. Tu avais pourtant tout prévu.

J'ai fait sa connaissance en juin 69. J'avais arrêté de fréquenter les prostituées six mois plus tôt, et je travaillais depuis cinq mois sur mon premier livre. Je débordais d'assurance. Ce qui était parfaitement justifié. J'étais sans aucun doute le type qui allait casser la baraque. Je fonçais dans la vie, certain qu'un destin grandiose m'attendait, et je flottais sur le nuage d'une extravagance effrontée. Mes ancêtres ecclésiastiques transperçaient mon âme pour m'accorder l'onction de leur vocation. Ils avaient leurs chaires. J'avais mon livre et les pupitres des Alcooliques Anonymes. À présent, j'avais *deux* histoires à raconter.

Je racontais ma vie devant un public sous le charme. J'étais devenu un brillant orateur dès mes premières paroles. Des années de répétitions mentales m'y avaient préparé. Mon témoignage était façonné par quelques choix délibérés. Je tournais en épopée comique les pulsions sexuelles qui m'avaient conduit au bord de la tombe. J'omettais certains détails.

Pas de mère assassinée. Pas de quintes de toux sanglantes. L'obsédé de la branlette et ses désirs dingues... *Ça*, c'était picaresque.

Et c'est avec ça que je faisais rire les gens aux Alcooliques Anonymes. Le livre me fournissait, pour cette vie-là, la femme composite au violoncelle.

Mon héros la rencontre dans un parc où je dormais autrefois. Elle est assise sur un banc avec son Stradivarius. Mon héros entend des bribes de Dvorak et devient branque. Je rencontre Penny dans la file d'attente à la caisse d'un supermarché. Elle achète un hula hoop pour son neveu.

J'obtiens son numéro de téléphone et je l'appelle. Je dis n'importe quoi pour me rendre intéressant. Dans la précipitation, je parle de musique classique. La réaction de Penny : *Rien à foutre de ces conneries, j'adore le rock-and-roll.*

Elle avait 26 ans, et elle était de Brooklyn. Elle s'exprimait avec un accent de la côte Est et zézayait un peu. Elle était juive. Ce détail me séduisait. Il allait me contraindre à me racheter de mon antisémitisme d'autrefois. C'était une grande femme avec des genoux cagneux, des cheveux auburn et des yeux marron. Elle se montrait réservée ou chaleureuse à intervalles étrangement réguliers. Elle avait eu toute une série de petits copains, à la manière typique des années 70, et apparemment elle me trouvait amusant. Elle avait un amant marié planqué quelque part. C'était un avocat d'envergure. *Ne te laisse pas impressionner par ce détail. Ne prends pas tout au tragique. Tu peux devenir mon petit copain n° 1.*

Ambiguïtés, consolations et compromis se bousculent au portillon. Un soupçon de valeurs incompatibles. Une personnalité difficile. Beaucoup plus à l'aise que moi en société. Respectueuse de mon parcours de branque, mais pas impressionnée pour autant. Elle m'offrait la communion à ses conditions – à prendre ou à laisser.

Ma foi...

On s'est embrassés au premier rendez-vous. On était dans la voiture de Penny. Ce fut un rapprochement de têtes simultané des plus classiques. Cet épisode-*là* collait avec mon scénario. Puis Penny me dit : *Non – comme ceci.*

Je faillis partir en courant. Sa remontrance me consternait. Elle avait une voiture. Je n'en avais pas. Elle allait devenir avocate. Je finirais peut-être un jour d'écrire un roman qui ne serait jamais publié.

Je m'écartai d'elle, me penchai de nouveau et l'embrassai comme elle le souhaitait. On s'embrassa trois autres fois. Je compris que le baiser suivant me serait sans doute refusé. Je lui souhaitai bonne nuit avant qu'elle ne pût le faire.

Le rendez-vous n° 2 fut délirant. Je me pointe chez Penny avec des fleurs. Elle remarque mon érection et lève les yeux au ciel. Elle veut qu'on loue des bicyclettes et qu'on se promène sur un sentier le long de la plage. Je déteste toutes les activités qui m'obligent à faire le clown. Ma réaction saute aux yeux. Penny parvient à m'amadouer et tente de ne pas paraître impatiente.

Je claque tout mon fric pour la location des vélos et les hamburgers du déjeuner. Ça veut dire que je vais devoir faire des heures sup' au terrain de golf. On enfourche les bécanes et on est obligés de rouler l'un derrière l'autre. Impossible de bavarder. C'est une angoisse existentielle et une perte de contrôle due à une maladresse de macho. Je me sens traversé de pulsations paranoïaques. Je crois voir Penny reluquer un Noir. *Danger ! Danger ! Danger !* Je m'égare du côté des schismes dus aux différences de taille entre les chibres. Penny aime peut-être le bois d'ébène ! Et si elle avait besoin d'une barre raide et noire ?

Le déjeuner est un supplice. J'ai l'estomac barbouillé, mon regard ne tient pas en place. Il saute des seins de Penny aux yeux de Penny. Est-elle à l'affût d'un beau Black ? Est-ce qu'elle jauge le contenu des calebars ? Elle surprend mes va-et-vient oculaires. Elle me dit : *Ne sois pas aussi tendu.* Je propose : *Et si on allait quelque part pour parler ?* Penny me rétorque : *Chez toi ?*

Ce fut une première fois en forme de cinq-à-sept. Son déroulement me parut un peu précipité. Mes films n'étaient jamais à la hauteur de leurs bandes-annonces.

L'approche fut synchrone. J'embrassai Penny selon les directives qu'elle m'avait données à notre premier rendez-vous. Mon lit était aussi étriqué que le sien se révéla l'être. Ce fut terminé trop vite. Notre désir commun de passer à l'acte nous avait propulsés vers le dénouement. Je voulais me marier, avoir des enfants – des filles – et un appartement à Brentwood. Penny voulait s'envoyer en l'air sans condition.

Bon. On va *parler*, maintenant. C'est toi qui commences. Je suis là pour *t'écouter*.

Penny me répondit que ce n'était pas possible. Elle prononça ces paroles en zézayant et secoua la tête. Il fallait qu'elle rentre chez elle pour potasser son droit civil.

Je trouvais attendrissante sa dégaine nonchalante. Sa gaucherie me bouleversait. Elle se rongeait les ongles. Ses mains étaient aussi grandes que les miennes. Elle était mal à l'aise dans son corps alors qu'elle semblait s'en satisfaire.

Ensemble, nous dominions les autres gens par notre taille. Penny mesurait 1 m 78 et moi 1 m 90. Nous étions aussi maladroits l'un que l'autre et couverts de bleus à force de nous cogner à divers obstacles. Marcher enlacés était risqué. On se montait sans cesse sur les pieds.

Par la suite, j'allais recevoir d'autres leçons. J'avais 31 ans, j'étais un enthousiaste dépourvu d'instruction, jaloux et possessif. Je ne mettais jamais en doute l'honneur de Penny. Je vivais dans la crainte de son tempérament querelleur et de sa tendance à la froideur. C'était un combat que je devais remporter.

Ma vigilance était sans bornes. Je passais mon temps à observer et à juger. Je voulais Penny. Elle possédait d'évidentes qualités humaines et elle me tenait tête. Nous étions l'un et l'autre intransigeants et craintifs. Elle s'était *donnée* à moi et par conséquent méritait mon attention obsessionnelle. En alternance, nous étions brusquement d'une efficacité redoutable ou d'une nullité affligeante. L'intelligence de Penny était vaste sans être entachée de suffisance. Mes facultés intellectuelles étaient didactiques et incroyablement adaptées à mon ascension dans la société.

Une société à laquelle Penny était parfaitement intégrée. Elle avait une famille, des amis, des connaissances, des collègues, des camarades étudiants. Sa confiance en ses propres moyens était contrebalancée par une ironie loufoque. Ma mission consistait à lui accorder de l'importance. La Malédiction s'accompagnait d'une dette de reconnaissance formelle. En tant que femme, Penny devait s'attribuer davantage de pouvoir et assumer le destin brillant qui lui était promis. Quant à mes hypothèses à son sujet, elles reflétaient le don de perception de l'amant que j'étais, mais *aussi* les présomptions insensées d'un manipulateur endurci.

Voilà ce qui me ronge : mes erreurs de jugement sur le sexe féminin. *Là* se trouve le cœur tourmenté de mes largesses d'homme privé d'amour.

J'ai refaçonné Penny à ma propre image. Je lui ai attribué, en plus, ma propre énergie – parce que j'étais, *moi*, délivré d'un destin autodestructeur, et le corollaire d'un projet grandiose fonctionnait très bien pour moi, merci. Quelle qu'ait été mon intention, c'était lui rendre là un très mauvais service.

Penny était intelligente, drôle, honnête, gentille et compétente. Rétrospectivement, voici la stupéfiante vérité : Penny était différente de moi.

Et puis... on a connu des moments fabuleux de chiens fous en rut – quand je me laissais un peu aller.

Le sexe avec Penny, c'était toujours maladresse et transpiration. De longs bras et de longues jambes battaient l'air en tous sens. Les tables de nuit s'effondraient, les lavabos cédaient, les tableaux tombaient des murs. Les débats étaient animés. Les conversations concomitantes étaient décousues. Penny hurlait et boudait plus que moi. Mon jeu consistait à m'excuser puis à la re-séduire. Penny se montrait toujours magnanime – parce que je l'écoutais toujours et que je venais toujours à nos rendez-vous.

Avec elle j'étais sans cesse sur la corde raide. Elle s'abstenait de prononcer les mots d'amour que je rêvais d'entendre. Mon anxiété et mon désir atteignaient des proportions *intenaaables*. Elle croyait à mon talent autoproclamé et pas encore confirmé. Elle ne me mentait jamais. Elle me larguait, m'aguichait pour que je revienne, et m'appelait pour des-retrouvailles-d'une-nuit-seulement que je n'aurais manquées pour rien au monde. Pas de mariage, pas de filles conçues ensemble, pas de pronoms possessifs. Des peines de cœur perpétuelles et pas de continuité narrative.

Je restais dans la bagarre. Je fis une fixation sur le trauma que Penny avait subi au cours de la période déterminante de sa vie, et c'est par ce biais que je tentai de la sauver. Son trauma était moins hyperbolique que le mien. Elle s'autorisait une saine méditation sur le sujet et pas grand-chose de plus. Elle n'était pas, comme moi, décidée à exploiter ses démons pour accéder à la renommée.

Tu sais, je ne suis pas toi. Et si tu te laissais un peu aller ?

Pas question.

Penny avait cet amant marié. Un jour, elle laissa échapper quelques détails à son sujet. Je traitai ce type d'« enfoiré de juif ». Penny me flanqua un coup de pied. Je pleurnichai et me repentis. Penny rit en m'entraînant au lit.

Je menais une guerre sur deux fronts. Il y a Penny. Il y a mon livre et la femme au violoncelle. Beethoven avait livré un combat semblable. Il y a l'« Immortelle Bien-aimée ». Il y a entre-temps de jolies élèves qui viennent prendre des leçons de piano. Prends-moi dans tes bras, mon amour. Plus tard, ma jolie – il faut que j'écrive la Cinquième Symphonie, et de toute façon je n'entends pas ce que tu dis.

L'existence de l'amant marié m'autorisait à aller rôder. J'y suis retourné, à toute vitesse.

Je suis parti à la découverte d'une nouvelle série de femmes et je les ai ajoutées à ma galerie de portraits. C'étaient de *vraies* femmes. Je les rencontrais, je leur parlais, leur faisais la cour, et j'avais avec elles de brèves liaisons. Mon nouvel aplomb m'avait rendu insensible aux rebuffades. Un « Oui », et je sautais sur l'occasion. Un « Peut-être » : je tentais de nouveau ma chance. Après un « Non », je pliais bagage. Il y avait les femmes des Alcooliques Anonymes et les rendez-vous pour prendre le café à poil au Hot Tub Fever. C'était en 1980. Un caoua le cul à l'air, c'était osé et moins choquant que de siffler une femme dans la rue. J'abordais des inconnues dans les files d'attente des restaurants et des cinémas. Je récoltais une foule de numéros et nouais des relations par téléphone. J'attendais dans le noir le déclenchement de la sonnerie. Cela reste mon mode opératoire nocturne. L'appareil sonne ou ne sonne pas *aujourd'hui*. L'appareil sonnait ou ne sonnait pas *alors*. Une atmosphère inerte, sans la moindre vibration, puis une conversation animée.

Il était impossible de différencier ces femmes les unes des autres et chacune était unique. Elles m'apprirent que le monde avait franchi une étape, en ce qui concernait le sexe, et que celui-ci était devenu moins mystique. Je répondis que je le savais. L'expérience avait démystifié mon quotidien. Mais l'expérience n'avait pas modéré mon ardeur ni modifié l'objet de ma quête : une déesse à vénérer.

Mon téléphone et ma piaule étaient devenus des voies de passage. Je travaillais au terrain de golf, j'écrivais mon livre et j'attendais que le téléphone sonne. Il sonnait de temps en temps. Des femmes me rappelaient ou bien elles exhumaient ce bout de papier portant mon nom et mon numéro pour s'en débarrasser. Il y avait du sexe en pagaille, ou bien pas de sexe du tout et le sexe comme sujet de discussion. Je choisissais les femmes avec discernement. Je voulais des femmes capables de discuter et de m'opposer des arguments sous forme de questions.

La période était égocentrique. La franchise était l'une des facettes du style de vie débridée en vigueur à l'époque. Les appels téléphoniques se bousculaient. Il en découlait des conversations sérieuses. Je fonçais jusqu'à des adresses étranges pour baiser ou ne pas baiser ou me rouler par terre tout habillé. Je me pris à assumer le rôle du confesseur. J'y voyais un côté vampirique. Je voulais des femmes déboussolées, afin qu'elles aient besoin de moi.

Le rôle de conseiller me vint facilement. Je m'adonnais activement à la mission que je m'étais fixée et j'avais de l'empathie à revendre. J'étais heureux parce que j'écrivais un livre et que j'étais couvert de femmes. Elles m'arrachaient à moi-même et m'y renvoyaient, si bien que je retournais chargé à bloc vers la femme au violoncelle. L'histoire progressait au rythme de mes sessions d'introspection et de mes appels téléphoniques. Le *moi* fictif, c'est ce détective privé à bout de souffle. Sur le plan moral, il vient de vivre une résurrection, et il voit en la femme au violoncelle une sorte de récompense. Il sera avec elle de façon précaire et il la perdra à la fin. Il se retrouvera seul avec le souvenir qu'il aura gardé d'elle et il attendra de partir en quête d'un nouveau Graal. Il continuera d'exister, solitaire, dans des pièces obscures. Mon premier roman prédisait la ligne directrice de ma vie. Je ne le savais pas alors.

Je recevais des appels, je passais des appels, je récoltais des numéros et je distribuais le mien. Inopinément, Penny ressurgit dans ma vie. Elle avait toujours pour amant son intello marié. Elle pressentit que je vivais ma vie de mon côté et choisit de ne pas me poser de questions.

Toujours les visages, toujours cette galerie de portraits, et parfois les visages accompagnaient un corps. Je me vis *dé*mystifié puis *re*mystifié à l'apogée de ce nouveau maelstrom. Je savais que j'étais à la recherche d'un seul visage pour atteindre un seul but. Les femmes auxquelles je parlais au téléphone avaient validé ma décence peu orthodoxe. C'étaient des personnes saines et dignes de confiance. Leurs visages avaient tenu toutes leurs promesses. À partir de la banque de données physiques où je conservais leurs traits, j'ai commencé à créer un portrait-robot. J'avais hâte de finir mon premier livre et d'en commencer un nouveau. L'action de celui-ci serait située en 1951. J'avais besoin d'un visage pour la femme solitaire et tourmentée par excellence qui allait y figurer. Mentalement, je parcourus à l'envers ma vie actuelle pour remonter une à une mes années de voyeurisme, et je ne la trouvai pas. Elle me fut donnée en rêve pendant une nuit pluvieuse.

Elle était grande, avec un visage énergique. Ses cheveux étaient plus roux que blonds. Elle portait des lunettes perchées un peu de guingois sur son nez et sans lesquelles elle louchait. Elle s'approchait en riant et c'est presque en retenant son souffle qu'elle battait en retraite. C'est *moi* que l'on peut à présent qualifier de prophète en projetant de nouveau mon mysticisme bien des années plus tard : cette femme imaginée était la sœur jumelle de Karen, une femme mariée qui allait devenir ma maîtresse.

Je possède les pouvoirs d'un prophète. Leurs composants : une ténacité extrême, une persévérance surhumaine, et la capacité à ignorer les intrusions que m'inflige le monde réel. Je crois à l'invisibilité. Je la conçois, consciemment, comme une conséquence indirecte de mon pragmatisme chrétien, affinée par des années de solitude passées dans l'obscurité. La foi me magnétise. Elle me permet d'adhérer au monde tandis que j'arpente le sentier étroit qui m'aide à le traverser. Ce qui m'émeut le plus, c'est ce dont je pressens la venue sans pouvoir aucunement le voir. J'invente des histoires comme par magie. Je sais que des femmes que j'ai fait apparaître en rêve et dans des images mentales trouveront le chemin qui les mènera à moi. Au cœur même de ce don que je possède se trouve la présence divine. Je savais que la femme dont je rêvais se matérialiserait un jour sous la forme exacte de la vision que j'avais eue d'elle. Je ne savais pas qu'elle avait 17 ans en 1980 ni que c'était une jeune Grecque de Pine-de-Klebs, Queens. J'étais un prophète subjectiviste et phallocrate. Je ne reconnaissais pas aux femmes le don de la magie. Une fille de 16 ans prénommée Erika habitait la ville voisine de celle où vivait Karen. J'ignorais l'existence de cette enchanteresse, je ne pouvais donc pas savoir que c'était *moi*, en fin de compte, qu'elle ferait apparaître.

Je terminai mon premier livre et commençai à écrire le second un mois plus tard. J'étais dévoré par un besoin hyperfiévreux de raconter des histoires. Cela faisait vingt et un ans et six mois que Jean Hilliker était morte. Ma propre *re*mystification avait *dé*mystifié la Malédiction. J'étais *heureux*. J'avais réduit à néant la rousse de Merdeville, Wisconsin. À présent je pouvais la vaincre. Maintenant je pouvais écrire son histoire sous la forme d'un roman et annihiler la Malédiction.

Pauvre insouciant, comment pouvais-tu le savoir ? Le destin se manifeste bien tard.

Mon nouveau héros était un flic coureur de jupons. Il avait des instincts de prédateur et ma logique d'homme en quête de femmes. La jumelle annoncée de Karen arrivait tôt dans l'histoire. Jean Hilliker apparaissait sous forme de cadavre, cachée derrière un pseudonyme. Un personnage à qui mon père avait servi de modèle avait tué ma mère. Le flic rencontre une avocate, inspirée par Penny. Un môme perturbé me représente, tel que j'étais à 9 ans. Le flic et l'avocate lui viennent en aide et le remettent sur pied.

Une famille détruite et une famille ressuscitée. Ce n'est pas mignon, ça ?

Sur le plan de l'intrigue, l'histoire fonctionnait. Elle enterrait encore un peu plus Jean Hilliker et remettait à plus tard l'assaut de la Malédiction.

Je dédiai le second livre à Penny. Elle s'extasia devant le manuscrit et refusa de coucher avec moi cette nuit-là.

Un éditeur m'acheta les deux bouquins. L'avance cumulée représentait une poignée de cerises. Je décidai de partir m'installer à New York. Los Angeles me paraissait trop vieille, trop contraignante. Les appels téléphoniques se faisaient plus rares. Je sentis que ces femmes avaient trouvé de vrais amants.

Le temps que je passais dans le noir me semblait réducteur. Rien ne pouvait m'arrêter et aucune de ces femmes n'était Elle, ni l'Autre. New York me fournirait toute une galerie de portraits nouveaux.

J'ai passé quelques appels pour faire mes adieux. Aucune de mes interlocutrices ne m'a rappelé. Penny m'a accordé un dernier rendez-vous amoureux à l'heure du déjeuner. Sur le Sunset Strip, les prostituées s'étaient volatilisées. Les maisons de Hancock Park avaient toujours le même aspect. J'ai cherché le nom de Marcia Sidwell dans une demi-douzaine d'annuaires sans le trouver. La vraie Joan eut 16 ans cette année-là. Karen, la jumelle de mon héroïne rêvée, 18. Erika l'enchanteresse, 17.

J'ai retrouvé la trace de Penny en 2007. Elle avait 54 ans, un fils adolescent, et travaillait pour le ministre de la Justice. Elle avait lu la plupart de mes livres. Cette première conversation nous permit de rattraper le temps perdu.

Penny me demanda combien j'avais d'ex-épouses et de filles. Je répondis : *Deux et zéro*. Elle me demanda si je restais encore assis dans le noir près du téléphone. Je confirmai le fait. Elle me dit : *Tu feras ça jusqu'à la fin de tes jours*.

7

Paperback writer[1].

Mon premier livre s'appelait *Brown's Requiem*. Il est sorti en septembre 1981. Il s'est très peu vendu. Sur la couverture, pas de femme au violoncelle, pas de photo de l'auteur. L'illustration était nulle. Merde... Un type armé d'un flingue et un terrain de golf.

J'ai trouvé une piaule en sous-sol dans le comté de Westchester. Je me suis fait embaucher comme caddy au Wykagyl Country Club. Un court trajet en train, en direction du sud, m'amenait à New York. J'ai claqué tout l'argent de mon avance en fringues style Hancock Park conçues pour les hivers rudes. Je me mettais sur mon trente-et-un pour mes virées à Manhattan. *Je savais qu'Elle y serait.*

---

1. *Auteur pour collections de poche*, titre d'un succès des Beatles.

Mon agent littéraire décida de changer de métier et m'adressa à quelques confrères. Mon troisième manuscrit était chauffé à blanc et prêt à sortir. C'était un nanar qui opposait un flic maniaque sexuel à un tueur maniaque sexuel. Deux agents littéraires de sexe masculin me conseillèrent vivement de le récrire de fond en comble. Un agent littéraire de sexe féminin me dit qu'elle *adooooraït* le livre et qu'elle me trouvait mignon. New York, la décennie glorieuse des années 80, une femme désirable et racée. Elle avait des yeux marron au regard intense. Elle nettoyait les verres de ses lunettes avec les pans de son chemisier et c'est son cœur qui voyait trouble. Elle m'invita chez elle pour un dîner suivi d'un dernier verre. Elle me fit écouter un nouveau disque – les Pointer Sisters qui chantaient *Slow Hand*.

« Chéri, ne dis pas un mot, parce que j'ai déjà entendu ce que ton corps dit au mien. »

Je l'ai cru.

La chambre donnait au nord. L'Empire State Building emplissait la fenêtre. La flèche était illuminée de rouge, de blanc, de vert. Elle se déshabilla. Moi aussi. L'ardent *arriviste** que j'étais venait d'arriver.

Mon sous-sol était le plus sombre de tous les repaires où j'avais jusqu'alors médité dans le noir. La voisine du dessus était la veuve d'un chef d'orchestre. De la musique résonnait sans cesse dans mes conduits d'aération. La veuve avait la main lourde sur Mozart et négligeait trop Liszt. Je m'en moquais. Mon éditeur refusa mon troisième roman. Il trouvait peu crédibles le flic obsédé sexuel et sa copine poétesse féministe. Il avait raison. J'avais écrit ce livre dans un état second, obnubilé par cette idée fixe : Je me tire de L.A. et c'est à New York que je vais LA trouver. Ma quasi-copine agent envoya mon bouquin à dix-sept autres éditeurs. Ils répondirent tous *Niet*. Ma quasi-copine agent me largua comme client et me signifia mon congé en tant que quasi-amant. Je lui devais 150 dollars de frais de photocopie. Je la remboursai avec les extras que je grappillais au terrain de golf.

Un agent de sexe masculin me force à récrire mon roman. Je m'y attelle, avec réticence. L'hiver arrive. La saison de golf se termine. J'enchaîne les petits boulots de plongeur et de magasinier, et je vis en économisant sur *tout*. Manhattan me magnétise. Des visages surgissent de la foule qui circule sur les trottoirs. Les femmes sont emmitouflées, chapeautées, la gorge couverte d'une écharpe. Elles ne montraient pas assez d'épiderme pour que je puisse lire leur aura. Air glacé, nuages de condensation. De quoi dissuader un voyeur de partir en vadrouille.

Je commence à fréquenter assidûment certains cafés et je récolte des numéros de téléphone. Le pourcentage de femmes qui me rappellent est nettement plus bas qu'à Los Angeles. J'habite en banlieue. Ce qui me colle une étiquette de *déclassé**. Vous avez écrit un livre ? *Et alors ?* Vous trimballez des sacs dans un club de golf. Mon style, c'est plutôt les agents de change.

La banlieue, c'est le goulag du sexe. Voilà ce que j'entends tout le temps. Ce qui me manque, c'est le fric et le style de vie qui va avec. Ça *aussi*, je l'entends tout le temps. Les soirées données par les éditeurs me procurent une *toute petite* influence et m'ouvrent quelques portes. La première Elle que j'ai vue, c'était à une réception dans le quartier de Murray Hill.

Une grande femme bon chic bon genre. Elle dépasse le mètre quatre-vingts et pèse sans doute plus lourd que moi. Jupe à carreaux, bottes montantes, regard de braise et taches de rousseur. C'est l'AUTRE, assurément.

Je me rends aux toilettes, me repeigne et rajuste mon nœud de cravate. Je rejoins les invités. Elle a disparu – *auf Wiedersehen.*

Je patrouille dans le quartier et je ne la vois nulle part. Je retourne à la soirée et j'interroge les invités. Je me montre trop insistant. L'hôte me suggère de quitter les lieux. Je lui envoie sa propre cravate à la figure et je déguerpis.

La nuit est froide. La lune est pleine. Je remonte la Cinquième Avenue, en hurlant à la mort. Les passants font un écart pour m'éviter. Des chiens me répondent en aboyant depuis des appartements luxueux. Je prends la 43e Rue en direction de l'est et je fonce vers la gare de Grand Central. Je vois une femme héler un taxi juste à l'ouest de Madison Avenue. La vitrine de Brooks Brothers la nimbe d'une auréole dorée. Elle est blonde. Son manteau est maculé de boue. Elle porte des gants de cuir rouge. Elle frissonne. Le froid lui pince le visage, ses cheveux sont en désordre, ses lèvres trop longtemps crispées ont effacé son rouge. Son nez est trop grand, son menton trop proéminent. C'est l'AUTRE, incontestablement.

Je presse le pas pour la rejoindre. Un taxi qui roule vers l'est passe près de moi et se gare un peu plus loin. L'inconnue ouvre la portière et monte à l'arrière. Je sprinte, pars en glissade, et percute le pare-chocs. La femme tourne la tête et me voit. Je grimace. Je me suis esquinté les genoux dans la collision. Je souris. Cela effraie l'inconnue. Elle détourne les yeux. Le taxi tourne en direction du nord et dérape sur la neige compacte.

Une de perdue, dix de retrouvées. Il fait froid. Mes genoux me font mal. Je pourrai toujours revivre ce gros chagrin d'amour une fois rentré chez moi. Toutes lumières éteintes et Nocturnes de Chopin. Ma belle, il s'en est fallu de peu. *Le destin aurait dû nous réunir.*

Je vais jusqu'à la gare en traînant la patte. La salle d'attente est bondée et surchauffée. J'achète mon billet et je monte dans le train. Je vois une femme. Elle est l'AUTRE, indéniablement.

Grande, des cheveux blond roux. Elle a dix ans de plus que moi. Elle a des yeux gris pour lesquels on décrocherait la lune et un visage diaphane et plein de douceur.

Elle trimballe un encombrant carton à dessins. Je l'aide à hisser l'objet sur le porte-bagages, au-dessus des sièges. Elle me remercie. On s'assied côte à côte et on parle.

Elle s'appelle Marge. Elle est illustratrice pour la publicité. Elle a passé toute la journée à montrer des échantillons de son travail dans diverses agences. Je lui demande comment ça s'est passé. *Mal*, me confie-t-elle. Elle traverse une mauvaise passe. Elle s'enquiert de ma profession. Je lui dis que j'ai écrit deux livres, publiés l'un et l'autre, et que je travaille dans un country club. *Votre famille ? Je n'en ai pas*, dis-je.

Elle sent la laine mouillée et exhale des vestiges d'eau de toilette. Elle est assise à ma droite. Ses cheveux trempés frôlent mon coupe-vent. Elle me demande où je descends. *À Bronxville*. Je me renseigne : *Votre destination ? Tarrytown*, me répond-elle.

À l'allure d'un escargot, le train traverse le nord de Manhattan et le Bronx. Comme il s'arrête à toutes les gares, le voyage s'éternise et me donne tout le temps qu'il me faut. On parle et on se penche l'un vers l'autre. J'essaie de lire les pensées de Marge et je sens qu'elle tente de lire les miennes. Nos échanges se font à voix basse. De petites anecdotes se révèlent lourdes de sens. Nous parlons chacun à notre tour sans jamais nous couper la parole. Nos mains se frôlent. Nous gardons le contact. Le pacte est synchrone.

Je dis quelque chose de drôle. Marge s'esclaffe, révélant des dents en mauvais état, et elle se couvre la bouche. Je lui montre mes dents pourries. Elle rit et me tient le menton pour mieux voir. Je pose ma main sur la sienne pour l'immobiliser. Elle me dit : *Vos dents sont encore plus vilaines que les miennes*, et elle laisse retomber sa main.

Nos regards se détachent l'un de l'autre et nous laissons le temps s'écouler. Le train est secoué par un brusque écart. Nous sommes projetés l'un contre l'autre. Dans ma tête, je passe en revue le scénario.

J'inspire confiance, elle réprouve l'inconséquence, nous unissons nos chagrins. Des chiens sur le lit et des nuits douillettes par temps froid. Son statut de femme mûre et l'insécurité qui s'y rattache. Je la rassure en lui disant à quel point j'adore être avec elle. Son corps qui s'épanouit de plus en plus au fil du temps. Le parfum de cette eau de toilette dès que je me réveille le matin.

La gare de Bronxville approche. Marge et moi échangeons un regard. Elle me dit : *Je suis mariée.*

Je lui touche l'épaule et me lève. Nos genoux se frôlent. Le mien est parcouru d'un spasme à cause de ma collision avec le taxi. Je descends du train, je longe le quai et je me plante devant la fenêtre de Marge. Elle pose la main de son côté de la vitre. Je la recouvre de la mienne.

Le repaire où je médite m'entoure de toutes parts. Mon travail au terrain de golf et quelques petits boulots occasionnels me maintiennent financièrement à flot – de justesse. J'écris et je drague.

L'histoire du flic obsédé sexuel est devenue une trilogie en édition cartonnée. La poétesse féministe a été supplantée par une call-girl au Q.I. élevé et par l'ex-épouse du flic que j'ai ressuscitée. Le roman sur la femme-au-violoncelle est toujours disponible en librairie. De même l'épopée ma-mère-s'est-fait-trucider-et-je-suis-en-fuite.

Je suis heureux. Je suis reconnaissant. J'ai écrit des livres contre une rémunération modérée et les critiques les ont accueillis avec un enthousiasme modéré. Je suis trop circonspect pour m'immoler et trop grand et séduisant pour ne pas réussir un jour. Toutes mes idées tordues restent censurées.

New York dans les années 80. Bon sang... Quel pied !!!

Mes histoires et ma sobriété sans faille m'ont permis de tenir le coup. Les histoires ont toutes le même thème : un-homme-rencontre-une-femme-et-maintenant-il-passe-à-l'action. Elles reflètent ma vie d'artiste mineur et mes échecs d'égocentriste amoureux. New York est une ville fabuleusement femelle, aux disproportions vertigineuses. Son réservoir de visages est infini et c'est aussi un miroir perpétuel. Je m'y vois sans cesse.

Ma prescience m'avait déserté. Mon aptitude spirituelle s'était évanouie. En l'espace de quelques instants, je venais de voir trois femmes remarquables. La première m'avait donné à voir une précieuse vignette avant de disparaître. À présent, je voyais les femmes avec moins de discernement. Mes satisfactions de créateur avaient émoussé ma sensibilité. Les trous béants de mon psychisme étaient comblés par mes livres alignés sur l'étagère, et par les points de suture qui avaient refermé la plaie de Jean Hilliker. J'avais endigué la Malédiction grâce à un travail acharné et le déni sans appel de la dette que j'avais envers ma mère. J'étais en quête de femmes qui sans condescendance me rendraient mon regard.

Ma vie de voyeur avait pratiquement duré quatre décennies. Mon désir sexuel débilitant était bouclé à double tour dans une chambre forte. Grâce à quoi, j'en étais convaincu, je possédais ma maîtrise actuelle et j'avais la bride sur le cou pour l'éternité. Pour moi, le sexe désincarné avait failli se révéler fatal. J'avais cherché la mort afin de prouver mon amour à un fantôme. C'était, inconsciemment, une cour empressée pour la rejoindre. Je désirais effacer nos disparités pour que nous soyons réunis en une seule entité.

Je me jetais sur les femmes parce qu'elles étaient là et parce que *je les désirais*. Le fait que j'aie révisé mes critères de sélection résultait de mes allers et retours à la chambre forte.

Les histoires que j'écrivais maîtrisaient ce phénomène personnel. J'accédai aux contraintes imposées par l'école du roman noir et je peaufinai ma technique. Simultanément, je perfectionnai l'art de séduire les femmes. Je sentais peser sur moi la chape d'une conjoncture abominable. Elle était écrasante. Elle ne justifiait pas mon attitude prédatrice. Auparavant, je scrutais les visages pour y trouver la droiture. À présent, j'y cherchais la sensibilité au charme masculin.

Rencontres d'un soir, liaisons de courte durée, relations plus durables. Avec ou sans rapports sexuels. Séances de méditation. Appels téléphoniques. « Non » voulait toujours dire « non » – mais je l'entendais de moins en moins. C'est dire *à quel point* j'étais réceptif au mécontentement féminin.

J'étais un auditeur implacablement attentif et un confident intéressé. J'étais habile dès qu'il fallait disséquer une relation en voie de délabrement, et impitoyable au moment de critiquer des hommes irresponsables. Enquêteur, interlocuteur, copain. Pourfendeur de la faiblesse masculine. Fils d'une mère assassinée. Le féministe aux valeurs chevaleresques de droite. Celui qui diabolise tous les misogynes. Le type qui a toujours envie de baiser. Le type qui laisse toujours une femme se pencher la première pour le premier baiser.

Merde ! – le téléphone sonne souvent. Je garde en réserve un billet de cent dollars pour me rendre à New York en taxi tard le soir. Je ne fréquente que des femmes convenables. Pas de MST, pas de petit copain qui vend de la cocaïne, pas de Glenn Close-armée-d'un-couteau. Elles *adooorent* mon baratin : « Je-veux-une-épouse-qui-me-donnera-des-filles. » De façon abstraite, ce n'est que la vérité. Il est tout aussi vrai que ce n'est pas spécifiquement avec *elles* que je veux tout ça. Je le sais depuis le début. Je ne devrais pas mentir. J'étais plus honnête quand j'étais mystique et que je ne baisais pas. Je n'ai jamais cru à leur approche : « On verra bien comment ça se passe entre nous. » Ce bobard permissif, on me l'a imposé de force à Los Angeles. J'ai capitulé devant cette idée pour obtenir davantage de sexe et de douceur. Au fond de moi, je la rejetais – et c'est au fond de moi que se niche ma conscience.

S'il faut que le sexe soit tout pour moi, alors Elle doit l'être pareillement. C'est Dieu qui me l'a dit. Je ne t'ai pas amenée jusqu'ici pour t'abandonner dans une chambre incongrue. Ces femmes ne possèdent pas ta férocité. Tu sauras que c'est Elle quand tu la rencontreras – si tu la rencontres un jour. Sois assurée que j'aime cette femme moins féroce tout autant que je t'aime.

Prends du recul, à présent. Le sexe investit ton âme tout entière.

Je le sais de façon plus consciente, à présent. Souvent, cette révélation marque la fin des périodes que je passe seul dans le noir.

Je ne désirais alors que la chaleur d'un corps. Je voulais toutes les caresses, toutes les saveurs, tous les souffles dont je pourrais jouir. J'avais accepté trop de compromissions pour m'en contenter une bonne fois pour toutes sans chercher plus loin.

Je voulais une femme sans nom. C'était la passion inextinguible de ma vie. Je voulais écrire l'histoire d'une femme bien précise. Son nom, je le *savais* : Elizabeth Short.

Le Dahlia noir.

J'avais remis ce livre à plus tard. Ma dette envers Betty Short m'intimidait. Pour m'y préparer, j'avais écrit six romans en retenant mon souffle. *J'étais son obligé*. Je me devais d'attribuer à cette femme une identité précieuse.

Betty Short est morte à 22 ans. Elle était stupide. Elle incarnait la petite-idiote-avec-des-rêves-plein-la-tête comme il y en avait tant en Amérique après la guerre. *Elle* était *moi*. Elle n'a jamais réussi à dépasser le stade de ses lubies pour *devenir* quelqu'un. Elle était à elle seule toutes les filles de Hancock Park avec un chromosome supplémentaire, celui de la déveine. Pour moi, tout en elle était du domaine de l'invisible. Je ne l'ai jamais connue, jamais vue, je n'ai fait que l'imaginer. Je comprenais la violence masculine et l'épouvantable déviance qui avaient provoqué sa fin. Sur ce sujet, mes propres déprédations m'éclairaient davantage que la mort de ma mère. Mon cœur tendre et ma conscience étouffante me fournissaient l'empathie nécessaire. *Elle est morte à 22 ans*. C'était une gamine qui rêvait de devenir actrice. En ce qui concerne sa personnalité, c'était un caméléon avec une tendance à raconter des mensonges énormes. À l'occasion, elle savait mentir de façon convaincante. Elle possédait une *certaine* connaissance des limites de la vraisemblance. Elle aurait pu finir par gagner sa vie en inventant des histoires. Mon portrait de Betty Short devait pencher du côté de l'honneur entrevu et prédit. Elle était visible dans son invisibilité. Elle est morte et elle a donné naissance à mes béguins de môme et à ma mission morale. Elle a précédé Joan, Karen et Erika, et le moment venu, elle les mènerait à moi.

Je devais à Betty le roman de sa vie – et j'étais bien décidé à le lui donner.

Je commençai à faire des recherches sur microfilms et je parvins à échafauder l'intrigue. Je reconnus Jean Hilliker en tant que sœur fantôme ressuscitée et c'est à elle que je dédiai le livre. Honore ta dette et referme le caveau. Raconte l'histoire au cours de la meilleure tournée de promotion que tu aies jamais effectuée pour un livre. Combine Jean et Betty et ignore le problème qui les cerne toutes les deux, celui des femmes en général. Cherche des fantômes plus récents qui pourraient *peut-être* t'apaiser ou te servir de mentor, ou au moins se laisser séduire par ton baratin.

Marcia Sidwell et Marge-du-train ne quittent pas mes pensées. Elles sèment la pagaille dans mes intermèdes téléphoniques avec les femmes du moment et sabotent les efforts que je déploie pour celles-ci. Une fois par semaine, j'appelle le service des renseignements et je tente de retrouver la trace de Marcia. Je demande à un ami de coller une affichette dans cette laverie de Los Angeles. Je sillonne la gare de Grand Central à la recherche de Marge. Je rôde dans celle de Tarrytown en traînant du côté des voies. Ma logeuse me parle de *Brève Rencontre*. C'était un film anglais à l'eau de rose sorti en 1945. Un homme fait la connaissance d'une femme dans une gare. Ils sont mariés l'un comme l'autre. Ils s'avouent leur amour mais finissent par y renoncer à cause des convenances et des circonstances. Ma logeuse ajoute : *Vous seriez emballé par la musique du film – c'est du Rachmaninov d'un bout à l'autre.*

Foutaises. On ne plie pas devant les circonstances. À moins d'être une lavette.

Vrai en 1985. Toujours vrai aujourd'hui.

Ma situation s'améliorait. L'argent de mes livres rentrait régulièrement, et coulait *presque* à flots. Je me débarrassai de ma tenue de caddy. J'écrivais l'histoire de Betty, que le téléphone sonne ou pas.

Et le livre se révéla très bon, et fut accueilli favorablement par la critique. Et il se vendit très bien. De plus, il honorait Jean Hilliker – en tant que source d'inspiration pour les hommes, et pour la *chance* qu'elle m'avait permis de saisir.

Le magazine *People* me consacre un article. Les photos me flattent. Mon numéro de téléphone est dans l'annuaire. Surprise : quatre inconnues m'appellent.

La première et la deuxième me paraissent carrément givrées. Je me dépêche de raccrocher. Avec les autres, je cède à la tentation. Au-dessus de nous, Beethoven sourit puis me regarde de travers. *Bon sang, quel parcours !* et : *Tu es un foutu Scheisskopf !*

J'obtiens toujours ce que je désire. Cela prend plus ou moins longtemps et me coûte toujours très cher.

Le monde changeait de cap pour venir à moi. La reconnaissance et la rémunération affluaient. J'offrais à des femmes que je venais à peine de rencontrer des pulls en cachemire à plus de mille dollars. Je laissais aux serveuses des pourboires somptueux, au risque de frôler la faillite. J'envoyais des fleurs à la moitié des femmes de la planète. Le sexe était ou n'était pas au rendez-vous. Je restais dans mon sous-sol sombre avec un compte bancaire bien garni. Le téléphone sonnait ou il ne sonnait pas. J'écrivis trois autres gros romans historiques. Joan et Karen devinrent adultes à quelques kilomètres au sud. Erika atteignit la maturité à un jet de pierre de là. Elles ne se connaissaient pas entre elles. Elles ne me connaissaient pas.

J'étais tenté par une vie conforme aux convenances. Me marier et donner naissance à des filles devint pour moi une fixation. Je proposai le mariage à deux femmes avec qui j'avais une liaison depuis peu. Elles refusèrent avec véhémence. Je demandai sa main à une petite amie de longue date. Elle dit *Oui*. Je pris la fuite alors que nous échangions nos promesses et m'installai à Hancock Park East.

Mary était cadre dans une entreprise. Elle venait d'une famille riche d'Akron, Ohio. C'était une femme intègre et sans affectation. Elle représentait un brassage génétique de toutes les filles de Hancock Park. Elle me plaisait beaucoup. Elle m'offrit un chien. J'étais fatigué. J'étais à court d'inspiration pour baratiner des femmes au téléphone. Nous achetâmes une grande maison à New Canaan, Connecticut. Je pensais que le mariage parviendrait à *re-re-re-re-re-*censurer toutes mes idées tordues. Mary me dit que mes nombreuses nuits dans le noir pourraient à la longue se révéler contre-productives. Je concédai qu'elle avait peut-être raison.

Notre maison était trop spacieuse et trop claire. Le fait d'être marié annulait mon numéro de séducteur qui s'explique. La cohabitation était contraignante. Mary n'était en aucune façon coupable. Mon bureau était trop éclairé. Ma cour était trop vaste. Mary était la probité incarnée. Elle me comprenait autant que les femmes peuvent me comprendre et faisait comme bon lui semblait à l'autre bout de la corde. J'ai voulu partir, alors je suis parti. Il fallait que je retourne dans cet antre obscur, muni d'un téléphone en état de marche.

Beethoven salua mon retour en m'adressant un clin d'œil. Le divorce est une démarche juridique éprouvante. Le repentir me vint naturellement. Je vis dans cette union précipitée un égarement qu'il m'était possible d'expier. Mary vit dans mon départ une sarabande de démons.

Voilà l'obscurité, voilà le téléphone, et la *Große Fuge.*

« Prends bien garde au but que tu poursuis, car il te poursuit aussi. »

C'est une paraphrase. On ne sait quel *swâmi* subtil a dit ça. Peu importe à qui on l'attribue, parce que c'est vrai.

J'obtiens toujours ce que je veux. C'est moi qui l'ai fait apparaître, alors elle est venue.

Amante, confidente, corruptrice, âme puissante et camarade sacrée.

Écoutez bien ce nom : Helen Knode.

TROISIÈME PARTIE

COUGUAR

8

Les visages s'évaporèrent. La procession des ELLES s'arrêta avec ELLE. Elle était *sui generis*. J'en pris note aussitôt.

Elle se glissa dans un box du restaurant Pacific Dining Car. Son ex-copain, un journaliste, était en train de m'interviewer. J'étais en plein décalage horaire et j'avais les nerfs à vif. Mes brefs séjours à L.A. me terrifiaient toujours et me confirmaient que j'avais eu raison de fuir ma ville natale. Helen nous apprit qu'elle se sentait dans un état second. Elle tentait de se remettre d'une quadruple extraction de molaires et de l'influence des antalgiques. Dieu lui avait parlé. Son message : Tu n'as pas encore commencé l'œuvre de ta vie.

Elle avait 33 ans. Elle était menue et énergique. Elle portait des chaussures à semelles lisses et se déplaçait en obliquant soudain par une rotation habile. Elle avait des cheveux châtain clair et les yeux bleus. Ses lunettes étaient trop grandes. Ses vêtements étaient d'une coupe trop stricte. Ne t'habille pas de façon monochrome. Tu as dit « Dieu » sans qu'on t'y incite. Continue dans cette voie.

Je parlai de moi. Helen ne savait pas qui j'étais. L'ex-copain tenta de la mettre au courant. Helen parut trouver ses explications ennuyeuses. Elle avait mis trop de rouge à lèvres. Ôte tes lunettes et intéresse-toi à moi, s'il te plaît.

La conversation prit des chemins de traverse. Helen mentionna un rendez-vous à Berlin. Le Mur n'était pas encore tombé. Son amant boche écoutait à plein volume la Neuvième de Beethoven.

Tu as dit « Beethoven » sans qu'on t'y incite. N'en reste pas là. Ôte tes lunettes. Elles font de ton visage une caricature. Comme un miroir déformant de fête foraine.

L'ex-copain engloutissait son steak. Délaissant mon assiette, j'observai Helen. Elle se plaignait de ses dents. Elle ôta ses lunettes et se frotta la mâchoire.

Je découvre sa douceur, sa perception de Dieu, sa souffrance et son énergie en proportion égale.

Je concoctai quelques bons mots. Comme ils se rapportaient tous à moi, ils tombèrent à plat. Helen annonça qu'elle devait partir. Elle parla d'un petit ami et de ses gencives à vif. Je me levai et la remerciai d'être venue. Helen m'observa attentivement.

L'atmosphère douillette de mon repaire à méditation était celle de l'automne et de l'hiver. Je terminais un nouveau roman et partageais mon lit avec mon ex-chien. C'est mon ex-épouse qui en avait la garde. Barko me tenait compagnie le week-end. Les femmes ne m'appelaient plus. Mon mariage récent avait provoqué un effondrement du nombre d'appels téléphoniques. Je parlais dans le noir au chien de mon ex-femme.

Barko me manque, et je me réjouis à l'idée de le retrouver au Ciel. C'était un bull-terrier homicide avec une préférence maléfique pour les sujets féminins. Je m'adressais à lui en prenant une voix *trèèès* grave. On se vautrait ensemble sur le lit et je lui parlais d'Helen Knode.

L'ex-copain m'avait mis au parfum. Barko et moi, on extrapolait à partir des faits établis.

Helen écrivait pour un hebdo, le *L.A. Weekly*. C'était une feuille de chou de la contre-culture, alimentée par les messages personnels de célibataires en mal d'amour et des annonces publicitaires pour des prostituées. Le job d'Helen, c'était d'endosser le rôle de la critique vacharde. Elle rédigeait des comptes rendus de films, des articles de fond, et racontait sa vie dans une rubrique intitulée « Sœur fantasque ». C'était un mélange de déballage personnel sans limites et de discours polémique. On attaque la droite, on vilipende le sexisme, on claironne à tout-va que le sexe, c'est politique.

Helen y décrivait en détail ses aventures de chasseresse en chaleur. Elle venait de l'Ouest du Canada. Ses parents étaient des Texans qui travaillaient dans le pétrole. Elle était l'aînée de quatre enfants. Papa dilapide la fortune familiale et pousse Maman vers la sortie. Helen passe la fin de son adolescence à Kansas City et à Lawrence. À l'Université du Kansas, elle obtient une distinction sportive en tennis. Elle décroche une maîtrise à Cornell tout en jouant les comiques de la cambrousse. L'étape suivante, c'était Paris. *Alerte ! Alerte ! L'ouragan Hélène arrive !*

Elle s'étrille les fesses lors de furieuses fornications et de sordides sorties à la Sorbonne ! Elle se farcit une foule de Frenchies que les frissons effritent ! Elle porte un béret noir et s'enfile des expressos en intraveineuse ! C'est la *fille au pair perverse* ! C'est une Bethsabée baiseuse bohème ! Elle exhume l'existentialisme en un one-woman-show !

Quatre mecs en une nuit ? Ça peut se comprendre, mais je n'ai pas envie de le croire. Barko m'asticote : Tu me fais pitié, Papa ! Helen déroulait du câble pendant que tu te défonçais aux amphètes pour te branler !

J'étais plus qu'intéressé par Helen mais pas vraiment obsédé. Ce qui m'obsédait, c'était le *travail.* Je revivais Los Angeles 1958. Mon héros, un flic pourri, s'était entiché d'une meurtrière, serveuse dans un restaurant drive-in. Celle-ci était inspirée à parts égales par mon ex-petite amie Glenda et la soprano suédoise Anne Sofie von Otter. Je contemplais une affiche de la magnétique mezzo et la faisais voyager dans le passé pour qu'elle se retrouve dans mon livre. Barko jugeait cette quête dégradante.

La vie était belle. J'avais gardé l'amitié de mon ex-épouse, et le droit de passer du temps en compagnie de Barko. La contrainte pécuniaire d'une pension alimentaire ne me gênait pas. Helen vivait sur la côte Ouest. Son amant du moment, doté par la nature d'attributs de dimensions homériques, ne représentait qu'un obstacle mineur. Son ex-copain, le journaliste, m'apprit qu'elle lisait mes livres et qu'elle appréciait leur romantisme. Je lus les articles d'Helen et ses délires autobiographiques. Ce qu'elle écrivait était excellent. Dieu voulait qu'elle relance l'œuvre de sa vie. Je savais ce qu'elle devait faire.

Épouse-moi. Écris un vrai polar. Choisis comme milieu celui de la presse hippie branchée. Critique le Hollywood actuel et la culture des médias d'aujourd'hui. Décris ta haine pour ton père alcoolo et ton amour pour moi – ton amour qui ne s'est pas encore révélé. Je suis l'ambassadeur de Dieu. Saisis cette chance.

Printemps 1991. Les nuits froides et l'obscurité qui me console. Le téléphone silencieux. Le chien démoniaque qui me parle. Les fastueux *lieder* d'Anne Sofie, qu'elle chante spécialement pour moi. Helen Knode – tonitruante dans mon esprit.

Mon livre est bientôt terminé. L'ex-copain d'Helen me demande une autre interview. Je lui réponds que je prends l'avion *tout de suite*. Il m'annonce que le magazine ne me paiera pas le voyage. Je lui dis que *je le paierai de ma poche*.

C'est Helen qui fait le premier pas.

Elle a lu mes trois derniers livres. Elle ne sait pas que le prochain lui est dédié. *Le Dahlia noir* l'a anéantie. C'est le thème de la-débauche-contre-l'amour qui l'a fascinée. Elle comprend mon féminisme bizarroïde. Ce qui lui a donné une idée : écrire un article sur l'histoire du Dahlia pour le *L.A. Weekly*.

Son *premier pas* : Vous voulez bien me montrer les lieux du drame ?

Ce jour-là, Helen me donne d'elle-même une image différente. Elle est fraîche comme une rose, et encore plus concentrée. Elle ôte ses lunettes pour mieux voir en gros plan. Son regard est dévastateur. Une averse a laissé Los Angeles luisante de pluie. Helen porte un jean et des bottines. Je lui montre le terrain vague où l'assassin s'est débarrassé du cadavre d'Elizabeth Short et les différents endroits de Hollywood qu'elle fréquentait. Les nuages s'amoncellent, présageant un orage. J'ai envie de rester assis dans la voiture d'Helen pour y attendre la fin du plus long orage de l'histoire du monde. Je sais que nos cœurs et nos esprits nous transporteraient jusqu'à l'autre bout du système solaire.

Le temps reste sec. Nous arpentons Beachwood Canyon, côte à côte. C'est un effort commun. Nous devons l'un et l'autre lutter contre notre tendance à vouloir marcher en tête. Nous parlons. Chacun à notre tour, nous nous livrons à un monologue de longueur équivalente, et il est rare que l'un interrompe l'autre. C'est mon livre sur une femme morte qui nous a donné ce monde rien que pour nous. Pas une seule fois je ne dis « Jean Hilliker » ni « ma mère ». Helen penche pour l'abstraction alors que je m'en tiens à l'anecdote. Je ressens cela comme un défi. Ce qui me force à donner du sens à mes histoires le plus souvent répétées. Nous discutons du romantisme. Helen me décrit les précédents littéraires. Je retrace l'histoire de la musique symphonique. Le contenu doit dicter la forme. Celle-ci doit être reconnaissable. La passion ne doit jamais être sordide. L'amour doit s'exprimer en un contrepoint parfait à la perte et à la mort. Cette proportion a d'ailleurs servi de base à l'art moral. C'est Helen qui le dit la première : le ressort dramatique, ce n'est que la rencontre d'un homme et d'une femme.

Cela ne s'était jamais passé comme ça. Je l'ai compris sur le moment. Helen s'en est rendue compte tout autant.

Nous parlons jusqu'à épuisement en abordant de grandes idées. Puis nous déjeunons dans un restaurant à pitas sur Sunset. Je calcule notre différence d'âge : neuf ans, quatre mois, douze jours.

Nous sommes exténués. Helen bâille et se frotte les yeux. Ils sont bleu acier. Leur regard est aussi dérangeant qu'exigeant.

Des sujets plus prosaïques planent dans l'air. J'ai encore deux jours à passer à Los Angeles. L'ex-copain d'Helen donne une soirée le lendemain. Helen et son amant du moment sont invités. Cela présage un esclandre du genre catastrophe ferroviaire. Je sais que je ferais un scandale. Je comprends qu'Helen le pressent aussi.

La journée consacrée au Dahlia touche à sa fin. Notre grande conversation s'étiole en propos sans importance, avant un silence tacite. Je ne mets pas à exécution le projet de Dieu concernant Helen. Je résiste à la tentation de la demander en mariage.

Nos au-revoir sont brusques. Question de télépathie. Nous savons ceci : parler de cette journée reviendrait à en affirmer l'importance et à changer nos vies pour toujours.

Je dors mal cette nuit-là. La lune fait des choses bizarres. J'appelle ma logeuse, sur la côte Est. Elle m'apprend que Barko s'est attaqué à l'affiche d'Anne Sofie von Otter. Je prédis les trois prochaines actions d'Helen Knode.

J'étais sûr qu'elle se décommanderait pour la soirée du lendemain. Je savais qu'elle invoquerait la présence de son amant. Je savais qu'elle me dirait : *Où cela va-t-il nous mener ?*

Je lui dis que je lui écrirai une lettre dans l'avion. D'accord, me répond-elle. Je vous écrirai aussi.

Promesses faites, paroles d'honneur, pacte sacré.

Notre correspondance commença. Nous étions entravés par la distance et nos contraintes de travail, et enthousiasmés par l'idée même d'une cour épistolaire. Nous avions recours aux services de FedEx pour accélérer les échanges. Helen largua son amant. Nous réinvestissions dans le sexe. Nos lettres adoptaient un ton digne. Aucune place pour l'équivoque. Nous étions deux camarades en mission pour découvrir l'amour invincible. Ce ton définissait toutes nos méditations. Helen inventa le concept d'« avant l'ère commune » et d'« après l'ère commune ». La journée du Dahlia noir constituait la ligne de démarcation. Nous voyions la vie comme notre aventure personnelle. Nos frasques sexuelles antérieures étaient des auditions pour nous préparer à une monogamie incandescente. Nous avons exploré la *Gestalt* de un-homme-rencontre-une-femme. C'était le centre de toutes nos convictions. Nous discutions de livres, de films, de musique et de politique. Helen refusait de me cataloguer comme mystique de droite. Je me moquais gentiment de son marxisme de rebelle et parvins à lui faire admettre qu'elle avait suffisamment évolué pour dépasser ce stade. Nos lettres s'interrogeaient, pantelantes, sur ce-que-tout-cela-signifiait.

Des appels téléphoniques nocturnes complétaient nos lettres. Le pourcentage de bavardages insipides restait bloqué à zéro. Le sexe, c'étaient nos conversations confidentielles camouflées par la connivence. La distance séparant les deux côtes me permit de terminer mon nouveau roman et de désirer Helen seul dans le noir.

J'achetai une nouvelle affiche d'Anne Sofie von Otter et j'empêchai Barko de s'en approcher. Je méditais, pensant à Helen à l'exclusion de toute autre femme. Je relisais ses lettres, leur trouvais un nouveau sens et concoctais de nouvelles réponses. Nous parlions pendant des heures d'affilée. Je pondais de pompeux épigrammes. Helen répliquait par des rafales d'analyses pénétrantes. Elle était plus intelligente que moi. C'était intimidant. Mentalement, je perdais mes appuis, et je ramais désespérément pour trouver de brillants aphorismes. C'est Dieu qui nous avait jetés dans les bras l'un de l'autre. Je le croyais alors et je le crois tout aussi vigoureusement aujourd'hui. Je minimisai mon sentiment religieux et mis l'accent sur un égalitarisme réticent. Helen avait un cerveau en ébullition permanente. Moi, j'étais un autodidacte cramé par la caféine et dépassé par les événements. Une chose me consolait : j'avais appris avant Helen le plan grandiose que Dieu avait conçu pour elle.

Je n'avais pas ses facultés intellectuelles hyper-brillantes. Helen n'avait pas l'assurance et l'énergie que ma folie me conférait. Je n'avais pas sa vision omnivore du monde dans tout son bouillonnement de vie. Helen n'avait pas ma volonté brutale.

Cet étonnant printemps. Notre passion ajournée. Nos âmes palpitantes éternellement entrelacées.

Nous sommes entrés en collision à l'aéroport. Notre étreinte a embrasé la livraison des bagages. Les cheveux d'Helen me semblèrent plus foncés. Les larmes délavaient ses yeux dont le bleu devenait encore plus pâle.

On s'est embrassés dans sa voiture. La cacophonie de l'aéroport rendait inaudible le battement de mon cœur. J'étais tantriquement exténué et turgescent à l'extrême après deux mois d'abstinence. Los Angeles avait à mes yeux l'aspect d'une ville nouvelle. À présent, c'était davantage *notre* ville que *ma* ville. Je nous réservai une suite à l'hôtel Mondrian. C'était dans la ville mon endroit préféré pour méditer. Je voulais désaturer mes images de toutes les autres femmes en présence d'Helen Knode.

Les voituriers me connaissaient et m'aimaient bien. Je leur laissais des pourboires princiers et je respirais un *savoir-faire** de grand-bwana-blanc. Je ne lésinais pas sur les largesses. Les gars m'appelaient *Jefe*. Le pédé de la réception nous emmena aussitôt dans les étages.

Helen poussa des cris de joie en découvrant la suite, et puis d'autres encore devant la jubilation de petit Blanc que je laissais maladroitement s'exprimer. On s'empiffra d'amandes grillées offertes par la maison et on se rua sur le lit. Cela ne ressembla à rien de ce que j'avais pu prédire, fantasmer, scénariser et dialoguer dans ma tête auparavant. Les mains d'Helen sur mon visage changèrent la perspective sous laquelle je voyais ma vie tout entière.

Les tentures des fenêtres nous apportèrent l'obscurité en éclipsant le Sunset Strip. Le temps me joua un drôle de tour, façon blockhaus du désir. Les lieux et les climats se mélangèrent. Je perdis le fil de tous les sujets que j'avais prévu d'aborder. L'amour physique et la conversation s'entrelacèrent pour former une mèche à combustion lente. Mon cerveau eut un passage à vide tandis que je comptais les grains de beauté sur le dos d'Helen. On balança un oreiller sur le réveil de la table de nuit. Les bruits de la rue s'atténuèrent pour n'être plus qu'un ronronnement.

On trouva des peignoirs et on entrouvrit les rideaux pour avoir un peu de lumière, de quoi se regarder dans les yeux. C'est au milieu d'un éclat de rire d'Helen que celle-ci m'apparut à contre-jour devant un ciel crépusculaire. Je lui demandai : *Tu veux bien m'épouser ?* Helen poussa un cri de joie et répondit : *Oui.*

Donc, tu L'as trouvée.
Qu'est-ce que cela signifie ?
Où cela te mène-t-il ?

Cela signifie tout. Cela me mène partout. Il me suffit de La suivre.

Mon credo : N'espère rien, risque tout, donne tout. La réplique d'Helen : Oui, prends des risques. Tu gagneras ou tu perdras proportionnellement à la profondeur de ta conscience et de la pureté de tes intentions.

Je me sentais purifié. La joie d'Helen était mon émancipation. Sur le contrat relatif à la Malédiction, Helen donna un coup de tampon certifiant « Réglé en totalité » et me mit au défi de faire ses quatre volontés.

C'était une vieille rengaine, du style tu-seras-tout-à-moi-rien-qu'à-moi. Elle avait trouvé ça dans une pile de vieilles partitions des années 60. Ce refrain me poussait à rediriger mon appétit compulsif et à en jouir comme étant l'expression même du bonheur.

J'avais déjà été heureux dans ma vie. Cela a toujours été un sentiment d'une urgence manifeste. Je désirais toujours plus et je savais que je l'obtiendrais. Malgré tout, un écho étouffé rôdait toujours en moi, entretenant ma vigilance. Une perspicacité hors du commun alerte les opportunistes de la présence de « Plus ». Mais à présent, « Plus » était moribond. Helen Knode l'avait remplacé par « Moins ».

Amante, confidente, camarade sacrée. Satiriste, démystificateur, et petit marrant.

Personne ne m'avait *vraiiiment* compris. Personne ne l'avait *vraiiiment* comprise. Nos imaginations fusionnèrent. Nos appétits de vivre se recouvrirent et se mélangèrent. Helen Knode et James Ellroy – *c'est vraiment pas triste !*

Ensemble, nous avions une allure *folle*. On illustrait avec raffinement les grandes rigolades et les bonnes bourres. On adorait la vie et on vivait pour le rire. Nous étions *drôôôôles*. On concoctait sans cesse des trucs marrants.

Helen trafiquait ma mémoire. Elle la désexualisait. J'oubliais les visages de femmes vues et remémorées, des filles que j'avais suivies, chez qui j'étais entré par effraction. Helen redistribuait les rôles de certaines figures iconiques, les cantonnant à une simple figuration. Marcia Sidwell ? La fille que j'avais prénommée Joan ? – à présent simples épaves flottant d'une synapse à l'autre. Le message d'Helen : Je suis là, pas elles. Faisons l'amour et marrons-nous.

Le monde entier était une cible facile pour nos moqueries. Pareillement, sa famille, ses amis et l'arrière-ban de nos ex-amants et maîtresses. Le numéro d'Helen complétait mon sketch du chien-qui-parle et mes monologues racistes. Le caractère d'Helen n'avait rien d'ambigu. Ça lui laissait une marge de manœuvre dans le domaine politique. Elle appréciait mes discours de droite et me reprochait de me répéter trop souvent. Nos échanges étaient une partie de ping-pong entre le Club des comiques et nos *loooongues* conversations sur le sens profond de tout cela.

Nous avons décidé de nous marier à l'automne 91 et de louer une maison à Laurel Canyon. Helen accéda à mon désir d'une cérémonie religieuse mais exigea une femme pasteur. J'eus le malheur de déplaire à celle-ci. Elle avertit Helen que notre union ne durerait pas – parce que j'avais le regard fuyant.

Je fis la connaissance des parents d'Helen. Je les trouvai sympathiques et les dominai de mon exubérance rentre-dedans. Helen se montra complice. Je fis sortir la comique de service qui était en elle. Je ne connaissais rien aux relations familiales. Leurs codes sociaux et leurs conflits d'ego me parurent vexants. Je fis ma propre pub et vantai les prouesses de Barko. À L.A., Barko vendait de la dope aux frères du Southside. Barko était le rédac-chef de *Museau Magazine*. C'est Barko qui avait flingué Kennedy, et il avait eu Jackie pour lui tout seul. Choqués, les Knode riaient jaune en échangeant des remarques sur le thème : *Eh bien, notre Helen a trouvé son égal*. Helen me donnait des coups de pied quand mes vannes tombaient à plat.

Les problèmes s'amassaient lentement. J'avais un chouette contrat pour trois livres et je voulais trouver un appartement dans le Connecticut. J'adorais la côte Est et je mourais d'envie de voir Barko plus souvent. Helen était réticente. Pour elle, l'Est exhalait les relents nauséabonds des graves problèmes de son troisième cycle à Cornell. Los Angeles était *sa* ville à présent. Mais *moi*, je ne pouvais pas vivre dans cette zone peuplée de fantômes. Helen accepta de déménager. Cela me revigora. J'avais exécuté le plan conçu pour elle par Dieu lui-même.

Elle mit *en plein dans le mille*. Le roman criminel, la journaliste dans la tourmente. Le père détesté, un parricide saboté, l'amant-flic qui me ressemblait un peu. Helen, esprit brillant : elle m'écouta patiemment et il ne lui fallut que quelques minutes pour mettre noir sur blanc les étapes de l'intrigue. Je *savais* qu'elle ferait excellemment ce travail.

Été 1991. Des nuits chaudes dans notre nid d'amour encombré de meubles. Le moment où j'ai eu 43 ans, deux mois et sept jours, ayant passé plus de temps en ce monde que Jean Hilliker.

Helen m'avait dit que je finirais par échapper à son influence. Notre union en fut la preuve irréfutable. J'avais renoncé à une énergie et une compulsion traumatisantes pour choisir la joie. Dans mes romans, j'avais reproduit la jolie rousse. Mes images de femmes des années 50 *s'inspiraient* d'elle, et lui rendaient hommage en me permettant de lui exprimer ma gratitude. Ma mission, à présent : chercher un bonheur génial – *avec Helen M. Knode.*

Ce que j'ai fait.

Je surnommai Helen « La Femme Couguar ». Elle était racée, bronzée, et native des plaines de l'Ouest. Elle connaissait plusieurs religions saugrenues et comprenait leur vénération des animaux. Elle m'appelait « Gros Chien », parce que j'adorais les chiens et que j'aboyais à l'improviste. Ma propension à m'isoler comme dans une niche avait tendance à l'énerver. Je vivais pour être seul avec elle, ou carrément tout seul dans des espaces réduits. Je rêvais d'*isolement*. Je voyais les autres gens comme des importuns et des intrus. Je voulais enfermer notre couple et l'entourer de quatre murs. Je souhaitais un tête-à-tête délirant. La nature exclusive de notre relation oblitérait ma vieille fixation d'engendrer une nichée de filles. Helen ne s'interdisait pas d'avoir des enfants. Cette possibilité était repoussée indéfiniment. Nos moments immédiats étaient gouvernés par la passion.

Été 91. Des petits sauts d'un week-end à Santa Barbara. Nous prenions toujours nos repas dans un restaurant nommé La Cuisine des Indes de Paul Bhalla. Il était toujours vide, ou presque. Ça me tuait. L'établissement me paraissait talismanique et lié à notre destin. Je ne voulais pas que ce restaurant fasse faillite ou ferme définitivement. Il fallait que nous puissions y retourner pour mettre en échec le passage du temps. Helen s'asseyait toujours à ma gauche. Elle ôtait toujours ses lunettes, transformant ses yeux en kaléidoscopes. C'est alors que la peur me frappait au ventre. *Il ne faut pas que je perde cette femme, jamais. Dieu, je t'en supplie. Veille à ce qu'elle ne meure pas et ne laisse rien nous arracher l'un à l'autre.*

Notre mariage, le 4 avril 1991. Deux salles au Pacific Dining Car.

Helen porte une robe rose pêche des années 40, et moi le kilt de mes ancêtres. Helen paraît spectaculairement féline, indomptable et hyperbranchée tout à la fois. La femme pasteur prononce nos vœux hybrides. J'ai droit au minimum syndical sous forme d'un laïus chrétien, et Helen à des tonnes de foutaises New Age. La femme pasteur me fait les gros yeux, mais ne dit pas un mot de mon regard fuyant. Je la range dans la catégorie des gouines frustrées.

La famille d'Helen est venue en avion du Kansas et du Texas. Mes amis de l'édition sont venus de

New York. Quelques vieux copains de L.A. se pointent. Les toasts sont sincères et vaguement scabreux. Helen lance quelques missiles du genre « Gare à la chatte sauvage du couguar femelle » et cite Doris Lessing : « Le mariage, c'est le sexe et le courage. » Je me lance dans un rock impromptu aux paroles licencieuses. Helen pousse des cris de joie et me dénonce aux invités : « C'est du recyclage, Gros Chien ! Tu as écrit ça pour une de tes anciennes pouffes ! »

Après le steak du menu, un gâteau de mariage sur mesure. On bavarde d'un côté à l'autre de la table pendant qu'Helen fait le tour de la salle et que je bats en retraite dans ma tête. Mon esprit vagabonde. Si Jean Hilliker avait vécu, elle aurait aujourd'hui 76 ans, cinq mois et dix-neuf jours.

Helen fait une pirouette, sa robe tourbillonne, quelques-uns de ses amis lancent des sifflements admiratifs. J'entre dans une rage noire et je les foudroie du regard. Les yeux d'Helen croisent les miens, elle me sourit et me calme l'espace d'un battement de cœur.

Dieu, je t'en supplie, fais que ceci ne s'arrête jamais.

Dieu, je t'en supplie, fais que nous montions te rejoindre au même moment.

Helen a revu et corrigé la topographie de mon esprit. Elle a entendu toutes mes histoires et en a exigé de nouvelles interprétations. Elle a respectueusement exigé de moi des récits sexuels. J'ai fait de toutes mes anciennes maîtresses des bouffonnes qui aspiraient à devenir des Helen Knode. Helen se révéla moins hypocrite. Elle me décrivit toutes ses bonnes baises avec des types montés comme des bourricots, ce qui me rendit furieux et jaloux. Je voulais avoir la haute main sur la biographie d'Helen. Je voulais que cette bio soit moins affriolante *et* qu'elle présente Helen comme une sainte. Je pressai Helen d'apporter des corrections à son récit, et j'obtins la seule que je désirais : Avant toi, tout cela restait puéril et insignifiant.

Ubiquité.

Helen était suprêmement vivante. Jean Hilliker était six pieds sous terre. Le fantôme de ma mère dansait dans des pièces obscures et m'encourageait à passer des visages en revue. Helen écartait les rideaux opaques et me laissait entrevoir la lumière du dehors.

Nous sommes retournés nous installer à New Canaan, Connecticut. Mon ex-épouse et mon ex-chien vivaient à quelques kilomètres de là. L'aspect « ceinture verte » du lieu plaisait à Helen, mais elle détestait l'urbanisme environnant. Je lui menai la vie dure à ce sujet. Il y avait un prix à payer pour nos galanteries aux allures de raz-de-marée. Notre exil avait arraché Helen à sa famille et ses amis. Notre exil avait largué Helen dans une banlieue hostile avec un homme sans famille et un ex-chien qui parlait. En vrai macho, je lui imposai une obligation bidon : Il faut qu'on vive ici, point final, tu t'y feras. Entre les lignes, une idée tordue : *un homme doit faire ce qu'il a à faire.*

New Canaan restait Hancock Park Est. Mon ex-épouse restait un composite des lycéennes du privé que je pistais et espionnais des années plus tôt. J'avais attiré Helen dans une reconstitution historique inspirée par mes souvenirs, bouleversant ma relation à mon passé alors que nous vivions la re-création de celui-ci.

Elle avait le mal du pays. Elle dénigrait New Canaan alors qu'elle encensait Los Angeles. Elle s'était exilée pour un homme. Cela heurtait son féminisme. Manhattan lui rappelait ses années folles de journaliste dans l'East Village. À présent, elle avait laissé derrière elle tous ces enfantillages. L'Est, source d'irritation pour elle, était pour moi un refuge.

On a fini par s'adapter. Helen a commencé à travailler à son roman. Pour ma part, je prenais des notes pour une épopée politique. C'était mon premier livre dont l'action se situait ailleurs qu'à Los Angeles. Je voyais L.A. comme une chambre noire que je ne pouvais revisiter. Je voulais cloisonner tous mes espaces mémoriels. Je concevais mon mariage comme un document légal qui effaçait notre passé collectif. Des clauses particulières nous permettaient de l'exploiter pour obtenir des effets dramatiques ou une stimulation sexuelle. Il m'était souvent arrivé de me tromper sur le compte de certaines femmes. Je leur avais attribué ma propre ténacité et ma philosophie volontariste. Helen possédait déjà cette dernière. Je le savais. Elle était dotée d'une version plus raffinée de mon énergie, et elle était capable d'y intégrer le monde qui l'entourait. Ça, je le sais aujourd'hui. Elle tentait de me procurer une vie globalement stable et une existence quotidienne équilibrée. Son charme, son esprit et sa passion me ravissaient. Mais je suis entré en résistance contre les corvées domestiques de tous les instants. J'ai renoncé à mes responsabilités en pratiquant la discrimination sexuelle. J'étais incapable de faire la vaisselle ou de passer l'aspirateur et je laissais ces tâches à Helen. Je ne voyais aucun intérêt aux soirées mondaines. Elles me contraignaient à rencontrer des gens, ce qui m'amenait souvent à me conduire de façon impolie. Helen était Elle, l'Autre. Elle avait adroitement effacé Jean Hilliker. Nous étions unis dans notre quête d'une efficacité divine. Notre but était de nous soutenir l'un l'autre et de créer du grand art. Notre amour nous aiderait à accomplir notre devoir sacré. Plus notre monde serait circonscrit, plus court serait notre trajet du point A au point B.

Telle était la déclaration de principe de ma mission. Ce n'était pas celle d'Helen Knode. Je ne la lui ai pas infligée en tant que philosophie ou que tâche à accomplir étape par étape. J'y voyais une expression logique de notre grande aventure romantique. Helen était infiniment plus flexible que cela et considérait mes projets comme libérateurs dans leurs intentions et souvent contraignants en pratique. Je vivais avec la femme qui était alors le grand amour de ma vie. J'entrais et je sortais de Mon Univers et de Notre Univers selon l'inspiration du moment.

La présence physique d'Helen et sa caution alimentaient mes pouvoirs créateurs. Mes neurones crépitaient sous l'effort quand je tentais de suivre son rythme. Mes œillères mieux ajustées qu'avant masquaient les esprits féminins qui obscurcissaient toujours ma vision périphérique. Il y avait Elle, il y avait Moi, il y avait les Femmes auxquelles j'avais renoncé parce qu'elles *m'obsédaient*. Par essence, Helen Knode était délicieuse. Ce qui faisait passer la pilule quand elle critiquait mon consternant manque de savoir-vivre, mon comportement à table où je mangeais comme dans une porcherie, et mon incapacité à accomplir la moindre tâche ménagère. Helen – même excédée – était hilarante. Elle m'appelait « Gros Chien » avec amour et « Bête de cirque » au comble de l'exaspération. Une fureur froide fermentait en elle et parfois jaillissait en une explosion de rage. Elle révérait ma masculinité. Elle ne tarda pas à entrevoir de sombres perspectives conjugales.

J'étais indifférent, impérieux, inconscient. Toutes ces manifestations étaient ridiculement masculines. J'étais capable de gagner de grosses sommes d'argent, mais pas de lire des reçus de carte de crédit ni de calculer le solde de mon compte bancaire. J'adorais la bonne bouffe, mais je refusais de faire la cuisine. Je lâchais de bestiales exclamations de triomphe dans les toilettes et je traitais l'endroit comme ma bauge personnelle. Pendant les réunions familiales, je faisais mon numéro pour amuser la galerie, ou bien j'allais faire la gueule dans mon coin pour lire des magazines sur les voitures de sport et ruminer dans le noir. Les soirées mondaines mettaient Helen dans un état de tension proche du court-circuit. Je haranguais la foule et j'asticotais ses amis aux tendances gauchistes. Je me plantais près d'autres hommes et je les dominais en leur lançant des regards noirs, des piques marquées à droite, et plus généralement en laissant s'exprimer ma rancœur. Helen entretenait cette rage froide puis explosait de temps à autre. Je me repentais parfois, promettais de changer, et manquais à ma promesse.

Me repentir était facile, et il m'était plus facile encore de manquer à ma promesse. Les griefs d'Helen me semblaient secondaires, comparés aux moments fabuleux que NOUS passions ensemble. J'étais allègrement irrespectueux. Cela déshonorait notre union. J'en suis conscient aujourd'hui. Je ne le savais pas alors.

Ces moments fabuleux englobaient tout le reste. Je me sentais protégé, et j'assurais la protection d'une femme transcendante. Nos échanges quotidiens, d'une étonnante vivacité d'esprit, étaient enracinés dans cette grande idée que le cours de la vie est sacré. Ayant initié Helen à la boxe, je la vis devenir une spectatrice fanatique. Nous allions écouter des récitals de piano à Carnegie Hall. Helen m'injectait des doses de sa sagesse personnelle et me regardait les intégrer à ma propre vision du monde. Nous allions voir des films et nous continuions à anthropomorphiser Barko – Le Caïd canin de New Canaan.

Nous écrivions nos livres dans des pièces séparées, sous le même toit. Helen s'attaquait à la discipline du roman criminel avec la ténacité d'un couguar, son talent inné, et une Konviction Knodéienne. Elle persévérait avec passion. J'en étais ravi et cela confirmait la foi immense que j'avais en elle. Jamais elle ne prit mon nom. Elle resta une Knode et ne devint pas une Ellroy. Aujourd'hui, je suis un partisan du matriarcat. Je ne l'étais pas alors. Je n'étais pas encore un Hilliker dans l'âme. Je regardais Helen s'extirper de mon ombre grâce à l'écriture – tandis que je travaillais trois fois plus qu'à mon habitude pour que cette ombre grandisse.

L'incubation de mon roman politique avait commencé. Elle résultait de ma décision bien réfléchie d'abandonner Los Angeles comme unique théâtre de mes romans. Ma tétralogie précédente, le *Quatuor de Los Angeles*, était une élégie à ma ville natale et aussi une autre case géante dévolue à Jean Hilliker. Tous ces livres racontaient l'histoire d'un Salaud Amoureux d'une Femme Forte. Ces livres-là avaient *de forts relents* d'« Un Homme Rencontre Une Femme » – et c'est là que la Los Angeles historique intervient et exige des changements. Quatre romans, un manifeste beethovenien. Des infrastructures romanesques complétant de grands événements publics. Des actes d'amour physique aux dimensions sismiques qui définissent *tout* ce qui existe à l'intérieur de l'histoire.

J'étais obsédé par *les femmes*, alors. La partie du texte consacrée à l'émotion était écrite d'avance. J'étais amoureux d'*une femme*, à présent. Mon univers tout entier avait changé de cap. Il avait subi un *dé*cloisonnement puis un *re*cloisonnement. Helen rendait stériles toutes les autres femmes. Mon roman tout neuf s'en trouvait *dé*sexualisé.

Et plus élaboré, et plus froid. Et davantage consacré à des hommes impitoyables et à une solitude en quête d'elle-même.

Je le sais aujourd'hui. Je ne le savais pas alors.

Helen m'avait recueilli et offert un abri. Je vivais cloîtré et trouvais cela merveilleux. Cela me réconfortait. Ces restrictions affectaient Helen. Je disposais d'un lieu où je pouvais travailler et méditer en toute tranquillité. La claustration entraîne le refoulement. Le refoulement couve et finit par exploser. Helen m'avait procuré du temps. Ce temps me permit de devenir fou à une allure modérée et hautement productive.

Espèce de cinglé, tu ne le sais toujours pas : aucune femme ne peut te sauver.

9

Tu travailles trop.

Helen me le répétait sans cesse. Je définissais toujours mon énergie comme un produit dérivé de NOUS. La vie en banlieue et une merveilleuse monogamie. Un ex-chien sympa. Une femme plutôt que *des femmes*. C'est *cela* qu'il faut comprendre.

Helen était sceptique. *On ne fait plus l'amour comme avant*. Tu es devenu un être désincarné. Tu es toujours parti loin dans ta tête.

Je repoussai ses premières salves. Je niai l'existence d'une stase sexuelle et m'engageai à y remédier immédiatement. La franchise d'Helen me perturbait. C'était comme si j'avais jeté aux orties notre code romantique et sabré nos serments de mariage. Le sexe était tout. C'est ce que nous croyions l'un et l'autre. Nous vivions ensemble depuis deux ans. Je rejetais le dicton selon lequel « le mariage, c'est la complaisance ». Helen le rejetait aussi avec la même vigueur. Je m'opposai à l'idée émise par Helen selon qui les dysfonctionnements de notre couple menaçaient à l'horizon. Ça se gâte au paradis. Ne me dis pas une chose pareille.

Merde, il y a des infiltrations. Notre compartiment n'est plus étanche, à présent. Putain, je suis *heureux*. J'écris un nouveau roman. Je vis des pages grandioses de l'Histoire à un milliard de tours-minute. Je suis profondément amoureux de toi. Il se *pourrait* que je sois proche du bien-être. S'il te plaît, ne me reproche pas ça – *pas tout de suite.*

Tel était mon raisonnement. Il n'était logique qu'à moitié. L'autre moitié était plus problématique. Avant Helen, j'étais du genre à penser qu'en amour, le seul courage, c'est la fuite. Je n'étais encore jamais parvenu au stade où nous en étions à présent. C'est ici que nous affrontons la difficulté et que nous la surmontons. Je t'en prie, ne m'oblige pas à faire ça – *pas tout de suite.*

Et je suis fatigué de courir les filles et de les séduire. Et mon feu érotique a laissé des braises d'où ont étrangement rejailli des flammes. Mon livre est un brasier ardent. Maintenant le sexe est pouvoir et le pouvoir est fiction et la fiction a remplacé le sexe. Chérie, tout s'embrouille. Tout ce que je veux, c'est être avec toi. N'abordons pas ce sujet – *pas tout de suite.*

Dans mon roman, les hommes étaient des fous du pouvoir. C'étaient des dissimulateurs et des adeptes du cloisonnement. Ils étaient moi sans ma conscience absolue et les conseils d'Helen Knode. Helen Knode personnifiait une mutation exponentielle de ma pensée. C'étaient les propositions d'Helen Knode qui m'avaient conduit à écrire un nouveau genre de livre. Helen Knode m'avait sauvé de ma passion des femmes qui s'étendait à la gent féminine tout entière. Dans la plupart des cas, Helen Knode parvenait avant moi à la vérité. Et maintenant, elle m'amenait à *ceci*.

S'il te plaît, Couguar – *pas tout de suite.*

Je prenais la fuite, je remettais à plus tard, je changeais de sujet, je me réfugiais dans ma tête. Des retrouvailles sporadiques colmataient le compartiment. Les fissures se comblaient et tenaient le choc.

American Tabloid était le cauchemar privé de la politique publique. L'infrastructure, c'était la prise de pouvoir remplaçant l'amour-en-tant-que-rédemption. Des femmes traversaient le livre dans des rôles subalternes. C'était emblématique du début des années 60. Je voulais écrire un roman d'un genre tout nouveau et détruire les liens qui me rattachaient à Los Angeles. Le premier objectif était louable, le second ne l'était pas. L.A. est la ville qui m'a fait. Jean Hilliker y est morte assassinée. J'ai rencontré Helen Knode à un pâté de maisons de l'endroit où je suis né. Le livre était presque terminé. Helen me répétait sans cesse : *Tu travailles trop.*

Noël 93 approchait. Helen avait écrit un premier jet de son livre et elle m'en donna des pages à lire. Elles étaient surprenantes et mal dégrossies, selon mes critères d'exigence. J'infligeai au texte des corrections à la louche pour Ellroyiser sa prose. Helen rit de mes dérapages verbaux insensés et me renvoya les feuillets au visage.

Pas d'animosité dans son geste, il était plein d'amour. Nous en avons ri *sur le moment.* J'avais supprimé des Knodéismes et truffé le texte de monstruosités machistes. Je n'ai éprouvé aucune rancœur *sur le moment*. Je postdate mon animosité pour la disséquer *maintenant*.

Je m'évadais déjà de notre vie de couple. Je voulais éluder la rengaine d'Helen : *Pourquoi est-ce qu'on ne fait plus l'amour ?* Je fonctionnais de nouveau en mode chambre obscure, mais sans entendre en permanence la musique de Beethoven et les femmes au téléphone. Moi, j'étais le type qui fuit ses responsabilités. Helen était la femme qui cherche la confrontation. Notre mésentente conjugale commençait à prendre la direction des querelles de couple banales, genre guerre des sexes. Je trouvais cela répugnant. Mon féminisme conservateur se révélait bidon. Sur le plan moral, c'est Helen qui avait pris les commandes de notre union. Sa sagesse et son courage avaient supplanté les miens. Ma mission était de m'arracher à ma folie productiviste et de me redonner tout entier à elle.

Je n'en étais pas capable.

Je ne savais pas *comment* m'y prendre.

Je ne savais pas que j'*aurais dû* le faire et que je *devais* le faire – je ne le savais *pas encore*.

Puis la Malédiction prit une forme toute nouvelle et Jean Hilliker nous procura un répit.

Nous avons échangé nos cadeaux le matin de Noël. J'offris à Helen un pull en cachemire et un blazer en tweed. Helen m'offrit un blouson d'aviateur doublé de laine polaire. Barko eut droit à une tripotée d'os parfumés au bœuf.

Helen désigna le dernier paquet. Il était rectangulaire, et son emballage avait un air de fête.

Elle m'annonça que ce cadeau lui avait demandé quelques recherches. Elle laissait transparaître une certaine inquiétude. Elle me dit : *J'espère que cela ne va pas te contrarier.*

Je déballai l'objet. Sous mes doigts, je sentis les contours d'un cadre et j'aperçus les fragments d'un tirage photo en noir et blanc derrière une vitre. Je sus aussitôt de quoi il s'agissait.

La photo publiée par le *L.A. Times*. Rapidement tombée dans l'oubli en 1958. Que rien ne laissait présager ce Noël-là. Fréquemment reproduite et sans doute bien trop souvent examinée aujourd'hui.

Je suis un grand benêt de 10 ans. Je porte une chemise à carreaux et un pantalon clair. Vision prophétique : ma braguette est à moitié ouverte. Les flics viennent de me dire : *Petit, ta mère a été tuée.*

Helen prend toujours le raccourci qui mène au mot de la fin. Elle me demande ce que je pensais *à ce moment-là* et ce que je pense *maintenant.*

Je lui réponds : « *C'est l'occasion ou jamais.* »

Je devais écrire un article dans un magazine d'ici quelques semaines et signer un contrat pour un nouveau livre le mois suivant. Mon premier boulot : examiner le dossier concernant l'assassinat de ma mère et décrire le choc qu'il me procurait. Le second : engager un policier de la Criminelle et tenter d'élucider l'affaire. Écrire une autobiographie sous forme d'enquête.

La Malédiction était une citation à comparaître devant la mort et un ordre pour séduire le monde avec mes obsessions. Ce nouveau codicille me donnait le pouvoir d'exploiter le malheur une fois de plus. Il me fallait restreindre le voyage Hilliker-Ellroy aux dimensions d'un récit criminel. C'était dès le départ une tâche illusoire. À nous deux, Jean Hilliker et moi représentons une histoire d'amour. Celle-ci était née d'un désir honteux, puis elle avait été façonnée par le pouvoir d'une malédiction. La fin de cette histoire n'était pas et ne pourrait jamais être l'arrestation d'un meurtrier et un traité sur le lien assassin-victime. Ma sexualité précoce avait esquissé la Malédiction et déterminé sa résolution : mon désir démesuré pour les femmes.

Je *savais* que nous ne trouverions pas l'assassin. Je *savais* que mon livre sur ce meurtre retracerait l'itinéraire d'une réconciliation et renverrait Jean Hilliker dans la chambre forte. En 1994, j'étais frénétiquement têtu et inexpérimenté. Je croyais que toutes les résolutions pouvaient trouver leur place entre les pages d'un roman. Helen était plus avisée que moi. Elle m'avait offert cette photo afin que je puisse la regarder avec étonnement et en tirer profit d'une façon indéfinissable. Elle ajouta des amendements pour modérer la Malédiction sans savoir que la Malédiction existait. Helen prétendait alors, et prétend encore, que l'écriture me permettait toujours d'atteindre la vérité. Elle pense que j'y parviens rarement à la première tentative et que je privilégie souvent la forme au détriment du contenu. Elle savait que Jean Hilliker était beaucoup plus que la simple victime d'un assassinat et qu'elle ne méritait pas de n'être qu'une source d'adoration extatique. Elle m'a envoyé à la recherche de la vraisemblance – dans l'espoir que cela nous renforcerait et nous enrichirait tous les deux.

Je suis allé vivre à Los Angeles pendant quinze mois. Je parlais à Helen tous les soirs. À plusieurs reprises, nous nous sommes retrouvés sur la côte Ouest ou la côte Est, rattrapant çà et là une fraction de notre retard d'affection en faisant l'amour. J'étais toujours anxieux et distrait. Le sexe, pour moi, avait toujours été la quête et l'accomplissement de l'acte. Mes années avec Helen avaient éclairé cela d'un jour nouveau et m'avaient permis, de justesse, de dépasser ce stade. Le fait d'en être conscient n'est pas synonyme de spontanéité au lit. La tâche du moment était de jouer au détective et de faire entrer ma mère dans les pages d'un livre.

Je lisais des dossiers de police et je compilais des notes. Je faisais équipe avec un ancien flic très brillant nommé Bill Stoner. Nous interrogions des douzaines de piliers de bar décrépits, de raclures d'East Valley et de flics à la retraite. On bénéficiait d'une large couverture dans les journaux et à la télévision. Tout ce travail ne nous menait nulle part. Nous vivions la métaphysique de l'impasse et du crime non élucidé. Je ruminais dans le noir avec Rachmaninov et Prokofiev. La musique décrivait la descente du romantisme dans l'horreur du vingtième siècle. Elle venait en complément de mon état psychique. Je savais que nous ne trouverions jamais l'assassin. Je prenais des notes abondantes sur l'émergence de ma relation mentale avec ma mère. Je comprenais que la force de mon essai proviendrait de mon récit de ce voyage intérieur. Sur ce point, je me suis trompé. En signant le contrat, je savais que la seule fin convenable pour ce livre était une réconciliation. J'ai appris très peu de choses sur la mort de Jean Hilliker. J'ai découvert une foule d'informations sur sa vie et j'ai structuré mes révélations de façon salace et intéressée.

J'étais elle, elle était moi, nous étions des doubles et des âmes jumelles dans l'adversité.

Je le croyais alors. Aujourd'hui, je considère cette idée comme une falsification d'un opportunisme éhonté. Quelques détails secondaires me suffirent pour la différencier de moi, puis je laissai le thème viable et bien commode de l'unicité faire office de vérité. J'évitai d'avouer la malveillance calculée de la Malédiction ou de révéler que je ne connaîtrais jamais Jean Hilliker tant que je chercherais l'expiation chez les femmes.

L'enquête se poursuivait. Nous en étions à mi-parcours quand *American Tabloid* fut publié. Ce fut un triomphe. Pendant la tournée pour la promotion du livre, je glissai adroitement de la mère au destin tragique vers le tragique destin de John Kennedy. Le bail de notre appartement du Connecticut était parvenu à expiration. Avec Helen, nous avons envisagé plusieurs solutions, pour finalement décider de nous installer à Kansas City. Elle avait de la famille là-bas. J'aimais bien, autour de Ward Parkway, ces quartiers privilégiés au luxe ostentatoire. Nous nous y sommes rendus en avion et nous avons acheté une maison de six pièces dans le style Tudor. *Man-o-Manischewitz*[1] ! – c'était Hancock Park sous stéroïdes !!!

Helen prit en charge toutes les corvées relatives au déménagement. Je passais la voir en coup de vent et repartais pour aller méditer ou jouer au flic. Mon absence rendait Helen furieuse. Elle la vivait aussi mal qu'une rage de dents. Son ressentiment constant et mon repentir peu convaincant constituaient l'essentiel de nos conversations téléphoniques quotidiennes.

L'enquête me devenait pesante. J'avais déjà tout ce qu'il me fallait pour écrire un livre. J'avais réexaminé Jean Hilliker, redéfini son rôle, et changé sa trajectoire pour la réaligner sur mon orbite. Mentalement, mes recherches sur elle m'avaient épuisé. Mon orbite se modifia. Je me réalignai sur *les visages*.

Ils sont venus à moi. Je ne les ai pas cherchés. Ce fut une re-migration inconsciente. L'échange de nos serments de mariage s'assortissait d'une clause impérative – *il est interdit de fantasmer* – qui me rendait mentalement et physiquement fidèle. C'est dire à quel point j'étais rigoureux et discipliné. La trajectoire de ma vie – du ruisseau jusqu'aux étoiles – et sa dureté extrême m'avaient convaincu du bien-fondé de l'absolutisme et de la folie de la permissivité. *Je ne pouvais pas être autrement*. J'étais un homme d'une

1. Interjection exprimant un étonnement admiratif. Dérivée de « Man, oh, man ! », elle a servi de slogan aux vins casher de la maison Manischewitz, et a connu un regain de popularité lorsque l'astronaute Buzz Aldrin s'est extasié : « Man-o-Manischewitz ! » en posant le pied sur la Lune.

foi fervente. Psychologiser, c'est choisir, par facilité, de ne pas se lancer dans une quête inflexible de la perfection. J'étais insouciant, imprudent, rustre, autoritaire et égocentrique. Je le savais, et je faisais sporadiquement des tentatives pour éradiquer ces travers dans ma pratique quotidienne. Les défauts de caractère sont des compartiments. Les compartiments se fissurent et cessent d'être étanches. Je reconnaissais ce problème, du bout des lèvres. J'avais deux objectifs spirituels primordiaux, et je les considérais comme des forteresses imprenables. C'étaient ma loyauté envers mon métier d'écrivain, et ma loyauté envers Helen Knode. Ma conscience leur consacrait la totalité de son attention. Je sous-estimais la puissance réflexe du refoulement et toutes les idées tordues qui sommeillent dans une tête.

Les Visages.

Les Femmes.

Elles.

Jean Hilliker m'avait vidé de mes dernières forces. Je l'avais mêlée à mon œuvre avec toute la ruse et la passion héritées de la Malédiction que je possédais alors. Ma vie d'homme marié se composait de compartiments à l'intérieur d'autres compartiments, qui tous commençaient à se fissurer. Je multipliai par quatre mes prières du soir pour Helen et je m'agrippai de toute mon énergie au compartiment de la chasteté physique.

Ce n'est pas grave, Couguar – il n'y a que toi – les autres ne sont que des esprits ardents.

Voilà Marcia Sidwell à la laverie automatique et Marge-du-train. Voilà le Concerto pour piano n° 2 de

Rachmaninov qu'on entend dans *Brève Rencontre*. Voilà cette fille que j'ai prénommée Joan telle qu'elle était alors et qu'elle est peut-être aujourd'hui. Elle me paraît toujours prophétique. Je suis à neuf ans de ma rencontre avec la vraie Joan et son étonnante chevelure striée de gris. Voilà Karen sortie de mon rêve d'une nuit pluvieuse aux abords de 1980. Dans la vraie vie, elle ne m'apparaîtra qu'une bonne dizaine d'années plus tard. Erika me trouvera dans le sillage de ces deux femmes.

Et il y a toutes les autres. Vivantes, images floues ou hypernettes. Des ombres impossibles à distinguer les unes des autres – même si chacune est unique.

Je me procurai une nouvelle affiche d'Anne Sofie von Otter. Je la calai sur ma table de travail pour scruter son visage. Elle était à la fois douce et arrogante comme il sied à une artiste. Elle était blonde et pâle. Sa coupe au carré lui donnait un air sévère et exprimait la force de sa volonté. Elle refusait de masquer les imperfections de sa peau. Cela mettait en valeur sa sérénité, mêlée à une bonne dose d'un mépris souverain digne d'une diva.

Elle était plus jeune que moi de sept ans et cinq jours. C'est un guide de musique classique qui m'apprit cela. Je trouvai d'elle un portrait en pied. Elle avait un corps voluptueux et semblait plutôt grande. J'achetai quelques-uns de ses enregistrements de lieder et tombai fou amoureux de sa voix.

J'en pleurais. Je m'approchais de l'affiche et serrais un oreiller dans mes bras. Je ne comprenais pas les paroles chantées en allemand. J'improvisais mon propre chant d'amour en contemplant son visage. L'affiche était dressée près du dossier sur le meurtre de ma mère. Parfois, je tremblais tant que je la faisais tomber.

La musique, son portrait, la signification des paroles transposée.

J'étais menacé par le génie d'Helen. Elle était menacée par le mien. Nous étions grands et forts et habités par nos querelles d'amants. Nous étions horrifiés par notre solitude autant qu'épouvantés par notre désir et nous sommes partis courir le monde avec notre beauté insensée simplement pour en retrouver une parcelle.

Nous avons embrasé des chambres. Nous savions ce que chaque chose signifiait. Nous comprenions la terreur et la fureur comme personne avant nous ne les avait comprises. Cela nous faisait souffrir d'être ensemble et souffrir encore plus d'être séparés. Nos bouches se heurtaient l'une à l'autre. Tes dents grinçaient contre les miennes. Nos bras étaient douloureux à force de nous étreindre. Chacun connaissait les odeurs de l'autre et chacun entendait la voix de l'autre et nous nous disions des choses que personne d'autre n'avait jamais dites.

Entends-moi, Helen. Je n'ai pas été infidèle. Ces femmes sont toutes des accords sacrés qui résonnent doucement en moi et me laissent revenir à toi, chaste.

10

Tu travailles trop.

Helen me le répétait sans cesse. Elle me le dit pour la première fois en 1993. Elle continua de me le dire jusqu'en 1999. Le malaise qui couvait entre nous provenait du fait que nous n'avions plus de rapports sexuels, et cela devenait un problème, évoqué par intermittence.

C'était toujours Helen qui abordait la question. Je répondais à chaque fois : *Bientôt, chérie*, ou : *J'ai une date de remise à respecter*, ou : *Tu sais bien que cela va revenir*. Helen me calmait, ou prenait l'air blessé, ou restait de marbre et n'en parlait plus. Ses critiques de mes manquements conjugaux s'accompagnaient de provocations. Elle se surnommait « la Concierge ». Moi, j'étais « l'Hôte de marque » ou « le Client V.I.P. ». Elle était « la Gardienne de la ménagerie ».

Je reconnaissais que j'étais écrasé de travail et j'évoquais son propre labeur acharné sur son roman.

Cela me rapportait quelques concessions faites à contrecœur et davantage de temps pour méditer et travailler.

Nous fonctionnions à l'adrénaline et, vu de l'extérieur, nous avions la vie belle. Kansas City était la zone de confort pour petits Blancs dont j'avais toujours rêvé. Localement, j'étais une célébrité. Mon ex-chien Barko était retourné dans l'Est avec mon ex-épouse. Notre nouveau bull-terrier, Dudley, possédait un panache barkoesque. *Ma part d'ombre* était un best-seller, et fut salué en fin d'année par une salve de critiques. Le film *L.A. Confidential* récolta une tonne de récompenses et me valut de nombreux articles de presse. Penchée sur sa table de travail, Helen polissait et repolissait son manuscrit. J'en lus plusieurs versions et ne commis aucune intrusion dans son texte. C'était une excellente histoire criminelle située dans une Los Angeles métaphysiquement reconstruite. Helen s'obstinait. C'était la Femme Couguar. Sa proie, c'étaient les grandes idées.

Tu travailles trop.

Oui, tu as raison.

Je ruminais la suite d'*American Tabloid*. Elle était conçue comme mon point de vue exhaustif sur les années 60 en Amérique. J'avais un contrat avec un magazine pour effectuer un reportage. Cela impliquait des heures de travail quotidien et l'obligation de voyager presque constamment. J'avais décroché aussi de juteux contrats pour écrire des scénarios, aggravant ma charge de boulot jusqu'à l'extrême limite. Je travaillais, travaillais, travaillais. Helen et moi, on partageait des repas et on se croisait dans des couloirs. Dudley aimait Helen plus qu'il ne m'aimait. En ma présence, il était timoré. Il m'avait catalogué comme type qui voyage dans sa tête et maître négligent.

J'étais très souvent en voyage. Mes boulots pour le magazine et pour le cinéma m'expédiaient régulièrement à Los Angeles. Je descendais dans les hôtels de luxe devant lesquels je bavais quand j'étais môme. J'éteignais les lumières et je faisais apparaître Anne Sofie.

Nous parlions. Elle s'étendait toujours à ma gauche et passait une jambe par-dessus les miennes. Je couvrais de baisers ses bras et ses épaules. Elle m'apprenait sur la musique des choses que je n'avais jamais sues. Je lui racontais à propos des livres des choses qu'elle ignorait. Elle détaillait les aléas rencontrés lors de ses voyages et me parlait de tous ces homos dans son entourage. Elle me disait : *Tu travailles trop.*

Je le reconnaissais volontiers. J'étais plus sincère avec ma maîtresse fantasmée que je ne l'étais avec ma femme. Anne Sofie décrivait mes symptômes. Elle s'enlaçait à moi. Elle connaissait mes rythmes et ses sens lui révélaient mon corps en déroute.

Tu dors mal, tu marmonnes dans ton sommeil, tu as le souffle court. Sans cesse tu palpes tes membres à la recherche de protubérances cancéreuses qui n'existent pas. Tu scrutes ton reflet dans le miroir pour compter les paillettes qui parsèment tes yeux. Liebchen, *ce ne sont que des imperfections naturelles. Tu n'es pas en train de devenir aveugle.*

Anne Sofie me consolait. Elle approchait son visage du mien et me montrait les paillettes de ses propres yeux. Je prenais peur et demandais à Helen de confirmer que je jouissais d'une santé robuste. Elle poussait des soupirs de théâtre et levait les yeux au ciel. Elle me disait : « Tu vas très bien, Gros Chien », ou bien : « Tu travailles trop. »

Les propositions de contrats continuaient d'affluer, le téléphone continuait de sonner, je continuais de dire *Oui*. Mon rythme de travail était herculéen. L'intensité de mon attention était draculéenne. Le projet pour mon nouveau livre était super-planétaire. Je lisais des comptes rendus de recherche et compilais des notes. Le plan atteignait 345 pages. Je prévoyais un manuscrit de 1 000 pages et une édition grand format de 700 pages.

L'Amérique : quatre ans, cinq mois et dix-sept jours d'événements incontrôlables. Deux cents personnages. Très peu de femmes, comparativement, et une intrigue romantique réduite. Un style télégraphique qui forcerait le lecteur à s'injecter le livre au rythme échevelé qui était le mien.

Je voulais créer une œuvre d'art à la fois énorme et d'une perfection glacée. Je voulais que ma passion habituelle couve dans les marges et prenne moins de place sur la page imprimée. Je voulais que les lecteurs sachent que j'étais supérieur à tous les autres écrivains et que je maîtrisais ma vie claustrophobiquement compartimentée et par ailleurs en chute libre.

Orgueil démesuré, arrogance, isolement. Le roman en tant qu'agression sensorielle. Une épouse que j'aime tendrement et que je délaisse cependant.

Je suis le type qui vit dans sa tête. Le mari toujours absent. Le Führer furieux et le fantasmeur furtif.

J'avais Anne Sofie. J'avais Anne Manson, la femme chef d'orchestre qui dirigeait le Philharmonique de Kansas City. J'avais cette lesbienne qui conduisait une camionnette FedEx. J'avais la fille que je prénommais Joan, âgée aujourd'hui de 50 ans ou plus. La vraie Joan eut 34 ans à Halloween cette année-là.

Rêve fiévreux.

Mon insomnie empira car mes nerfs me harcelaient de plus en plus souvent. Ils étaient synchrones avec le déroulement de l'Histoire revue d'un point de vue fantasmatique. J'ai écrit *The Cold Six Thousand*[1] en quatorze mois. Plus porté que jamais sur la provocation raciste, j'y fouaillais jusqu'à l'âme mes assassins de droite. Il était rare que je sois un amant dans la vraie vie ou dans la fiction, et je descendais donc à l'hôtel de luxe de ma chaste complice Helen. Je passais un temps considérable seul dans le noir avec Anne Sofie.

J'étais triomphalement exténué. Je terminai le livre, m'attendant à éprouver, du même coup, une irrésistible bonne humeur. Je me trompais. Mes nerfs continuaient de crépiter au rythme infernal de l'Histoire.

Mon agent et mon éditeur firent l'éloge du livre,

---

1. Paru en France sous le titre *American Death Trip*, aux éditions Rivages.

qu'ils considéraient comme une réussite majeure. Helen n'était pas de cet avis. Elle trouvait le roman trop long, son intrigue trop complexe, et l'ensemble rebutant pour le lecteur. Elle ajouta que le style était convulsif et proche de l'épuisement, ce qui reflétait assez bien mon état mental.

Tu travailles trop, Gros Chien. Repose-toi un peu, maintenant.

Une mégatournée de promotion m'attendait. Cinq pays européens et trente-deux villes des États-Unis, consécutivement. Plusieurs mois loin de chez moi sans cesser de voyager. Interviews, conférences de presse. Et, le soir, rencontres avec des lecteurs dans les librairies. J'étais parti pour un moment dans mon rôle de *grand fromage**.

D'autres obligations se profilaient avant même la publication du livre, pour en assurer le lancement : des profils exhaustifs dans des magazines, sur des chaînes de télé culturelles, un docu consacré à Ellroy sur le câble. Programmé pour le jour de la sortie : un grand extrait du roman en double page centrale. Tout cela se résumait à : *Mon frère, t'es-le-Meilleur en ce moment.* J'avais envie d'en profiter, de m'en pénétrer, de m'en régaler, de m'en mettre jusque-là et d'en extraire tout le jus pour ne pas en manquer une goutte.

Je me préparai à l'offensive de l'ego. Le sommeil me fuyait puis revenait. Je devenais obsédé par des lésions cutanées sans importance et me mettais à prier pour écarter ma peur d'une attaque carcinogène. Je m'évadais dans ma tête pour de longs dialogues avec Anne Sofie, Anne Manson et la lesbienne de FedEx. Je passais des heures à mettre au point mes lectures publiques et mes prestations sur le podium. J'achetai de nouvelles fringues pour confirmer mon statut de *t'es-le-Meilleur*.

Le livre d'Helen était presque terminé. Son agent avait prévu de le vendre au plus offrant pendant ma tournée de promotion d'été. Notre stase sexuelle demeurait un problème reconnu, mais toujours confiné à un compartiment soigneusement renforcé. Mon intention était de tirer le maximum de ma tournée de promo, puis de surveiller de près la vente du livre d'Helen. *Ensuite*, sans perdre de temps, nous pourrions refaire surface en tant que mari et femme de chair et de sang. France, Italie, Hollande, Espagne, Grande-Bretagne. Va conquérir le continent et subjuguer les îles. Attaque l'Amérique et trace un trajet triomphal pour retrouver ta femme.

*Bon voyage**, Gros Chien. Je ne te dirai pas : *Tu travailles trop*, mais simplement : *Pense à te reposer*.

Bing !

C'est arrivé tout d'un coup. Dans l'avion, une vague d'angoisse s'abat sur moi. Respiration oppressée, picotements, suées. Un siège en classe affaires, côté couloir, un espace plus que suffisant pour mes jambes, la ceinture de sécurité desserrée. Compression claustrophobique à dix mille mètres.

J'essaie de relativiser. C'est le résultat d'une attente trop forte, à la suite d'une réussite majeure et d'une joie immense. Mais je n'arrive pas à poursuivre longtemps cette hypothèse. Ma vigilance exacerbée ne tarde pas à la balayer.

Ignorant le signal lumineux, je détache ma ceinture et je fonce aux toilettes. Je passe vingt minutes à examiner mes yeux, à la recherche de failles et de crevasses. L'hôtesse frappe à la porte. Je lui dis que tout va bien. Ma vessie se gonfle. Je pisse longuement et me voilà persuadé d'avoir du diabète. Remontant mes manches, j'observe une tache sur ma peau, subodorant une tumeur cancéreuse. Mes intestins enflent. Je défèque et je suis sûr d'avoir un cancer du côlon. L'hôtesse frappe de nouveau et me dit que des gens attendent. Je sors des toilettes les jambes flageolantes. Je suis couvert de sueur, ma braguette est ouverte, les gens me jettent des regards étranges.

Encore six heures de vol jusqu'à Paris.

Le dîner me donne une tâche à accomplir. Ma vessie et mes intestins se sont calmés, annihilant mes diagnostics précédents. J'avale le tiers de mon repas et je perds l'appétit. Mon cerveau m'envoie un signal ancien m'incitant à biberonner du scotch et je le repousse à force de prières. Je suis incapable de reprogrammer mon cerveau pour qu'il envisage autre chose qu'une catastrophe. Je n'arrive pas, physiquement ni mentalement, à débrancher ou à désactiver mes antennes. Je ne parviens pas à me concentrer sur l'accueil triomphal qui m'attend bientôt – ni à m'en réjouir à l'avance. Je me fixe sur mes dysfonctionnements corporels immanents et je scrute les rangées de sièges voisines pour détecter des agresseurs potentiels.

Je ferme les yeux et tente de me détendre. Le vacarme de mes battements cardiaques me force à rouvrir les paupières. À la lueur du spot qui éclaire ma place, je cherche sur mes bras des symptômes de cancer. Ma panique tour à tour s'atténue et revient en force pendant cet examen qui dure une bonne heure. Je ferme les yeux et j'appelle de mes prières un verdict médical définitif. Je rouvre les yeux et je vois une femme à cheveux gris regagner sa place.

Elle m'apparaît comme un signal divin. Je me tords le cou et je l'observe pendant le reste du voyage.

Mon éditeur me donne congé pour le jour de mon arrivée. Paris au printemps – qu'est-ce que j'en ai à foutre ? Voyager m'ennuyait alors et m'ennuie toujours aujourd'hui. Les visites touristiques et les restaurants gastronomiques, c'est pour les demeurés, les givrés ou les homos qui se prennent pour des artistes. Je me terre dans ma suite d'hôtel. Je ferme les rideaux et j'ai droit à trois heures d'un sommeil bizarre, genre coma. Je me réveille fatigué. Je passe une heure devant le miroir de la salle de bains, à examiner mes yeux. Je parviens à une conclusion fragile : ta vue est bonne. Mon éditeur me téléphone pour m'annoncer une grande nouvelle : le livre a grimpé jusqu'à la deuxième place dans la liste des best-sellers du *Monde*. Je ressens une bouffée de joie qui dure deux secondes et je commence à examiner mes bras.

Helen m'appelle. Je lui énumère mes symptômes et elle me certifie que je suis en bonne santé. Le coup du *Monde* la transporte. Elle a envie de s'attarder sur le sujet. Je suis bombardé par des images de la femme de l'avion.

Helen me dit *adieu**. J'avale des litres de café pour diluer mon épuisement et me stimuler suffisamment pour me réfugier dans un endroit sûr. Je mange un fruit et un petit pain pour faire circuler la caféine. Les rideaux épais assurent l'obscurité de la suite. Je m'étends sur le lit et mon cerveau joue au boomerang.

Anne Sofie. La femme de l'avion. Des images réelles et des images fictives se mêlent au déroulement narratif – toute la journée et toute la nuit, comme un va-et-vient.

Je n'arrive pas à dormir, je n'arrive pas à me détendre, je n'arrive pas à établir une trêve avec ma cervelle de singe et à me reposer, tout simplement. Je commence à penser : *Et si ça ne s'arrête jamais ?*

Ça continue.

J'assure malgré tout des prestations brillantes de bout en bout.

Mon livre se vend comme des petits pains, mais les critiques sont partagées. Les Frenchies malins font du roman un éloge mesuré assorti de réserves qui renvoient aux doutes d'Helen. Les Frenchies fans d'Ellroy les traitent de pédants et passent outre. Je parcours la France avec mon éditeur, mon traducteur et mon attachée de presse. Je donne des interviews, j'assiste à des déjeuners et des dîners sans un seul raté. Les soirées dans les librairies et les soupers se terminent après minuit. Je me suis lancé dans ma quête inflexible de la perfection et je n'ai jamais craqué en public.

Mes collègues me voyaient courir, décavé et les nerfs à vif. Mon public ne s'apercevait de rien. Personne ne me voyait obsédé par des formations de cellules que les microscopes ne pouvaient pas détecter. Personne ne me voyait examiner mes yeux pendant des heures entières. Personne ne me voyait foncer sur des miroirs pour scruter l'érosion de ma chair.

J'appelais Helen tous les soirs. Le temps de notre conversation, elle me regonflait le moral et annihilait ma peur. Je me drapais dans le noir avec Anne Sofie et la femme de l'avion. Je récrivais l'histoire de sa vie.

Elle était juive et enseignait à l'université. Elle était aussi fervente dans sa foi que moi dans la mienne. Elle était divorcée et avait une fille étudiante. Sa fille était une jeune femme remarquable en tous points. J'avais de longues conversations avec elle. Elle me laissait exprimer le désir de paternité qui me hantait depuis si longtemps, mais tolérait difficilement que je lui fasse la leçon. Cette femme et moi, nous parlions et nous faisions l'amour. Elle passait une jambe par-dessus moi, comme le faisait Anne Sofie.

La vraie Joan était juive et professeur d'université. La vraie Joan et moi désirions avoir une fille. Finalement, la vraie Joan eut un enfant sans moi. Je jure que ce printemps-là, inconsciemment, je l'ai fait apparaître dans des chambres d'hôtel obscures aux rideaux tirés. Je jure que mon invocation fut prononcée comme un antidote à la Malédiction.

Je n'arrivais pas à dormir, je dormais à peine, je faisais infatigablement mon travail. Les moindres bruits s'amplifiaient – leur volume augmentait d'un cran chaque jour. Je traversai l'aéroport Charles-de-Gaulle en titubant et pris un vol pour l'Italie.

Roma au printemps – qu'est-ce que j'en ai à foutre ? Mon éditeur m'a réservé une suite dans un hôtel de luxe et me laisse ma soirée. Je ferme les rideaux et je les amarre avec de lourds fauteuils. J'ai une épiphanie et je commence à lire la Bible placée dans le tiroir de la table de nuit.

Je lis la moitié de l'Ancien Testament. Les cellules cancéreuses commencent à me grignoter.

Je cours à la salle de bains et me gratte les bras jusqu'au sang. Je les asperge d'alcool à 90 degrés et j'augmente la sensation de brûlure. Je me persuade que les agents caustiques ont tué toutes les cellules. Je lis la Bible jusqu'au moment où je sombre dans le sommeil.

Cette folie est mon univers tout entier, à présent. Il est totalement réel tel qu'il m'apparaît. Je n'essaie pas de l'anticiper et je ne me dérobe pas à mes devoirs.

Je donne des interviews dans des hôtels et je souris pour des séances photo. Les cellules cancéreuses réapparaissent pendant la pause-déjeuner de mon premier jour à Rome. Je glisse un billet de cent dollars à un groom. Il me conduit fissa chez un dermatologue. Ce médecin parle l'anglais. Il examine mes bras et me dit que je n'ai pas de cancer. Il diagnostique une irritation bénigne qui s'est avivée parce que je me suis gratté, et il me prescrit une pommade apaisante.

Le livre fait un malheur en Italie. Je charme et subjugue les journalistes et les lecteurs. Mes collègues me disent : *Ciao, baby !* et me mettent dans un avion pour la Hollande.

Amsterdam au printemps ? – c'est Merdeville, à vrai dire. Des émanations de haschich filtrent des coffee-shops et des taons qui bombardent les canaux de leurs déjections.

Je me présente à la réception de mon hôtel et ferme tous les rideaux de ma chambre. J'ai envie d'appeler Helen et de communier avec la femme de l'avion et Anne Sofie. Je sens une pustule dans mon dos. J'ôte ma chemise et m'apprête à la faire éclater devant le miroir. Je repère un gros grain de beauté tout noir qui commence à palpiter et à suinter.

Arrête ça tout de suite. Prie. Tu dois faire ton travail et le travail de Dieu. Appelle Helen. Fais apparaître Anne Sofie et la femme de l'avion. Surveille ton grain de beauté et stoppe sa croissance grâce à ta force mentale.

Ce que je fais. Je n'essaie pas d'anticiper ma folie. Je scrute le grain de beauté dans des miroirs trente à soixante fois par jour. Ma volonté enraye la prolifération des cellules malignes. Je le crois fermement. Helen devait me rejoindre à New York. Les éditeurs se bousculaient pour publier son livre. Elle connaît mon corps intimement. Dès qu'elle verrait mon grain de beauté, elle analyserait son état. Son opinion éclairée déterminerait la marche à suivre en vue d'un traitement.

Un pronostic était en vue. D'abord, la Hollande, l'Espagne et la Grande-Bretagne.

Je suis venu à bout de cette tournée européenne. Je l'ai terminée dans une forme étonnante – entre les nuits blanches, les sommeils-flash et les micro-comas, inséparables de la pénombre. J'avais constamment peur. J'étais bien décidé à vaincre à l'usure une folie entièrement créée par moi-même. J'ai fait appel à la prière et à la force innée d'Helen Knode. J'ai fait appel à une mezzo-soprano que je n'avais jamais rencontrée et à une femme sans beauté que j'avais vue dans un avion. J'ai trouvé un nouveau défilé de visages qui m'ont soutenu lorsque je les apercevais et qui ont tenu mon implosion à distance.

Aperçus. Moments figés par l'obturateur. Visages à demi cachés par des panneaux d'affichage et perdus le temps de cligner des paupières.

Amsterdam, Barcelone, Madrid. Londres, l'arrière-pays britannique, Londres de nouveau.

Cela empirait. La chute libre tournait à la plongée verticale. Mon best-seller et mes articles dans la presse, qu'ils soient délirants ou mitigés, ne voulaient plus rien dire pour moi.

Mais Elles étaient toujours là. Et Elles ne me surprenaient jamais en train de les observer et ne se sentaient pas menacées par mon regard. Il y avait quelque chose de franc et de bienveillant chez chacune d'Elles. Elles incarnaient toutes la bonté et la droiture.

Elles me transmettaient toutes leur perspicacité et leur courage, pendant le peu de temps que met une goutte de pluie à toucher le sol. Je jure que cela est vrai.

11

Helen examine mon grain de beauté et le déclare bénin. Je la crois.

Il a exactement l'aspect qu'il a toujours eu. Gros Chien, tu as eu des visions.

Hôtel Intercontinental, New York. Une étape pour prendre deux jours de repos. Encore trente et une villes au programme.

Helen a éradiqué ma fixation sur mon grain de beauté. Mon anxiété *s'accroît.* J'étais programmé pour le mouvement, les apparitions en public et les fantasmes. Ma femme et une chambre d'hôtel ? Je ne sais pas quoi faire.

Les premières critiques du roman paraissent dans la presse américaine. Tous les éloges sont tempérés par des mises en garde. Le livre est difficile et intimidant. C'est une réussite littéraire impressionnante, mais brutale.

J'aurais préféré une magnanimité servile. La mention que j'obtiens ? – satisfaisant. La brute qui est en moi s'en satisfait. Le livre se vend comme des petits pains. Helen repart pour rencontrer ses propres éditeurs potentiels. Mes deux jours de repos à New York, je les consacre entièrement à reprendre mon souffle et à voyager dans ma tête. Puis je me remets en route.

Mon état empire. Je n'ai pas *l'air* malade. Mon allure de grand échalas m'a toujours sauvé la mise. Mon horloge *interne* a été arrêtée, remontée et démontée. Mon cerveau balbutie, bafouille, crache des étincelles et finit toujours par démarrer. Les villes défilent dans un flou continuel.

Je regarde sans cesse l'intérieur de ma bouche. J'y vois des protubérances et des marques laissées par le frottement de mes dents, et je les catalogue toutes comme traces de cancer. Ma langue titille des kystes salivaires et les *force* à se métastaser. Je me précipite sur les miroirs et je m'examine la bouche cinquante fois par jour.

Les villes se succèdent. Je glisse vers un état de fugue. Le livre intègre la liste des best-sellers du *New York Times*. Chez les critiques, le consensus se confirme : c'est l'œuvre d'un mégalomane. Mon sommeil comateux est pire que pas de sommeil du tout. Le lit se dérobe sous moi et emporte le monde entier avec lui. Dans les avions, je regarde des femmes et j'ai des crises de sanglots. Les gens commencent à me regarder.

Je me produis chaque soir dans une librairie. Je fais une présentation du roman, j'en lis un extrait, et je réponds aux questions du public. Je fais des étincelles alors qu'au fond je suis en train d'imploser. Je fais toujours mon numéro pour une femme que j'ai remarquée dans l'assistance.

Je tiens le coup jusqu'à Toronto. Le livre reste sur la liste des meilleures ventes. Des femmes surprennent mon regard posé sur elles et se détournent. Cela m'horrifie. Je force mes yeux à se diriger ailleurs. L'effort me fait tourner la tête. Je perds toute notion de l'endroit où je me trouve.

Espèce de sale type. Tu as toujours pensé que tu ne leur faisais aucun mal. Maintenant, Elles te voient tel que tu es.

J'arrive à Chicago. J'ai effectué la moitié de la tournée. Je vais dîner avec des collègues et je me rends aux toilettes. Les murs vacillent et m'enserrent. Je garde l'équilibre et je me dirige vers la salle d'un restaurant de Toronto.

Elle n'est pas là. Je sors dans la rue en courant et je reconnais Chicago. Je rentre en vitesse et je retrouve mes collègues.

Les choses empirent encore. La migration des cellules cancéreuses se déplace dans ma bouche. Je débarque à Milwaukee. J'entre en titubant dans un ascenseur de l'hôtel Pfister. Trois Noirs immenses me regardent d'un sale œil. Je vacille et je les imite.

J'arrive au dernier étage, entier. Des journalistes attendent là-haut. Je les prends pour des fans d'Ellroy. Je me trompe. Les qualifs de basket-ball battent leur plein. Les grands Noirs sont des joueurs des Milwaukee Bucks. Le type aux tatouages, c'est Allen Iverson.

La suite présidentielle. À moi pour la nuit. L'Histoire est ma mine d'or. Le John Kennedy que mes personnages ont tué a dormi ici même.

Mon frère, t'es-le-Meilleur.

Je visite la suite. Merde, c'est *immense*. Le sol bascule sous mes pieds. J'entre dans la plus grande salle de bains en marbre et dorures du monde entier, et j'en ressors.

Le monde se décroche de son axe. Les lumières palpitent et pâlissent tandis que je m'écroule au ralenti et heurte un lit en brocart.

De retour à la maison.

Kansas City prise dans une vague de chaleur dont je sais qu'elle ne cessera jamais.

J'ai déclaré forfait pour la fin de la tournée. Je savais que je deviendrais fou si je continuais à rester loin de chez moi. Mes étapes suivantes ont été annulées. J'ai regagné ma demeure Hancock Parkesque et j'ai fermé ma porte et mes rideaux sur le monde extérieur.

Helen n'est qu'amour. Elle sait que mon retrait était impératif et me félicite d'avoir tenu le choc aussi longtemps. Dudley le timoré a compris que je n'allais pas bien et il reste aux côtés de son maître qui le néglige.

Je rends les armes. Je pensais que j'allais m'effondrer avec un soulagement jubilatoire et retrouver la paix qu'engendre un abandon prudent. Je me trompais. Mon état ne fait qu'empirer.

Je n'arrive pas à dormir. Je ne parviens pas à capituler devant le sommeil. Je m'imagine que je vais avoir une crise et tomber d'une fenêtre. Je crois que je vais me tirer une balle dans la tête pendant mon sommeil. J'ai jeté les munitions de toutes les armes de la maison et pourtant je conserve cette peur-là. J'examine mes selles à la recherche de traces de sang suspectes. Je me suis emparé d'un couteau, j'ai percé sur mon bras une protubérance que j'ai comprimée pour en extraire des cellules cancéreuses. J'ai occulté les fenêtres de mon bureau en tirant les rideaux, je m'y installe et je sanglote. J'ai peur de songer aux femmes. Je sais qu'Helen a le pouvoir de lire dans mes pensées et de décoder mes rêveries coupables.

Je ne quitte pas la maison. Je repousse la canicule grâce à une climatisation polaire et la lumière à grand renfort de tentures. Je passe d'une pièce à l'autre, angoissé et comateux. Les petites promenades dans le voisinage m'anéantissent. Je vois des enfants avec leurs jouets et leurs animaux familiers et je me mets à pleurer. Tous les compartiments de ma vie soigneusement cloisonnée ont cédé d'un seul coup. Tout ce que j'avais repoussé dehors s'est rué à l'intérieur. J'ai 53 ans. Tel est le bilan d'une existence vécue à cent à l'heure.

Helen veille sur moi et me pousse à me faire soigner. Sa rage s'inscrit en contrepoint de sa sollicitude. Je fuis ma condition d'homme marié. Je fonce tout droit vers la dépression nerveuse. Helen vient de décrocher un joli contrat pour deux livres chez un éditeur prestigieux. Elle n'a pas le sentiment que cela m'ait rempli de joie ni que j'aie été ému par son accession à la maîtrise d'un art difficile. Je suis tombé du statut d'amant de chair et de sang à celui de pensionnaire d'un sanatorium. Elle était amante, elle est devenue infirmière veillant sur un malade mental et la voici plantée devant moi, épuisée et furieuse.

Elle pique mon amour-propre pour me décider à chercher de l'aide. J'essaie la yogathérapie et l'acupuncture. J'essaie le massage *zero balancing* et le *shiatsu*. Ça ne me fait que dalle. Je me rends au cœur de l'Iowa rural, pour séjourner dans un centre de remise en forme dirigé par un gourou. On m'y enduit d'huiles miraculeuses et on m'y enseigne la méditation transcendantale. Absolument que dalle. Je consulte un médecin, je subis un check-up complet, et j'apprends que je suis en bonne santé. Le médecin me prescrit des antidépresseurs. Ils n'enrayent pas mon angoisse, ils ne me calment pas les nerfs. Ils augmentent ma libido et me ratatinent la bite. Je rôde en voiture dans Kansas City, pour lorgner des femmes. Je vais voir mon affiche d'Anne Sofie von Otter, remisée au grenier. Je la regarde et je pleure.

Je reste assis dans des pièces obscures. L'été flamboie sur Kansas City. Helen joue à la garde-malade et Dudley m'ignore. Le médecin me prescrit des sédatifs et des somnifères. Je leur résiste, je leur cède, et j'en deviens lentement dépendant.

Je cherche l'oubli de la façon dont je cherchais naguère une stimulation stratosphérique. Je m'attaque à mon manque de sommeil et je tente de stopper ma course effrénée qui dure depuis cinquante ans. Les somnifères m'assomment. Ils ne me procurent pas la sérénité à mon réveil. Les sédatifs réduisent un peu mon voltage et me permettent de déambuler sans pleurs ni trépidations.

Helen et moi érigeons des compartiments séparés et chacun couche dans son propre lit. Le chien choisit le camp d'Helen. Je remets le nouveau roman à plus tard. J'écris des films et des téléfilms et je gagne bien ma vie. Je n'écris jamais sous l'influence des médicaments qu'on m'a prescrits. Ce qui me soutient, c'est le défi que constitue la construction d'un récit. Mais les récits que je suis payé pour écrire me paraissent insignifiants, comparés à mes monologues intérieurs.

Ceux-ci concernent uniquement des FEMMES. Ils parlent de FEMMES et de rien d'autre.

On y trouve Anne Sofie von Otter et la femme de l'avion. On y voit celle que j'ai prénommée Joan, que j'ai logiquement vieillie, et la véritable Joan prophétisée et incomprise. J'utilisais le même canevas narratif avec toutes les femmes. C'était l'histoire d'Helen Knode et de moi-même – sauf que cette fois je ne gâchais pas tout.

Nous sommes partis nous installer sur la côte californienne, à mi-chemin entre les frontières nord et sud de l'État. C'était pendant l'été 2002. Nous avons revendu, avec bénéfice, notre bicoque de frimeurs à Kansas City pour acheter à Carmel une autre bicoque de frimeurs. C'est Helen qui a dû s'occuper du déménagement – ce qui l'exaspérait. Pour ma part, j'étais dans les nuages, je dormais, ou je travaillais. J'allais me promener pour lorgner des femmes ou bien je partais dans ma tête à la poursuite d'un fantasme improbable.

Nous conservions toujours l'espoir de sauver notre couple. Je dissimulais l'étendue de ma dépendance aux produits pharmaceutiques, et je promettais abondamment que j'allais changer. Helen était inlassablement optimiste. C'était, et c'est toujours, la marque de son âme guerrière.

Elle ignorait la gravité de mon addiction. Depuis qu'elle me connaissait, j'étais toujours plus ou moins perdu dans les rêveries.

Cela empira.

Je descendis plusieurs fois à L.A. pour des réunions de travail sur un scénario. Je prolongeais mes séjours pour me terrer au Beverly Wilshire Hotel. J'avalais des stimulants à base de plantes achetés dans un magasin bio. J'explorais la passion que je venais de me découvrir pour une poétesse disparue.

Anne Sexton : 1928-1974. Icône droguée, dépravée, neurasthénique. Décédée à l'âge de 45 ans : suicide au monoxyde de carbone.

Couvertures d'éditions de poche : Anne Sexton assise au bord d'une piscine. Anne Sexton en robe d'été.

Maman, jamais je ne renoncerai à toi. Maman, je chercherai toujours ton emblème. La Malédiction que je t'ai infligée m'aura au moins donné cela.

Rites priapiques dans une chambre obscure. Deux couvertures de livres défraîchies. Un lampadaire pour éclairer les pas de l'observateur que je suis.

Ça ne s'arrange pas. Je me branle entre mes sommeils comateux et mes images extatiques. Helen et moi nous éloignons de plus en plus. Elle prend conscience de la puissance de ma vie intérieure secrète, et cette découverte l'étonne, puis bientôt l'épouvante. Je fais une overdose et me réveille dans un service psychiatrique à Monterey. Helen m'en fait sortir. Je me réfugie dans une clinique privée en Arizona. Je fais une overdose et me réveille dans un service psychiatrique à Tucson. Helen m'en fait sortir. Nous retournons à Carmel. Je fais une nouvelle overdose. Helen exige que je me désintoxique tout de suite et une bonne fois pour toutes. Je m'inscris à un programme de trente jours et parviens exactement au résultat recherché.

Cela empire encore.

Parce que j'ai joué toutes mes cartes.

Parce que je n'ai plus d'endroit *où me réfugier*.

Parce qu'Helen Knode n'est plus qu'accusations.

Début de l'automne 2003. Cette maison somptueuse et les pluies torrentielles de la côte.

Plus rien ne fonctionne en moi. Tout va de travers. Toutes mes excuses sonnent creux. Toutes mes promesses de changement sortent laborieusement de ma bouche, à moitié ravalées, sans vie.

Je ne sais plus quoi faire ensuite. C'est la première fois de ma vie que cela m'arrive.

Nous avons déjà tourné autour du sujet. Sans qu'il cesse de rester abstrait. C'est un concept né de la permissivité des années 70. Repoussant et séduisant, un véritable euphémisme : une union civile sans contraintes.

Nous étions assis dans la cuisine. Helen la définit d'une voix qui tremblait réellement.

Rester mariés/vis-à-vis des autres gens/se comporter de façon digne et convenable/« Pas de questions, pas d'explications ».

Évidemment, j'ai accepté.

C'était une chance à saisir.

À présent je sais ce que je vais faire ensuite.

QUATRIÈME PARTIE

DÉESSE

Elle m'embrassa au sommet de Coit Tower. Le froid était vif comme il peut l'être en été à San Francisco. Je ne m'étais pas assez couvert pour la promenade, et je n'avais pas pris en compte les monuments hauts de soixante mètres ni le vent. Le soleil était haut dans le ciel, la vue dégagée, les touristes gloussaient et prenaient des photos. Je frissonnai. Elle me frotta les bras pour me réchauffer.

Joan. La prophétie réalisée. La véritable Joan, quarante-six ans plus tard.

Son baiser m'abasourdit. Dans ma tête, je l'avais prévu plus tard que cela, à l'hôtel. Coit Tower tangua sous mes pieds.

J'avais encore les nerfs à vif. Mon pacte avec Helen avait pris effet sept mois plus tôt et j'étais désintoxiqué depuis neuf mois. Joan avait des gestes brusques et une tendance à marcher devant moi. Je devais presser le pas. Elle se rendit compte que c'était impoli et me prit le bras pour ralentir son allure.

Son baiser a un effet immédiat. Une vague de chaleur anéantit mes frissons. Nous trouvons la position idéale et la posture la plus convenable. Nous nous écartons au même moment. Joan sourit pour saluer notre synchronisme. Elle me demande si tout va bien. Je m'étonne : Comment ça ? *Elle m'explique :* Ce sont tes yeux. On n'arrive pas à savoir si tu es en colère ou blessé.

Elle a 38 ans. Ses mèches grises et mon visage lisse masquent notre différence d'âge. Mon univers post-dépression me paraît toujours excessif. Je suis tendu en permanence, prêt à me battre ou à prendre la fuite.

Nous descendons à pied Telegraph Hill. Les marches basses posent des problèmes à mes longues jambes. Joan m'aide à garder l'équilibre.

Nous connaissons déjà nos tâches respectives. Nous en avons mal évalué le coût dès le départ. Ma mission était de tomber. La sienne, de me rattraper au vol.

12

Helen me haïssait.

Elle m'a caché ce sentiment pendant ma dépression. J'ai fui notre vie de couple et j'ai abusé de sa sollicitude jusqu'à la dernière goutte. J'ai dormi ou médité tout le temps qu'ont duré les formalités nécessaires à notre installation dans l'Ouest. C'est encore Helen qui a accompli toutes les corvées. Moi, je reluquais les femmes en voyeur pervers et je fantasmais à plein temps. Dudley est mort d'une crise cardiaque. Helen l'a veillé à la lueur d'une chandelle et a guidé son âme vers le Ciel. Ne supportant pas de voir mort notre chien adoré, j'ai pris la fuite et j'ai perdu connaissance.

La colère d'Helen a toujours été muselée par son amour pour moi. J'ai pillé ses réserves de bonne volonté et l'ai laissée en état de choc. Mon égocentrisme virait à la vacuité. Ma propre folie poussait Helen vers le déséquilibre mental. Elle regardait son brillant mari dilapider ses ressources intérieures.

Elle mit sa propre carrière entre parenthèses pour jouer la nourrice. Notre nouvelle maison symbolisait ce qu'il y avait de pire dans la crise que nous traversions.

Une jolie chaumière dans les collines de Carmel. Censément l'ancienne baraque de Clark Gable. Prix d'achat élevé. Coûteux travaux de restauration. À la fois maison de rêve et radeau de sauvetage.

J'étais en train de me noyer. Helen surnageait farouchement. J'ignorais les cordes qu'elle me jetait. Je tentais de lui enfoncer la tête sous l'eau. Je n'en étais pas conscient sur le moment.

Un nid, un havre, un refuge. Une fusée de détresse pour annoncer la résurrection.

Helen fait venir des artisans et des ouvriers. Les poutres sont rabotées, poncées et re-fixées. Un âtre en galets de rivière est construit, pierre par pierre. La cuisine comprend un îlot central en marbre pesant une demi-tonne. La chambre principale donne sur l'océan. Mon bureau, haut de deux étages, est construit sur trois niveaux. Ma table de travail est du format présidentiel. Les murs sont ornés de jaquettes de livres encadrées et de diplômes de remises de prix.

J'ai gagné l'argent pour payer tout cela. Je n'ai rien fait d'autre.

J'étais absent, ailleurs, porté manquant. Helen regardait le solde de notre compte en banque fondre à vue d'œil. J'avalais des excitants et des sédatifs. Je lorgnais des femmes dans les centres commerciaux. Je contemplais des photos d'Anne Sexton et je lui interdisais de se suicider.

Jean Hilliker aurait eu 88 ans le jour de notre pendaison de crémaillère. La Malédiction était vieille de quarante-cinq ans. Je n'en ai pas eu conscience sur le moment.

La sobriété n'est pas le remède miracle. Désinvolte, je pensais le contraire. Nous ne nous sommes pas retrouvés ruinés. Je me suis sorti de la merde une fois de plus. J'en étais davantage redevable à Dieu qu'à moi-même. C'est ce que j'ai cru alors et ce que je crois avec encore plus de certitude aujourd'hui.

J'étais décavé, angoissé, cramé, calciné. J'avais perdu un paquet de kilos ainsi que les boursouflures provoquées par les médicaments. Je commençais à retrouver une silhouette présentable. J'étais à la porte du : *Ouf ! on est tirés d'affaire, maintenant.* Helen ne voulait pas me laisser entrer.

Je pensais que ma sobriété retrouvée effacerait toutes mes dettes et me donnerait un avantage. Un jour, citant le dramaturge Clifford Odets, Helen dit de moi que j'étais « un projectile sans rien d'autre qu'un avenir ». Cet épigramme sous-entendait ma capacité à exploiter mon propre passé. J'étais prêt à reprendre la trajectoire de ma vie. Pour moi, les deux années et demie qui venaient de s'écouler restaient dans le flou, en grande partie. Automne 2003 : Helen me rafraîchit la mémoire.

Tu t'es promené en voiture dans Carmel avec de la merde sur ton pantalon. Mes amis t'ont entendu te branler au premier étage. Tu t'es comporté d'une façon exécrable avec les membres de ma famille. Tu reluquais des femmes tout en promenant Dudley. Tu t'es présenté, complètement défoncé, à une réunion avec le directeur des programmes d'une chaîne de télé. Tu avais mangé une glace et le devant de ta chemise était tout taché. L'un des cadres t'a demandé de résumer le pilote de la série que tu leur proposais. Tu lui as dit que c'était une histoire de flics qui éjectaient des tarlouzes et des négros. Tu as planté ta voiture en ratant un virage et tu es rentré couvert de sang. Tu as accumulé quatre contraventions pour excès de vitesse, et fait grimper le tarif de notre assurance auto jusqu'à dix mille dollars par an. Tu me traitais avec indifférence et désinvolture tandis que je sabordais ma propre carrière pour te sauver de toi-même. Je t'ai vu devenir quelqu'un d'autre sans pouvoir y faire quoi que ce soit, et j'en suis arrivée à me détester et à douter de ma santé mentale parce que je restais avec toi.

Ma riposte était : *Je ne t'ai jamais trompée.* Helen répliquait : *Ça ne change rien – tout ça, c'est dans ta tête, de toute façon.*

Automne 2003. La maison de rêve et les pluies torrentielles qui s'abattent sur la côte. Le chagrin et la colère d'Helen. Sa proposition : choisissons l'union libre. Mes antennes s'agitent – non, pas si vite.

Nous prenons un nouveau bull-terrier et l'appelons Margaret. Aussitôt, la chienne se pâme devant Helen et manifeste de l'hostilité à mon égard. Margaret me suit à travers la maison, en grondant et en aboyant. Aujourd'hui encore, elle montre les crocs quand elle me voit.

La tristesse d'Helen restait pour moi un obstacle infranchissable. Je ne pouvais ni me repentir ni expier. Mes vieux discours tombaient à plat et partaient en fumée. Helen repoussait mes promesses en haussant les épaules. Je roulais dans Carmel en écoutant Beethoven à plein tube. Je m'installais dans des cafétérias et j'observais les femmes. Chaque soir je me jetais sur le divan de mon bureau. Je priais pour Helen et pour Margaret et demandais à Dieu de m'envoyer des signes. Je faisais mon trou dans le rembourrage moelleux et me forçais à trouver le sommeil.

2003 cède la place à 2004. La maison de rêve, les vies séparées, le démon féministe séparatiste.

J'écris trois courts romans pour compléter un recueil de textes divers. Ils sont tristement burlesques. Ils racontent l'histoire d'un flic branque amoureux d'une actrice célèbre. Le flic raconte son aventure depuis le Paradis. Il attend que cette femme le rejoigne, mais il ne veut pas qu'elle meure.

Vaste plaisanterie cosmique. La trajectoire de ma vie, réécrite pour faire rire les gens.

J'obtiens toujours ce que je veux. Cela prend plus ou moins de temps et me coûte toujours très cher. J'ai perfectionné l'art du prestidigitateur avec une précision étonnamment persévérante.

Un ami me demande de donner une conférence à Cal Davis[1]. Je sais qu'Elle y sera.

1. L'Université de Californie, située dans la ville de Davis.

Je lui dis : « Vous me rappelez quelqu'un. »

Elle me demande : « Parlez-moi d'elle.

– Je ne lui ai jamais adressé la parole.

– Pourquoi ?

– Je n'osais pas.

– Pourquoi ?

– J'étais enfant. J'avais honte des pensées qu'elle m'inspirait.

– Comment était-elle ?

– C'était une personne remarquable.

– Comment le savez-vous, si vous ne lui avez jamais parlé ?

– Je passais beaucoup de temps à l'observer.

– Vous faisiez ça souvent, quand vous étiez enfant ?

– Oui.

– Et vous le faites encore ?

– Oui.

– Comment s'appelait cette fille ?

– Je ne sais pas, mais je l'avais prénommée Joan. »

13

Le pupitre est surélevé, la salle bondée. De mon perchoir, mon regard embrasse tout l'auditoire. Elle est assise au fond à gauche. Je remarque d'abord ses cheveux striés de gris. Elle prend de l'importance et envahit tout le cadre de mon viseur interne. Deux cents personnes perdent toute importance.

Je lis des passages de *Ma part d'ombre*. Pendant les pauses, je parle à cette femme dans ma tête. Je lui décris la fille que j'ai prénommée Joan et j'insiste sur la ressemblance. L'auditrice est sceptique – genre prof de fac prête à en découdre.

28 mai 2004. Sacramento écrasée sous une vague de chaleur. La six millième représentation de mon numéro sur ma mère disparue.

Je fais des étincelles. Ma lecture s'appuie sur ma mémoire d'une fidélité totale, qui me permet même de capter des regards. On m'a donné une chaire et je descends d'une lignée qui ne compte que des protestants depuis des siècles. Je suis le prédicateur prédateur qui poursuit ses proies. La femme du fond à gauche me sert de point d'ancrage. Mon œil balaie l'assistance et revient se poser sur elle. Elle a des yeux d'un marron intense. Ses traits sont ceux de la fille dont je souhaitais qu'elle s'appelle Joan, retouchés et remodelés par le passage des années. Je m'interroge sur une possible ressemblance familiale. L'inconnue rit soudain. Ce qui m'incite à écarter cette idée.

Il s'ensuit une séance de questions-réponses. Deux cents sociologues – une première pour ma tournée consacrée à la mort de ma mère. Un homme me demande comment je gère mon chagrin sur scène.

Je cite l'aspect répétitif de ma prestation. Je parle de la foi et d'une gaieté délibérée qui parfois penche vers l'obsession. L'homme me taxe de désinvolture. Je le rabroue sèchement. Je lui rétorque qu'il s'agit de ma mère – pas de la sienne. J'ajoute que j'ai payé le prix – lui, pas.

Cet échange déclenche un brouhaha. Je fusille le type des yeux. Il hausse les épaules et se tait. Je me tourne franchement vers mon inconnue. Elle soutient mon regard. Elle me demande sous quelles formes différentes je me représente ma mère.

Je défaille un peu. À cet instant, je *sais*.

Je pointe le doigt vers le ciel puis vers le sol. Je dis qu'elle est là-haut et que je suis ici. J'ajoute qu'il est arrivé que d'autres femmes s'interposent entre nous deux et sèment le trouble dans ma tête.

L'inconnue s'esclaffe. Quelques petits rires se font entendre. Je termine mon intervention sur une note élégiaque. Les gens applaudissent et font la queue pour faire signer leur livre.

L'inconnue est la dernière de la file et s'avance vers moi à petits pas. Quand elle est tout près, la prophétie s'efface. Ses traits n'appartiennent qu'à *elle*. Elle déforme et détruit mon icône en un instant. Je la remercie pour sa question et lui demande son nom.

Elle me répond : *Joan*, et ajoute son patronyme. Mes jambes tremblent. Je lui demande si elle aimerait prendre un verre avec moi ce soir. Elle me dit : *Oui, volontiers*.

Sacramento fut la première Zone Joan. La ville se trouve à trois heures de Carmel, au nord-est, et il y règne en permanence une chaleur de marigot. Elle est remplie de politiciens et de lobbyistes qui tètent les mamelles du gouvernement. On y voit aussi des contingents de bouseux et de rock-and-rollers. Sacramento m'a toujours tapé sur le système. Cette première soirée me fait l'effet d'une galerie de monstres. J'arrive de bonne heure au bar de l'hôtel. Je vois passer des gens qui suent l'alcool par tous les pores et traversent la salle un cocktail à la main. Des parasites capables de s'inviter dans une niche à chien. Je suis tellement tendu que je suis prêt à me battre ou à partir en courant. Un pressentiment quant à ce premier rendez-vous : il faut que je cantonne Joan à un endroit public.

Elle arrive à l'heure. Elle s'est changée : sa robe d'été est remplacée par un ensemble jupe-bottines. Elle est bras nus. Son biceps droit est tatoué.

Apostasie de premier rendez-vous : Merde, je trouve ça *génial*.

Nous disposons des chaises à côté d'une table. L'endroit est semi-privé. J'avale café sur café tandis que Joan prend de petites gorgées de scotch. Elle laisse des traces de rouge à lèvres sur son verre. Cela devrait déclencher la fureur d'un petit-fils de pasteur. Ce n'est pas le cas. Apostasie de premier rendez-vous n° 2.

Elle a lu mes livres et connaît une partie de mon histoire. Je reprends la main et je lui fais un résumé succinct de premier rendez-vous. Ma femme et moi sommes sur le point de nous séparer. Le divorce est acquis. Il sera prononcé à une date qui reste à déterminer. En attendant, Helen et moi avons conclu un accord.

C'était une façon hypocrite, voire fallacieuse, de présenter la situation. Ma relation avec Helen était tortueuse mais non limitée dans le temps. Ma vie était un processus journalier d'expiation. Je ne pouvais pas concevoir de vivre sans Helen Knode. Dès le départ, j'ai joué double jeu avec Joan. Je voulais Helen pour sa compagnie, et pour une éventuelle et peu probable résurrection à long terme de notre vie sexuelle. Je voulais Joan pour la flamboyante expression de son individualité.

Nous parlons. Je commande un second scotch pour Joan. Elle y touche à peine. Elle n'est pas accro à l'alcool – très bien.

Des monologues s'ensuivent. C'est Joan qui commence. Elle vient de New York et appartient à une famille juive de gauche. Ses parents sont divorcés. Son père est professeur d'université et sa mère est psy. Joan a été élevée en partie dans une communauté. Elle a un frère à San Francisco. Elle a fait ses études supérieures à Cornell – l'université d'Helen. Elle possède deux maîtrises. Elle enseigne à Cal Davis et prépare son doctorat.

Elle a pas mal bourlingué. Elle a milité dans des groupes de gauche, appartenu à des mouvements féministes et participé au courant punk-rock.

Je lui demande ce que signifie « punk-rock » – encore un truc qui m'avait échappé. Joan le définit comme une réfutation de Ronald Reagan. Je lui dis que je n'aime pas le rock-and-roll et que j'admire beaucoup Ronald Reagan.

C'est un test. Joan le réussit brillamment. Elle sourit et réplique : *Ce n'est pas grave*. Elle prend ma main gauche et la laisse retomber dans son giron. Elle mêle ses doigts aux miens. C'est elle qui *me* tient.

Je me demande à quoi ressemble le couple que nous formons. Nos différences d'âge et de style me contrarient. Je suis chauve et mesure trente centimètres de plus qu'elle. Je me sens mal à l'aise. Je porte un polo rose et un jean jaune paille.

Mon monologue succède au sien. Je mentionne ma dépression et mon récent sevrage de substances pharmaceutiques. Joan déclare froidement que les arrangements du genre union libre, ça ne marche pas – elle était bien placée pour le savoir.

Elle a une mâchoire large. Sa bouche exprime rudesse et détermination. Son sourire atténue un ressentiment latent. Elle garde à fleur de peau un côté gamine rebelle, qu'elle sait très bien extérioriser quand cela lui convient. Elle occupe de façon intense chacun de nos instants, qu'elle vit et qu'elle observe simultanément. C'est la femme la plus remarquable que j'aie jamais vue.

Je fais glisser ma main vers son genou. Je flotte je ne sais trop où. Nous échangeons nos numéros de téléphone et nos adresses. Nous laissons passer quelques moments de silence.

Je remercie Dieu de m'avoir envoyé Joan. Je compte les échelles dans ses bas noirs.

La route du retour me paraît sinueuse. Je roule trop vite et j'écoute du Beethoven en sourdine et crescendo. Je m'arrête en route pour envoyer à Joan des fleurs et un petit mot.

Voiture boomerang : j'ai foncé vers le sud et je bombe vers le nord avec la même énergie.

Helen n'est pas là. Margaret gronde et se réfugie dans la chambre d'Helen. Je jette un coup d'œil au répondeur de mon bureau. Le nom de Joan est sur l'écran.

Son message commence par : *Hé, c'est Joan.* Elle continue en me remerciant pour les fleurs. Sa voix est plus douce qu'elle ne l'était hier soir. Je repère des traces de l'accent de Brooklyn dans ses voyelles. Quelques intonations montantes laissent entendre sa gratitude. Elle m'invite à la rappeler.

Je réécoute son message une trentaine de fois. J'en mémorise chaque mot et chaque inflexion. Je ne sais pas pendant combien de temps j'ai pleuré. Il faisait grand jour lorsque j'ai commencé et nuit noire quand j'ai cessé.

La Zone Joan, la Maison Knode, trois heures de route entre les deux endroits. L'union civile sans contraintes qui rend les choses possibles.

Cela commence par des appels téléphoniques et des lettres. La maison est vaste et préserve notre intimité. Je rafle le courrier tous les matins. Mon bureau reste fermé. Helen le traverse rarement. Margaret s'y engouffre comme un ouragan et aboie pour exprimer son indignation. Je fais la cour à Joan sans être interrompu et sans proférer de mensonges éhontés.

Cela me semble grisant et injuste en même temps. À chaque seconde, je négocie avec moi-même pour choisir entre Joan et Helen. Je veux regagner le respect d'Helen. Je veux savoir qui est Joan et ce qu'elle présage pour moi. Joan est nouvelle dans ma vie et je suis un opportuniste chevronné. Les opportunistes s'accrochent impitoyablement aux images et aux gens qui surgissent dans leur vie. Joan est d'une vivacité immédiate. Ma loyauté penche *vers elle*. Cela me met mal à l'aise, malgré l'accord que nous avons conclu. Dans chaque pièce de notre maison de rêve, je flatte Helen pour me faire pardonner. Elle prend acte de mes efforts avec une désinvolture née de sa rancœur justifiée. *Je ne suis pas l'homme que je prétendais être*. Je sens que je ne parviendrai jamais à retrouver mon statut antérieur. *Les opportunistes vont de l'avant*. Ma tâche consistait à me rendre crédible aux yeux de Joan. De nouveau, je pratique l'art d'écrire des lettres et de passer des appels téléphoniques. Joan devient l'ultime esprit féminin exerçant sa possession sur moi pendant mes heures de solitude dans le noir.

Ses missives sont brèves. Elles expriment l'attirance qu'elle éprouve pour moi et tournent en ridicule le contrat Ellroy-Knode. Mes lettres décrivent la prochaine dissolution de mon mariage. C'est grotesque. En tout, je n'ai passé que deux heures avec Joan. Je joue sur les deux tableaux. Je répare les barrières que j'ai l'intention de franchir. Deux femmes ont compris la *troïka* Ellroy : séduire, s'excuser, puis expliquer.

Mes lettres sont romantiques et débordent de bonnes intentions. Je les confie à FedEx pour accélérer le mouvement. Je suis l'amant potentiel qui fait le forcing. Mais je me montre trop agressif. Joan me rabroue et m'incite à calmer mes ardeurs épistolaires. Je sonde la personnalité de Joan et je l'inonde de mes impressions. Je ne mentionne jamais qu'elle fut précédée par une autre Joan dont le prénom n'était qu'un souhait de ma part. Joan rend hommage à mon ardeur et reconnaît ma perspicacité. Elle reporte sans cesse notre second rendez-vous à Sacramento ou San Francisco. Je suis un ado lamentable qui grimpe la Montagne de l'*Amouuuuur*.

C'est une escalade exigeante. Joan est une femme exigeante. Je me bats pour trouver des prises qu'elle s'emploie à me faire lâcher. C'est enivrant. Joan me fait travailler dur. Ses lettres de compliments m'expédient vers les cimes. Ses lettres de reproches me renvoient au tapis. Je *vis* pour écouter sa voix dans le noir.

Helen et Margaret se retirent de bonne heure. Mes nerfs sont *toujours* déglingués. Le sommeil ne vient que très tard, s'il daigne venir. Je suis *encore* sujet à des crises de panique chaque jour. Joan et moi parlons presque tous les soirs. Sa règle implicite : J'appellerai quand je voudrai. Je suis fébrile à l'idée de renoncer à toute forme de domination masculine, mais je ne néglige pas le fait que cette capitulation peut se révéler un moyen de séduire. J'éteins la lumière à 21 heures. J'écoute les Nocturnes de Chopin et je coupe le son à 21 h 45. L'obscurité m'enveloppe. J'entends les grillons et les vagues sur la plage de Carmel. Le téléphone sonne quand il sonne – et presque toujours à 22 h 30.

Elle dit toujours : *Hé, c'est Joan.* Sa voix est un peu voilée et sa tessiture se situe vers le milieu du registre de contralto. Je lui demande si ses cheveux sont relevés ou détachés et si elle porte ses lunettes. Elle me répond : *Relevés* ou *Lâchés* et *Oui* ou *Non* avec une intonation descendante. Cela m'arrache toujours des larmes. Je ne le lui dis jamais. Je lui suis reconnaissant de la moindre gentillesse qu'elle a pour moi. Ma gratitude est réelle depuis le début. Ma gratitude subsiste aujourd'hui au cœur de sa longue absence.

Nos conversations sont affectueuses et souvent belliqueuses. Son statut d'universitaire me déroute. Je ne comprends pas très bien ce qu'elle fait. Elle me fournit de brefs portraits de ses nombreux amis et collègues. Mon intérêt faiblit alors. J'ai envie d'explorer à fond notre attirance sexuelle réciproque et d'organiser une nouvelle rencontre. Le code des universitaires me décourage. Ma conception, c'est que les anecdotes doivent rebondir entre les interlocuteurs comme une balle de ping-pong. Joan remet en question le style qui est le mien lorsque je dialogue avec elle. Selon elle, je suis censé réagir en respectant des normes fixées à l'avance, et en ne parlant pas autant de moi. Les universitaires utilisent cette méthode et se cabrent quand leur interlocuteur ne s'y plie pas. Je trouve cela contraignant. Je veux éblouir Joan avec mon histoire. Pour sa part, elle veut traiter d'égale à égal avec un conteur professionnel. La plupart du temps, il est flagrant que je ne suis pas à la hauteur. J'affronte une femme qui vient d'un monde différent et appartient à une autre génération. Nos conversations en viennent toujours à *nous* vers la fin de l'appel téléphonique. Le cheminement se révèle tortueux. Joan me met à l'épreuve. Je trouve un moyen de continuer le combat. Je sais que je dois changer. Mes anciennes façons de me comporter avec les femmes ont anéanti mon couple. Joan me stupéfie. Il faut que je pense et que j'agisse selon sa perspective. J'ai l'impression d'être dans un film noir. Je suis l'amnésique qui présume que la femme en noir connaît toutes les réponses. Le prix à payer, c'est une certaine soumission. Cela me reste en travers de la gorge. Je respecte Joan pour son esprit combatif. Mais j'ai envie de l'entraîner dans un espace clos. Je rêve d'un corps à corps avec elle pour aller au-delà des mots. Je crois qu'une reddition réciproque nous emmènerait dans un ailleurs rempli de *douceur*.

Elle est de gauche, je suis de droite. Elle est juive, je suis goy. Elle est athée, je suis croyant. Ses influences culturelles m'ennuient. Ses foutaises punk-rock sont puériles. Nos conversations se désagrègent et se reconstruisent autour du désir. Nous nous sidérons l'un l'autre. Joan possède un pouvoir personnel incomparable. Je le lui dis. Joan me confie que mon propre pouvoir l'écrase. Elle fait allusion à la possibilité d'inverser nos rôles. C'est toujours le sujet que nous effleurons au moment de nous souhaiter bonne nuit. C'est toujours en tremblant que je raccroche le téléphone.

Je remporte un prix littéraire en Italie. Cela implique pour moi de prendre un avion qui décolle de San Francisco dans la matinée. Je décide de passer la nuit précédente sur place. Joan accepte de m'y retrouver.

Je réserve une suite au Ritz-Carlton. Joan sonne à ma porte à l'heure dite. Je la prends dans mes bras sur le seuil. Elle trouve la suite oppressante et suggère qu'on aille se promener. Son commentaire touristique me ravit. Le baiser au sommet de Coit Tower stimule mon attention. Je la laisse marcher devant moi. Elle y voit un respect des usages dans les rues noires de monde et une stratégie pour l'observer. Elle me laisse alors l'initiative. Je lui prends la main et je lui débite une série d'histoires policières pour gamins. Elle rit et me laisse l'emmener au restaurant. Je n'ai pas envie de manger et de flinguer du même coup ma montée d'adrénaline. Elle comprend. Elle m'examine et me fait un compte rendu de ses découvertes.

Elle épingle mes yeux de fouine. Leur regard est implacable. Mon langage corporel est saccadé *et* plein de déférence. Cela montre que, consciemment ou instinctivement, j'évite de la bousculer. Je brode sur son talent pour occuper l'espace et habiter chaque instant de trois façons différentes. Elle me dit que je suis le premier homme qui ait jamais compris cela.

Nous réescaladons la côte pour regagner le Ritz. Nos jambes flageolent. Nous nous embrassons à trois heures de l'après-midi et nous gardons nos vêtements. Il y a un événement que j'avais prévu correctement. Notre corps à corps est épuisant. Nos muscles sortent endoloris de la mêlée.

Milan est une Zone Joan délocalisée. Nos conversations transatlantiques sont des échanges verbaux apaisés, entrecoupés de fréquents soupirs à consonance sexuelle. Carmel, c'était Helen et Joan entremêlées en contrepoint. Plutôt que de me libérer, le consentement moral dont je bénéficie limite mes mouvements. Je me sens fidèle à chacune de ces deux femmes. Je dois regagner la confiance d'Helen et gagner celle de Joan. Le marché, c'était : « Pas de questions, pas d'explications. » Helen n'a pas dit : « Ne prie pas » et « Ne médite pas ». La Malédiction Hilliker exige que je protège *toutes* les femmes que j'aime. Il y en a deux, à présent. La prière me pousse vers un choix exclusif. J'ai toujours préféré les décisions franches. Ce trait de caractère me fait défaut dans la situation présente. Des séances de méditation supplémentaires compensent ce manque. J'examine les mérites respectifs d'Helen et de Joan sans m'astreindre à trancher. Je parviens à cette conclusion : ce sont les deux seules femmes qui m'aient jamais *stupéfié*.

Elles m'enhardissent et m'amènent à redouter mon insouciante masculinité. Elles possèdent des faisceaux divergents de convictions inébranlables et m'amènent à m'interroger sur la signification de ces convictions. Les discours de gourou d'Helen imprègnent ma vision chrétienne d'une légère touche profane. Le gauchisme militant de Joan me restitue la passion du drapeau rouge brandi à tous les vents et donne à ses griefs personnels un contexte historique qui les rend empiriquement valables. Ce sont de grandes femmes imprégnées de grandes idées. Helen et moi vivons ensemble depuis treize ans. Elle a encore le pouvoir de m'émouvoir, de m'enthousiasmer, de me stimuler. J'ai laissé s'étioler notre vie sexuelle. Cela me semble irréparable. Joan, c'est la perspective de faire l'amour indéfiniment. Joan incarne un dialogue capable de déclencher d'immenses changements. Elle m'a décrit de son enfance des moments d'horreur qui m'ont laissé pantelant. Sa douceur sporadique a engendré ma douceur constante. Toutes mes prières et mes méditations n'ont fait que renforcer mon amour pour ces deux femmes. Mon addiction à l'imagerie féminine et la force de la Malédiction m'ont poussé vers Joan.

Été 2004. Je continue ma cour. Le prélude se prolonge.

Joan m'invite à Sacramento pour la fête de l'Indépendance. C'est un long week-end. Prends une chambre au Sheraton – c'est près de chez moi.

Un collègue metteur en scène habite tout près. Cela me fournit un alibi. Je prends la route dans une vague de chaleur permanente. La Delta Valley est toujours une fournaise. La chaleur d'un haut-fourneau et l'humidité d'un marécage. Je descends à mon hôtel et me rends à pied chez Joan, un bouquet à la main.

Elle est vêtue d'un jean et d'un chemisier blanc. Ses cheveux sont détachés et elle porte ses lunettes. Cela me fait sourire. Joan dit *Détachés* et *Oui* et pose un baiser sur ma joue. Elle met les fleurs dans un vase. Je parcours du regard sa bibliothèque. Les seuls bouquins que je reconnais sont trois de mes propres romans. Les autres volumes : histoire du syndicalisme, tracts communistes, divers ouvrages polémiques sur l'inégalité des sexes.

Les climatiseurs qui équipent les fenêtres ont du mal à endiguer la chaleur. La transpiration suinte à travers ma chemise. Mon pouls s'accélère et me rend plus moite encore. Pour le dîner, Joan nous sert un poulet rôti et une salade. C'est simple et savoureux. J'y touche à peine. Lui parler m'est difficile. J'ai envie de lui dire tout ce que je n'ai jamais révélé à une femme. Sur ce point, Helen possède un avantage sur Joan : elle connaît déjà *toutes* mes histoires. Joan fait la conversation : elle me parle des cours dont elle est chargée et du barbecue de la fac prévu pour le lendemain. Ses amis font une fête. Je suis invité.

Je n'ai à ma disposition que des déclarations d'amour et des perceptions issues des moments seul-dans-le-noir. Elles me semblent abruptes et inopportunes. Des proclamations galantes me montent aux lèvres et je m'en étrangle presque. Joan parle de son athéisme. Mon discours chevaleresque citait Dieu comme étant mon principal soutien. Je m'abstiens de réagir. Je me crispe, prêt à polémiquer ou à prendre la fuite.

Nous faisons la vaisselle et nous asseyons sur le canapé. Joan sourit. Elle a des traces de rouge à lèvres sur les dents. Je les essuie avec un pan de ma chemise. Joan me demande de quoi j'ai peur. Je lui réponds : *De toi*. Je lui demande de quoi elle a peur. Elle me montre du doigt.

Nous nous embrassons. Le baiser se termine en mêlée et nous restons ainsi. Joan tient mon visage entre ses mains. Je pose mes lèvres sur ses mèches grises. Joan repousse la table basse pour laisser de la place à mes jambes.

Je commence à lui débiter mes déclarations. Joan me touche les lèvres et me fait taire. Mon rythme cardiaque s'emballe. Joan sent que quelque chose ne va pas et me tient dans ses bras. Ma chemise sort à moitié de mon pantalon. Joan m'en débarrasse. Je déboutonne son corsage. Je vois ses seins et me mets à sangloter.

Elle me laisse pleurer un moment. Elle me dit des choses comme *Allons, allons...* Elle comprend que ça ne va pas s'arrêter. Elle m'aide en douceur à me relever et me conduit vers la porte. Elle me dit qu'on se verra demain.

Dormir est impossible. Le climatiseur cliquette et lance des cristaux de glace. Toute la nuit, des ivrognes titubent dans le couloir.

Je laisse les lumières éteintes. Je vois le visage de Joan et je repousse des images de semi-nudité. Je fais apparaître Helen et je lui dis qu'on peut trouver une solution. Je ne termine jamais mes plaidoyers. Joan apparaît, Joan sourit, j'ôte de ses dents des traces de rouge à lèvres.

Le barbecue se tient au nord de Sacramento, près du campus de l'université. Joan possède une Volkswagen ornée d'autocollants syndicalistes. Nous traversons un pont basculant et pénétrons dans une zone rurale. Joan me dit : *Pour hier soir, ce n'est pas grave, tu sais*. Je touche sa main posée sur le volant. Elle passe un doigt autour de mon poignet.

Nous roulons en silence. C'est le présage de cinquante autres trajets que nous devions effectuer dans un silence semblable. Je n'ai jamais su ce que pensait Joan. J'aurais tout donné alors pour le savoir. Je donnerais tout pour le savoir aujourd'hui.

La fête a lieu en plein air. Les participants sont des universitaires trentenaires. Joan me présente à la ronde. Pour indiquer que nous formons un couple, elle ne me lâche pas le bras. Je trouve cela d'un goût tout à fait exquis. Elle dit *James* et omet le *Ellroy*. Je me sens tout léger sans mon patronyme de star. Joan le comprend et me serre le bras d'autant plus.

Chaleur à tomber raide, hamburgers et guacamole. Sensation d'apesanteur et manque de sommeil. Le vertige que Joan m'a toujours inspiré.

Un jeune couple me reconnaît. Cela me donne quelque chose à faire plutôt que de ressasser mon désir et mes obsessions. Je les régale d'anecdotes inédites sur mon passé de pervers. Je cherche Joan des yeux à peu près une fois par minute. Je la surprends qui regarde dans ma direction selon la même fréquence. À un moment, elle m'adresse un clin d'œil.

Mon hôtel se trouve près du siège de l'État. Nous regardons le feu d'artifice depuis ma chambre.

Joan s'assied sur le rebord de la fenêtre, et moi sur le lit. Le service des chambres nous apporte de quoi nous désaltérer. Le spectacle nous fournit un fond sonore riche en déflagrations. Le silence de Joan est assourdissant. Je commence à lui raconter un de mes romans. Joan me dit : *J'ai lu tes livres, tu sais.*

Le bouquet final va crescendo et le vacarme retombe. L'odeur de la poudre me parvient à travers les grilles des climatiseurs. Joan se dirige vers la porte. Je me lève et la suis. Elle me touche la joue et me dit de ne pas m'inquiéter.

Dormir est impossible. Je suis terrifié. Joan a franchi la porte et emmené mon corps avec elle. Je cherche dans ma bouche des tumeurs malignes et sur mes bras des mélanomes qui suppurent. Je vais du lit au miroir, toute la nuit. Je fais apparaître le visage de Joan. Le processus lacère ma peur. Chaque image de Joan évoque Helen. Chaque image d'Helen me renvoie à Joan.

Le jour se lève. Je me force à me raser et me doucher. J'avale en vitesse la moitié d'un bagel et un café. Je suis tendu, prêt à me battre ou à prendre la fuite. Il n'y a personne contre qui me battre – je prends donc la fuite.

Je me rends en voiture chez Joan et je sonne à sa porte. Joan ouvre et me voit. Elle me fait asseoir et me laisse le temps de reprendre mon souffle. J'aligne quelques phrases sans suite. *Je t'aime*, *J'ai peur*, et *Il faut que je rentre chez moi* sont les seules que je me rappelle.

La maison de rêve est vide. Margaret est dans sa niche. Helen est partie voir sa mère à Kansas City. Je m'empiffre de nourriture trouvée dans le frigo et je m'affale sur le canapé. Il est minuit quand je me réveille. Je fonce sur mon répondeur. Les diodes rouges du cadran affichent un « 0 ».

Quatre jours se passent. J'appelle Helen à Kansas City et je me délecte des menus détails qu'elle me donne sur sa famille. Je travaille au pilote d'une série télé en écoutant du Beethoven tempétueux et du Rachmaninov paisible. Je me demande quand je récupérerai mon corps. Je vois le visage de Joan toutes les dix secondes. Ce n'est pas moi qui la fais apparaître. Elle est omnisciente.

On sonne à la porte. Un jeudi, au milieu de l'après-midi, c'est sûrement FedEx.

Prends bien garde au but que tu poursuis, car il...

Elle paraît grave et douce, toute désorientée d'une façon nouvelle. Elle me dit *Bonjour*, avec son intonation descendante.

Je la plie en quatre et j'embrasse ses mèches grises. Je lui promets : *Je ne m'enfuirai plus jamais.*

14

C'est pourtant ce que j'ai fait.

Mais sans aller bien loin.

Et pas pour longtemps.

J'étais l'amnésique. Elle était la femme en noir qui connaît toutes les réponses.

Joan pille ma banque d'images. C'est une farce de Yippie [1]. La Déesse Rouge décrète que toutes les femmes doivent lui ressembler et que je ne peux chercher que la version retouchée de son portrait. Elle se donne à moi et se dérobe à moi. Elle m'a révélé que toutes les femmes étaient *elle*, et que toute fuite motivée par la panique n'était que prélude à un retour ventre à terre.

Aucun visage ne pouvait se comparer à Elle. Aucune image nouvelle ne pouvait La remplacer.

---

1. Ce rameau radical et politisé, ancré à gauche, du mouvement hippie est né en 1968.

Toute ressemblance partielle se dispersait en taches pixellisées. Aucune femme ne pourrait jamais être Elle. Aucun visage de femme sondé dans l'espoir qu'elle soit capable de me sauver n'a jamais pu suggérer ce qu'Elle m'a donné et ce qu'Elle m'a refusé. J'ai cessé de chercher. Il y avait Elle et personne d'autre.

Déesse : fais-moi signe de venir à toi, puis jette-moi dehors. Laisse-moi adorer et apprendre, laisse-moi t'aimer et te craindre. Partage mon esprit désinvolte et constate que mon âme est pure. Je tombe. Aucun lieu n'est exempt de danger. Permets-moi avec passion de chercher le monde en Ton nom.

Mes nerfs sont *encore* déglingués. Dormir reste problématique. J'use jusqu'à la corde mon mensonge-alibi initial pour expliquer mes week-ends loin de chez nous. Le reste du temps, je ne quitte pas la maison de rêve avec Helen. Margaret en est toujours aussi indignée. Je m'abandonne à ma fixation romantique et je fais des efforts pour me rapprocher d'Helen. Je ne prends plus de médicaments, je gagne de l'argent, la colère d'Helen s'évanouit tandis que sa rancune couve toujours. Je me repens moins et je médite davantage. Helen effectue des recherches pour son prochain roman et se fait un tas de nouveaux amis. Je me demande si elle cherche à concrétiser ses rencontres masculines, et je conclus : *C'est de bonne guerre*. Je deviens présomptueux. Helen et moi avons passé un accord. Elle interprète mon air pensif comme un retour en forme : *Il est de nouveau lui-même, il est moins cinglé, il est perdu dans ses pensées, comme toujours.*

Joan. Le pouvoir d'un prénom. Les amants opiniâtres pris dans le *Sturm und Drang*.

Joan méprise le pacte conclu avec Helen. Il n'en existe aucun entre Joan et moi. Je me refuse à le lui demander, Joan refuse de me l'accorder. Helen et Joan sont rancunières. Ce n'est pas mon cas. Je suis un type qui va de l'avant sur une piste à deux voies. Il y a trois heures de route entre ces deux femmes. Joan et moi entrons en collision presque chaque week-end. Le temps que je passe loin d'elle me permet de La désirer et de La chercher dans la prière.

Le désir est ma source d'inspiration principale. Je vis dans cet état d'exaltation. Le drame des femmes que l'on cherche et que l'on trouve fugitivement entre en concurrence avec le raz-de-marée de l'Histoire. Communier avec elles dans une chambre obscure m'a donné un univers à recréer par l'écriture. Désirer ce que je ne peux pas avoir me somme de créer des œuvres d'art ambitieuses à titre de compensation. Mes longues errances dans le domaine des rapports humains servent de toile de fond au grand amour à tout prix. Je me dois de cerner ces histoires et de créer l'amour parfait sous la forme d'un livre. L'horreur imprévisible que représentent ces femmes que je n'ai pas trouvées contrebalance celle de l'Histoire. Je me dois de donner de la grandeur à la mort de ma mère et de pécher par excès d'empathie dans tous mes portraits de femmes. La Malédiction Hilliker est une sentence auto-infligée qui me condamne à devenir un prédateur compulsif. C'est la Malédiction

Hilliker qui m'a ordonné de rester assis dans le noir à la recherche de l'art. La Déesse Rouge Joan a fait disparaître toutes les autres femmes pour moi. Elle m'a laissé désemparé, en quête de sens. J'ai commencé à voir en elle une *incarnation* de l'Histoire.

Loin de Joan, je suis un moine qui fait retraite, une retraite ponctuée de conversations téléphoniques à teneur sexuelle. Quand nous sommes ensemble, nous jouons un mystère de la Passion dont le chœur est souvent dissonant.

Joan m'emmène *partout*. Faire l'amour avec elle est une surprise sans fin et une joie éternellement renouvelée. Nos conversations sont source de perplexité, d'illumination et de contrariété. Mon thème, c'est : Tu Dois Me Changer et Je Dois Te Protéger. C'est totalement fallacieux et irréfutablement tendre. Cela me permet d'entendre des choses que je n'ai pas envie d'entendre et de rester dans la bataille.

L'athéisme de Joan me tue. J'évite la parole chrétienne et saupoudre mon discours d'un soupçon de déisme. Je l'*écoute*. Selon mon code, la tolérance ne signifie pas l'approbation et ne devrait pas être vue de manière critique. Les idées gauchistes/anarchisantes de Joan me tapent sur les nerfs. Je l'*écoute*. Je me conforme au style qu'elle emploie dans nos dialogues et je lui pose des questions formulées de façon grandiose. Je fais *des efforts*, bon sang ! Joan apprécie et elle m'adore pour cette raison. Je l'adore quand elle m'adore. Chaque fois qu'elle salue les tentatives de mon cœur en émoi, je suis foudroyé de gratitude. Nous nous racontons des histoires de sexe.

Joan se gausse de mes anciens exploits. Je les dépeins comme clownesques, pour ne pas lui faire de peine et limiter sa jalousie. Sur ce point, pas de parité entre nous. Joan décrit de bonnes baises pré-Ellroy avec les détails les plus extravagants. Cela me titille, m'horrifie, me met en colère et m'émeut. La femme en noir connaît les réponses. Joan est ta sœur subversive. La réponse la plus facile à entendre : Elle est toi et tu es Elle. La réponse chrétienne : Ne jugez point, afin que vous ne soyez point jugés. La réponse déplaisante : Accepter, c'est perdre le pouvoir.

Nos vues divergent et se rejoignent sur des sujets étranges. Nos codes respectifs de la politesse concordent de façon inattendue. Je tiens les portes ouvertes et la fais toujours passer la première. Joan apprécie. Je ne lorgne jamais d'autres femmes en sa présence. Joan *adoooore* ça. Son insupportable frère est un fasciste, un croyant fanatique, un hétérosexuel militant. Cela n'a pas d'importance. C'est un être humain de valeur, et il est gentil avec elle.

Tranchante comme une lame, elle met mes chairs à vif. Je vis pour mériter son approbation et sa dureté me fait pleurer. Où que nous allions, je laisse des flaques de sang derrière moi.

Notre amour fut immédiat et nul engagement ne l'entravait. Ma relation avec Helen éliminait toute chance d'un NOUS sanctifié. C'est *moi* qui étais coupable sur ce point. C'est *moi* qui n'avais plus les idées claires, et qui, de manière atypique, répugnais à prendre des risques. Joan subissait cela de bonne grâce et n'exprimait que très rarement son mécontentement. Elle me laissait continuer le combat. J'étais *toujours* tendu, prêt à me battre ou à prendre la fuite. Nous luttions. Je lui abandonnais le pouvoir, peu à peu, à contrecœur. Joan prenait note de mes efforts et ne me donnait aucune raison de prendre la fuite.

Les raisons, je les ai trouvées, seul dans le noir.

De Sacramento à Carmel. De la Zone Joan à la maison de rêve, désespéré. De la Déesse Rouge à ma meilleure amie et sa chienne indignée.

La Malédiction Hilliker. Arrêté n° 1 : Tu dois protéger *toutes* les femmes que tu aimes.

Helen ne me pose jamais de questions sur les journées que je passe loin d'elle et m'accueille toujours chaleureusement à mon retour. Je laisse mon corps et mes projets de conquête et de capitulation à trois heures de route au nord-est. Je reviens à Helen, avec toute sa bonté et son intelligence unique. Elle s'est adoucie à mon endroit. Je tiens le rôle de mari-compagnon sans accès à la chambre conjugale. Je déprime – juste un petit peu. L'effervescence de Joan subsiste – juste un *soupçon*.

Le téléphone sonne un soir sur deux. L'attente me tient en haleine. Je me sens désincarné. Mon besoin et mon désir d'assentiment m'horrifient. Je suis obsédé par le passé de Joan. Je redoute sa susceptibilité. Mes anecdotes sexuelles sont surtout pathétiques. Les siennes sont avant tout seXXXuelles. Ma crainte s'étend jusqu'à englober nos vues irréconciliables sur l'état du monde. Je suis devenu une éponge qui absorbe toutes les consolations et les propos rassurants. Ça me consterne. Mon besoin de titillation me paraît masochiste. Ça ressemble à du voyeurisme à l'envers.

Je médite. Je prie. Je fais une tournée de promotion pour mon recueil d'articles. J'appelle Joan depuis les chambres d'hôtel obscures d'une douzaine de villes. Nouveau livre, nouveau succès. Cela me donne l'impression de vivre dans mon univers d'avant, ressurgi du passé – celui où je me sentais en sécurité.

Joan et moi nous connaissons depuis six mois. Je sais que le sexe ne s'étiolera jamais et que l'effervescence sera toujours aussi vive. Je ne parviens pas à m'agripper au mur qui nous sépare. Le sanglot logé dans ma poitrine est coincé là en permanence. J'ai le sentiment d'être déraisonnable. Infantile. Je veux plus, plus, et encore plus. C'est considérablement PLUS que ce que pourrait donner n'importe quelle femme saine d'esprit.

Je prends l'avion pour assister à une Foire du livre au Mexique. Je dis à Joan que je l'appellerai en cours de route. Je ne le fais pas. Je ne me sens pas de taille. Je prends conscience de la vulnérabilité de mon âme. J'abdique. Je choisis l'apostasie au nom de la survie.

Mésalliance, *folie à deux*, obsession. À tort, c'est ainsi que je nous définis.

Elle me dit : « Tu n'as pas changé. »

Je réplique : « Toi non plus.

– Ça ne fait pas si longtemps.

– Tu ne m'as pas demandé d'explications.

– Je n'en ai pas besoin. Tout cela a fini par être trop pesant pour toi. J'aurais fait la même chose que toi si tu ne t'étais pas décidé le premier.

– Tu l'aurais fait avec plus d'élégance.

– Je n'en suis pas sûre.

– Moi, si. Tu auras toujours été plus élégante que moi.

– Ça m'a surprise que tu ne me rappelles pas. Le téléphone a toujours été ton plaisir le plus coupable.

– Je ne voulais pas être tenté. J'avais peur de devenir fou si tout ça devait recommencer.

– Ça pourrait très bien se produire.

– Je prends le risque.

– C'est ce que tu dis maintenant.

– *Je veux essayer de nouveau.*
– *Pourquoi ?*
– *Il n'y a personne d'autre que toi.* »

15

L'hiver 2005 est un monde irréel. Les tempêtes qui déferlent sur la côte me consignent derrière les portes fermées. Joan appelle deux fois. J'ignore ses inflexions descendantes et j'efface ses messages. La maison de rêve enferme entre quatre murs ce monde irréel. Je reste assis sans bouger et je médite pendant des heures. Helen continue de travailler et de voir des gens. Margaret m'opprime. La Déesse Rouge apparaît au moins une fois par minute. Elle se manifeste quand je l'invoque, mais aussi quand elle le décide elle-même. Son interdit sur les images d'autres femmes reste en vigueur. Je ne parviens à penser à personne d'autre.

J'essaie pourtant. Je fais défiler dans ma tête Marcia Sidwell, la femme de l'avion, Marge-du-train. Je résiste intérieurement. Anne Sofie von Otter et Anne Sexton, idem. Même chose pour la femme du rêve de cette nuit pluvieuse.

La pluie. Un bond de 1980 à 2005. Joan comme métamorphose d'une imagerie enfantine. L'autre femme encore présente dans mon souvenir mais non concrétisée dans la vie réelle.

Ma banque d'images reste intacte. Elle conserve le trop-plein monomaniaque de ma mémoire de classe internationale. C'est un dortoir empli de femmes que la Déesse a tuées. J'ai obtenu ce que je désire *vraiment* depuis toujours. Je suis seul avec une femme qui jamais ne réapparaîtra ni n'anéantira son pouvoir avec les exigences de la vie réelle.

Je suis en retard sur l'écriture de mon nouveau roman. J'en ai assez de travailler pour le cinéma et la télévision. Jouer au journaliste et au nouvelliste ne m'amuse plus. Cela me démange sérieusement d'écrire un roman GÉANT. Les étapes de l'intrigue, les personnages et la fresque historique, tout cela est prêt dans ma tête. Helen m'incite vivement à créer un style moins rigoureux et à le façonner en y mêlant une émotion plus intense. Ma déprime m'avait anesthésié l'âme. Celle-ci frétille, à présent. J'ai un braquage de fourgon blindé, des histoires de militants noirs, le *Zeitgeist* de la fin des années 60. J'ai les protagonistes, le fil conducteur, l'Histoire vue par le petit bout de la lorgnette. Ce qui me manque, ce sont les tripes du roman. Une méditation par une nuit pluvieuse me la fournit.

Joan.

La Déesse Rouge comme force centrale pour unifier quatre années d'Histoire.

Le choc de nos volontés, le conflit de nos

convictions, l'immensité de cette femme explorée et *confinée* aux pages d'un livre.

J'attends dans le noir que le téléphone sonne. J'écoute l'adagio de la sonate *Hammerklavier* pour lui enjoindre de se manifester. J'attends trois semaines. Elle n'appelle pas. À la place, elle m'envoie une carte.

Elle m'y souhaite un bon anniversaire et conclut par un poème. Celui-ci se termine par le mot « prière ».

Voilà jusqu'où elle est allée. Voilà jusqu'à quel point elle a honoré notre différence. Elle a renforcé mon amour éternel.

La pluie martèle San Francisco. Le taxi se traîne dans les embouteillages et nous retient prisonniers. L'espace restreint et notre inclination nous pressent l'un contre l'autre.

Notre échange reste non verbal. Le chauffeur est un témoin. Il nous dépose devant un restaurant de Seacliff. La salle est bondée et décourage toute conversation. Un échange de menus propos nous amène à la fin du dîner et un trajet en taxi à l'hôtel Fairmont. Ma suggestion : Allons boire un verre au Tonga Room.

Un bar à cocktails avec une péniche baignant dans de l'eau chlorée. Des torches fixées aux murs et des masques sculptés représentant des dieux. L'orchestre de la péniche joue des versions nouvelles de vieilles chansons. Nous buvons la même chose que d'habitude : scotch pour elle et café pour moi.

Joan est pensive. Je regorge de grandes déclarations. Le regard paisible de Joan étouffe le volume sonore et l'annule. Je me sens grandiloquent. J'exige que l'univers soit inclus dans chaque instant qui passe. Joan semble épuisée. Je constate ce que je lui ai coûté jusqu'à présent.

La musique sentimentale est un radeau de sauvetage. Notre conversation se laisse porter par son rythme. Nous bavardons, nous glissons en douceur au sujet qui nous importe, et nous l'abordons *franchement*. Sans interruptions ni silences. C'est la rencontre de la Retraite de Toutes les Âmes et du Collectif des Travailleurs. Des procès-verbaux d'une cellule communiste et des appels et répons luthériens.

Mon mariage transformé en cette guignolade d'union libre, ses sautes d'humeur brutales, nos caractères qu'aucun partenaire n'avait jamais pu supporter. Mes attentes irréalistes. Sa brusquerie décourageante. Nos mondes respectifs impénétrablement différents.

Ma nature dominatrice. Sa nature dominatrice. Nos pactes de reddition inconciliables. Notre amalgame de drapeaux rouges et de drapeaux blancs qui flottent au même vent.

Notre grande douleur. Notre cher amour. Les moments où nos univers différents se phagocytent.

Nous laissons notre discussion mourir d'elle-même. Nous regardons danser des touristes adipeux. Nos regards se trouvent. Nous hochons la tête au même moment.

Galanteries de l'hiver 2005. Le processus se *re*-développe. Week-ends chastes à Sacramento. Le sexe remis à plus tard et réinventé. Un rapport assagi et un plongeon qui laisse présager une prise de responsabilités.

J'ai pris une chambre dans un hôtel près de chez Joan. Mes mensonges-alibis sont devenus plus alambiqués. « Mon collègue de Sacramento » – une épique contre-vérité, à présent. Mentir me tue. Cette tromperie supplémentaire ne fait qu'aggraver mon cas. Le fait que je lui fasse de nouveau la cour attendrit Joan. Je commence à penser que nous pourrions nous marier, avoir une fille, un chien. Ces allers et retours entre deux femmes me minent. Je désire reconstruire une maison de rêve au nom de Joan et recevoir de nouveau le sacrement du mariage. Joan projetait de s'installer à San Francisco. En rêve, je bâtis notre nid d'amour au bord de la baie et je réinvente les liens sacrés du mariage.

Mes nerfs sont *moins* déglingués. Mon sommeil est *moins* problématique. Je suis *moins* enclin à me battre ou à prendre la fuite. Le processus de désensualisation a tempéré Joan et m'a ôté mes griffes. Nous parlons de sexe, mais nous ne faisons pas l'amour. Joan ré-émerge et me stupéfie de nouveau. Elle me *ré*-obsède, sans que mon obsession dépasse les frontières de la chasteté. Je re-conçois notre vie ensemble et je la repeuple d'idéaux.

Paradoxe, dichotomie, dialectique. La Diaspora rencontre la Réforme. Nos divergences d'opinion *surmontées*. Nos individualités physiques reconstituées par la naissance d'une fille. Mon concept de zone sûre déconstruit avec une personne dangereuse. Je suis l'amnésique. Elle est la femme en noir qui connaît toutes les réponses.

Il existe une *unique* réponse. C'est la Famille. Joan ne cite jamais ce mot en tant que but ou solution et s'abstient de tout commentaire sur le fait que je n'en ai pas. Jean Hilliker a largué mon père en novembre 1955. Voilà cinq décennies que je fais mon numéro d'enfant unique/orphelin/coureur de jupons/mari à temps partiel. Sur le papier, Joan et moi formons un couple improbable. Avec arrogance, je passe en revue nos différences afin de prouver qu'elles ne sont pas irréconciliables. La prière me mène au concept de fusion. La méditation m'amène à une certaine vision de la condition de parent et à combattre avec un acharnement redoublé pour une cause encore plus juste et pour créer, peut-être, un niveau de sanctification inimaginable.

Je dis à Helen que j'ai rencontré une femme. Elle grimace et me dit : *Je sais*. Elle pleure un peu. Je la questionne sur *ses* frasques. Elle rit et refuse de me répondre.

Je continue à travailler pour la télévision et le cinéma. J'étudie soigneusement des comptes rendus de recherches et me constitue une série de notes pour mon roman. À aucun moment je ne dis à Joan : *Ce Livre, c'est Toi*. Fini, la grandiloquence. Je veux resceller notre union dans une clarté totale. Nous nous donnons le temps de nous observer. Nous sommes des amants recyclés. Je fais la navette entre deux maisons de rêve, celle qui s'est effondrée et celle qui n'existe pas encore. Je suis l'éternel amnésique. Je suis éternellement enclin à revivre la vie que j'ai oubliée.

La re-consommation est joyeuse. Le prélude de six semaines prend fin à Sacramento, où sévissent les premières chaleurs du printemps. La victoire de cette résurrection m'enivre. Je commence à prédire *notre* avenir. Joan n'en supporte qu'une faible dose avant d'exploser.

Notre avenir commun ? C'est non, s'il est entravé par ton mariage. C'est non, si je ne peux pas avoir davantage confiance en toi. C'est non, si tu es embarqué dans je ne sais quel délire de cinglé.

Je l'écoute. J'ai *entendu* sa réponse. Joan ne me dit pas, ne me demande pas de divorcer. Elle me dit de ne pas tirer sur sa chaîne.

Joan a toujours su me manipuler. Ce n'est pas de la fourberie. Elle a compris que sa meilleure arme était la vérité.

Je veux qu'elle me donne d'elle-même encore et toujours plus. Je veux qu'au cœur même de notre relation l'honneur règne. Je ne veux pas blesser Helen davantage. Le mot « divorce » me fait grincer des dents. Je veux tout conserver et ne renoncer à rien. J'ai tendance à frôler le précipice des conséquences désastreuses et du risque maximum. Je sens que je m'en approche.

Le printemps cède la place à l'été. Week-ends dans un hôtel à San Francisco et dîners avec les amis de Joan. Leçons tardives sur les bonnes manières en société et sur la fusion de vies séparées. Des leçons que j'ai apprises. Des leçons récompensées par les yeux brillants et les caresses légères de Joan.

Je lui étais reconnaissant de la moindre attention qu'elle montrait à mon égard. Ma gratitude était bien réelle pendant ce second été. Ma gratitude demeure, à présent que Joan est partie.

Nous passons le 4-Juillet à San Francisco. Nous prenons un verre au Tonga Room et regagnons notre hôtel à pied. Pour cela, il faut descendre la côte. Nous prenons appui l'un sur l'autre. Joan ne cesse de glisser à cause de ses chaussures à semelles lisses. Je laisse mon bras autour de sa taille et je la soutiens quand elle fléchit. Notre suite aux murs rouges est éclairée par des appliques. Joan branche un lecteur de CD et exécute une danse torride. Ses mouvements sont stupéfiants et choquants. Ses vêtements noirs tombent sur le sol, juste hors de ma portée.

Amante, déesse, rédemptrice. Un regard habité qui plonge dès que la musique cesse.

Joan dort. Moi pas. Les vêtements noirs restent sur le plancher.

Le jour se lève tôt. J'écarte les rideaux pour faire entrer un peu de lumière. Je contourne le lit et j'observe Joan sous différents angles. Je découvre une douzaine d'aspects nouveaux chaque fois qu'elle se pelotonne ou s'étire.

Soit. Peu importe le prix à payer, peu importent les conséquences.

Nous nous séparons quelques heures plus tard. Joan rentre à Sacramento et moi à Carmel. C'est en arrivant que je raconte tout à Helen. Nous pleurons tous les deux. Je cherche à obtenir son aval et je l'obtiens. Oui, c'était inévitable. Oui, il faut en passer par là. Oui, c'est la meilleure chose à faire.

Nous réglons aussitôt les questions d'argent, là, dans la cuisine. Je me montre d'une générosité grandiose. Je dis à Helen que je subviendrai toujours à ses besoins. Elle me répond qu'elle n'en doute pas un instant.

Nous esquissons un compte rendu de nos quatorze ans de mariage. Les responsabilités se répartissent de façon bilatérale. Nous rions un peu et nous passons soigneusement au large des écarts les plus flagrants. Notre conversation ne me procure aucun soulagement. Je me sens mesquin et cruel.

Helen boit du thé. J'aligne des images de Joan et je sens que mon écran mental fait une embardée. Je vois Jean Hilliker. Je calcule qu'elle aurait 90 ans aujourd'hui. Je me souviens de mars 58, de ce jour où j'ai infligé la Malédiction.

16

Joan est plus craintive qu'émue. Elle m'explique pourquoi : il est rare qu'elle sache si mes actions sont motivées par mon sens de la mise en scène ou par une vérité valable.

Pour que les femmes m'aiment. Pour que j'obtienne ce que je désire. Il n'y a pas d'autre vérité.

Je m'installe à Carmel dans un appartement proche de la maison. Helen m'aide à emballer mes affaires. Nous mettons en vente la maison de rêve et engageons chacun un avocat spécialisé dans les divorces. Le mien trouve mes largesses perturbantes et financièrement malsaines. Je lui rétorque que c'est mon problème. L'avocat d'Helen lui dit : *Il me plaît bien, ce type. Il est parfaitement zen.*

Joan s'installe à San Francisco. Je l'aide à emballer et déballer des cartons et à faire les corvées habituelles. Le lieu qu'elle a choisi me convient. Frisco devient la nouvelle Zone Joan. Carmel se trouve à moins de deux heures de route, au sud.

Nos orbites sont plus proches. Je résiste à mon envie d'envahir le domaine de Joan. Je veux continuer de rôder à proximité d'Helen. Je saute des barrières/j'enjambe des barrières/je saute des barrières. Des barrières et les deux femmes que j'aime.

La procédure de divorce suit son cours. La maison reste invendue. Joan et moi passons les week-ends dans sa ville ou dans la mienne. Nous vivons une idylle dans l'ouest du comté de Marin. Nous allons nous promener et nous faisons l'amour dans une auberge de campagne. Je lui décris son parcours à travers l'Histoire dans mon roman. De la fille que je prénommais Joan à la vraie Joan, jusqu'à la fictive Déesse Rouge nommée Joan Rosen Klein. Joan me dit qu'elle en est honorée. Elle me prend la main et la pose sur son cœur.

Helen et moi allons de l'avant à notre façon. Nous nous forgeons une amitié et un pacte de bonne conduite. Nous jurons de nous comporter comme les ex les plus géniaux de la planète. Notre relation était usée jusqu'à la corde. Helen résume Joan à l'incarnation d'une folie d'homme mûr et maudit mon cœur à l'épreuve des balles. Elle ne remet jamais en cause ma loyauté. Elle critique mon désir de vivre prisonnier d'une fixation puérile. Elle cite une seule source : *Jean Hilliker*.

Il faut que je sauvegarde la tranquillité d'Helen. Il faut que j'assure celle de Joan. Nous commençons à discuter de la possibilité de faire un enfant. Nous voulons tous les deux une fille. Joan adore le prénom « Ruth ». Il roule sous la langue et sonne juif de façon incontestable. Ce nom me plaît. Il complète

« Ellroy » à merveille et scelle notre pacte judéo-chrétien. Joan oppose son veto à Ellroy et à son propre nom de famille. Elle suggère « Hilliker » pour notre fille.

Ni plus ni moins. C'est dire le discernement de la Déesse Rouge. Comment cela aurait-il pu mal se terminer ?

L'appartement est loué meublé et équipé, vaisselle et serviettes de toilette comprises. Il empeste le transitoire. Il a tout du baisodrome et du point de chute pour divorcé. Joan est à deux cents kilomètres et un milliard d'années-lumière de là, Helen à deux kilomètres et dix milliards d'années-lumière. Je m'installe. Je commence à respirer avec difficulté et à tourner en rond.

Je décroche un contrat pour un scénario et je renfloue le compte en banque Ellroy-Knode. Je m'inquiète pour Helen. Les années que nous avons vécues ensemble me transpercent et se logent en moi comme un sanglot. Je vis pour mes week-ends avec Joan. Je reste assis dans le noir et je souffre dans l'attente de l'appel téléphonique du soir de semaine. La maison de rêve ne trouve pas preneur. Le partage des liquidités et la pension alimentaire à verser signifient une charge de travail énorme pour l'éternité. Je jouis d'avance à l'idée du combat viril que je vais devoir mener. Mes nerfs commencent à craquer. Mon sommeil se volatilise. Ces fameux mélanomes se mettent à surgir sur mes bras. Quand je passe en revue dans ma tête des images de Joan, les cellules cancéreuses disparaissent.

Automne 2005. L'étau se resserre. C'est toujours un peu de temps gagné, à vivre avec la Déesse Rouge.

Nous sommes liés, à présent. J'ai jeté ma vie aux orties pour lui assurer une union honorable. Joan m'en est reconnaissante, mais elle est embarrassée. Ma mentalité de barbare prêt à réduire le monde en cendres la stupéfie et la terrifie. Ça m'incite à voir encore plus grand et fait naître en moi un désir encore plus fort.

Joan se pâme et résiste. Nous vivons des moments d'une grande beauté. Elle me raconte des histoires qu'elle avait gardées pour elle jusqu'alors et me laisse la tenir dans mes bras, en sanglotant. Un jour, elle refuse de m'accompagner à une soirée donnée en mon honneur par la police. Cela supposerait qu'elle jure allégeance au drapeau américain et qu'elle fasse ami-ami avec des flics.

Nous séjournons dans l'ouest du comté de Marin. Nous flottons dans des piscines d'eau chaude avec vue panoramique sur le fleuve. Nous nous livrons à une joute verbale d'une heure sur le sujet des graffitis.

Mes nerfs sont à vif. Je suis tendu, prêt à me battre ou à prendre la fuite. Encore un peu de temps gagné, à vivre avec la Déesse Rouge.

Je fais une lecture publique à Los Angeles. Vaste scène, salle bondée. Je lis un monologue de vingt minutes et je le transcende jusqu'aux étoiles. Un tonnerre d'applaudissements éclate. J'envoie un baiser à Joan. Tous les regards sont sur moi – sauf le sien. Après ma prestation, je bavarde avec les spectateurs. Une grande femme s'approche de moi. Elle a des traits énergiques et porte des lunettes perchées un peu de guingois sur son nez. Ses cheveux ne sont pas tout à fait blonds ni tout à fait roux. Nous parlons. Elle s'approche en riant et c'est presque en retenant son souffle qu'elle bat en retraite. C'est la femme de mon rêve d'une nuit pluvieuse de 1980.

Joan rôde dans les parages. À aucun moment je n'ai pu apprendre le nom de cette inconnue. Joan et moi regagnons ma voiture. Sans raison, je pense à Marcia Sidwell.

À force de volonté, je chasse l'inconnue rêvée. Elle reparaît sporadiquement, dans de nouveaux rêves. Je ne lui donne pas de nom. Je la vois en une série d'arrêts sur image et je me demande qui elle est.

Joan et moi vivons de bons moments et d'autres plus rudes. L'élan qui nous porte est chaotique. Elle niche sa tête au creux de mon épaule et me dit : *Toi*. Elle s'allonge sur moi pendant mes crises de panique et m'arrime à la planète. Je lui répète que je prendrai toujours soin d'elle. Elle me réplique que je n'ai pas besoin de le lui dire aussi souvent.

Nous allons au Japon pour son quarantième anniversaire. Les voyages la ravissent. Les voyages m'ennuient et me mettent en rage. J'ai envie de cantonner Joan à des chambres d'hôtel et aux bains publics des sources thermales. Je suis insensible à la beauté qui nous entoure. Il faut que je respecte le contrat jusqu'au bout. Nous reprenons l'avion pour San Francisco, épuisés et tendus. Le décalage horaire chamboule tout autour de moi. Je transpire abondamment et ma respiration est saccadée.

Joan suggère que nous allions nous promener. Nous traversons Bernal Park et nous caressons des chiens qui croisent notre chemin. Ce sanglot coincé dans ma poitrine, je parviens à l'expulser. Je dis à Joan : *Si tu me laissais te protéger, tu me protégerais du même coup. Et tu n'aurais pas besoin d'être aussi dure, ni moi d'être aussi stressé.*

C'est un moment de fin du monde. Joan ne dit rien.

Automne 2005. Encore un peu de temps gagné, à vivre avec la Déesse Rouge.

Nous avons nos week-ends et nos conversations téléphoniques en semaine. J'ai du temps à moi, seul avec l'image de Joan. Je me cloître dans des pièces obscures qui me rendent fou.

Je vois Joan avec des hommes étranges. Elle répète les mouvements sensuels qu'elle a inventés pour moi. Je la vois baiser avec ses anciens amants. Je la vois draguer des Noirs. Je la vois surfer sur Internet à la recherche de types montés comme des bourricots. Ces obsessions se répètent en boucle, indéfiniment. Ça ne se calme pas, ça ne ralentit pas, ça ne veut pas cesser.

Fuir/se battre, fuir/se battre, fuir/se battre. Personne avec qui me battre, plus de havre avec Helen, je n'ai plus que Joan vers qui me précipiter.

Mes suppliques au téléphone l'assomment. Quand j'*exige* qu'elle fasse preuve de douceur, ça lui soulève le cœur. Je vois bien qu'elle m'a toujours trouvé intimidant et pitoyable. Son amour pour moi s'épanouit quelque part entre les deux.

Nous allons de l'avant.

Nous faisons de notre mieux.

Nous ne voulons pas renoncer.

Novembre apporte la pluie. Nous discutons de ma possible installation à San Francisco. Pour Thanksgiving, nous dînons avec un groupe d'amis de Joan. C'est une soirée paisible et courtoise. Nos invités me ravissent. Je suis bien plus âgé qu'eux, bien plus grand, ni juif ni de gauche. Nous fêtons nos différences. Joan, assise près de moi, laisse sa main sur mon genou.

Lance-toi. Elle dira « Oui » ou elle dira « Non ».

Le lendemain matin, je demande à Joan de m'épouser. Elle dit : *Ouais*. On s'étreint jusqu'à ce que nos bras s'engourdissent.

Helen pense que je suis cinglé. Mes amis sont du même avis. Le divorce est prononcé le 20 avril. Nous fixons la date de notre mariage au 13 mai. Nous partons en lune de miel avant la cérémonie. Noël à Brooklyn – je fais connaissance de la famille de Joan.

C'est une anomalie douce-amère. Je tiens mon rôle et j'essaie de faire ce qu'il faut. Intérieurement, je suis à cran. Une nouvelle *troïka* m'obnubile : épouser, féconder, *garder*.

Je m'installe à San Francisco à la Saint-Sylvestre. J'ai trouvé un nouvel appartement provisoire près de celui de Joan. Je navigue entre rêverie et lucidité presque à chaque moment. Mais c'est *en permanence* que j'ai les nerfs à vif. Encore du temps gagné, à vivre avec la Déesse Rouge. Je ne supporte pas la vie quand nous ne sommes pas enlacés. Je suis incapable de voir, de penser ou d'agir au-delà de la cérémonie du 13 mai.

Je me fais horreur. J'ai envie de nous enfermer dans des espaces de plus en plus restreints. Je tremble quand Joan passe d'une pièce à l'autre et me prive de son image.

Je vis pour le 13 mai.

L'auberge de campagne. Les alliances. Le gâteau de mariage, rouge. La robe de Joan et mon kilt ancestral.

Je mobilise une volonté effrayante pour mettre un pied devant l'autre dans cette direction. Je parviens à extorquer des contrats pour des scénarios afin de payer la pension alimentaire et de couvrir les frais d'un nouveau domicile. *Troïka* : la Déesse, Ruth Hilliker, moi. La Malédiction survit dans le nom de notre enfant.

Nous mobilisons une volonté effrayante pour mettre un pied devant l'autre dans cette direction. Je vois que *Joan* est à cran, intérieurement. Je lis ses pensées : mésalliance, *folie à deux**, obsession. Il est intimidant, il est pitoyable, nos univers s'entrechoquent. Il est amnésique. Il ne sait pas où il a vécu. Il n'écoute pas mes réponses. Sa seule réponse, c'est MOI.

Mes nerfs et mon sommeil implosent. Le film que j'imagine tourne en boucle dans ma tête. Elle danse, elle baise avec des Noirs, elle est en quête de bites monstrueuses. Hors de la présence de Joan, je n'arrive pas à stopper la projection. Je veux d'elle toujours plus, plus, plus et encore PLUS.

Joan engage une psy pour nous aider à franchir cette mauvaise passe. La psy aime bien Joan et me déteste. Les mercredis après-midi sous un microscope. Tension interne, à deux doigts de l'implosion – il faut que je me batte ou que je prenne la fuite.

Je deviens cassant et carrément impossible avec les gens. Dans la rue, je fusille les bouffons du regard et je les mets au défi de m'AGRESSER. Mon film intérieur tourne toujours. Quand je suis avec Joan, je me paralyse et je reste là sans dire un mot. Mon cri intérieur, c'est : *Aime-moi et sauve-moi et laisse-moi t'aimer et te sauver.* Je vois Joan pencher vers le *NON.*

Nous passons un week-end à Seattle. La tension qui règne entre nous est suffocante. Joan connaît une femme réputée pour ses compétences mystiques. Sa spécialité : amalgamer les convictions irréconciliables en des vœux de mariage parfaitement homogènes.

Cette femme nous a jaugés tout de suite. Je le vois bien. Le type vieillissant, au bout du rouleau, qui cherche à fonder une famille. La jeune femme déchirée entre la pitié et la colère. Je vois Joan décrypter l'analyse et pencher un peu plus vers le *non.* Nous reprenons l'avion pour San Francisco. Joan penche *de plus en plus.*

Elle part en courant.

Je ne pense pas que j'en aurais été capable moi-même. Joan m'a toujours vu avec cette distance raisonnable qui sépare les amants. Elle était vêtue de noir et, à présent, elle possédait la réponse.

Cela s'est terminé par une scène épouvantable. Explicitant toutes nos divisions. Prédisant qu'elles auront des conséquences terribles.

Cette scène, nous sommes deux à l'avoir provoquée. Il y avait la fureur contenue de Joan et son dégoût d'avoir renoncé à rester elle-même. Il y avait mon désir abject retourné comme un gant – et Joan, sous son jour le plus dur, mais multiplié par cent.

Elle m'a ordonné de sortir de chez elle. Je suis revenu et je l'ai suppliée de me dire qu'elle m'aimait. Je me suis jeté contre sa porte. Joan est parvenue à me parler d'une voix douce. Elle m'a calmement conseillé de rentrer chez moi et de me reposer.

Ce que j'ai fait. Trois jours plus tard, elle m'appelait pour me dire que tout était fini entre nous.

CINQUIÈME PARTIE

PLUIE

17

Retour au bercail.

Limite les dégâts.

L'ombre d'une chance.

J'ai bouclé la boucle et regagné Los Angeles. Après vingt-cinq ans, deux divorces, une dépression. Les ombres d'Helen et de Joan. Les opportunistes ont besoin de destinations. Je ne savais où aller sinon là.

Là, où habite l'inconnue que j'ai vue dans mes rêves. Je n'ai jamais su son nom. Je sais où elle travaille.

Sa première apparition remonte à vingt-six ans. Il pleuvait cette nuit-là. J'ai perdu une journée de travail au terrain de golf et j'ai mis cette femme dans un livre. Elle est réapparue à une lecture publique. Rêves, visions, potions, élixirs. Brouets de sorcières, vœux et mariés en kilt. Je crois en ces trucs-là. Ma vie prouve la réalité de la magie et des invocations pratiquées dans le noir. *Et merde, pourquoi pas ?*

Ses *ré*apparitions dans mes rêves se produisirent pendant des pluies torrentielles. Il pleuvait *dans* les rêves eux-mêmes. Juste avant mon départ de San Francisco, je me suis rendu à l'église. Il pleuvait quand j'en suis ressorti. C'est ce qui a scellé le pacte.

Je me trouvais dans un état de fugue post-Joan. J'avais la larme à l'œil quand je voyais des petits mômes et je glissais des billets de cent dollars à des clodos. L'inconnue de mes rêves me poussait du coude. Rentre chez toi, enfoiré. La chance te sourira peut-être.

La maison de rêve trouve preneur. Helen et moi nous partageons un gros paquet de fric. Une amitié naît dans le sillage de notre divorce. Helen loue Joan de m'avoir viré comme un malpropre.

Retour au bercail. Fais apparaître des esprits femelles dans ta patrie noyée dans le brouillard. Je ne savais pas que les femmes pouvaient faire apparaître des hommes. Je n'avais pas encore rencontré Erika.

Je largue mon appartement provisoire n° 2 et je m'achète une Porsche géniale. Joan et moi nous faisons nos derniers adieux. Nous nous étreignons si fort qu'une chaise de cuisine manque rester sur le carreau. Nous nous promettons de garder le contact.

Je lui jure que c'est toujours à elle qu'ira ma quatrième ou ma cinquième pensée. J'ai grandement sous-estimé cette partie de mon serment.

Mes nerfs et mon sommeil déglingués se recalent grâce au mouvement. Me fixer des tâches à accomplir m'a toujours sauvé. Je loue un appartement doté de deux chambres et je le fais repeindre. L'immeuble est voisin de mon ancien territoire de voyeur. Les maisons des filles sont tout près.

Les façades ont changé. Les visages et les agencements intérieurs sont encore frais dans ma mémoire. Des Asiatiques aisés et des parasites du cinéma ont remplacé les bourgeois coincés de Hancock Park.

Los Angeles est bleu pastel et la lumière éclatante rend la ville translucide. Je sens que j'ai les cartes en main pour rafler la mise. Los Angeles a le même aspect que le jour où Jean Hilliker est morte.

J'appelle l'institution pour laquelle travaille l'inconnue de mon rêve. Je baratine un tsar du monde des arts. La version cinématographique du *Dahlia noir* va bientôt sortir. Souhaiteriez-vous que je participe bénévolement à une soirée spéciale à cette occasion ?

Oh, à propos, j'ai fait la connaissance d'une de vos collègues, l'an dernier. Elle est grande. Elle a des lunettes un peu de guingois. Elle s'approche en riant et c'est presque en retenant son souffle qu'elle bat en retraite.

Le tsar des arts voit très bien de qui je parle. Oh, c'est Karen. Elle est mariée et elle a de jeunes enfants. Elle a quitté notre organisme et repris son poste à l'université.

Une prof de fac légalement mariée. Double obstacle. Une vision, une énigme, *un nom.*

Et puis m...

Je vais la faire, cette soirée spéciale. Je suis tout à fait disposé à vous apporter mon aide. Le film sort vers le début du mois de septembre.

Le tsar des arts est ravi. Je me renseigne sur les enfants de Karen. Le ponte m'apprend qu'elle a deux filles.

L'appartement est un cabinet de travail doublé d'une tanière de loup. J'installe un téléphone et j'accroche un portrait de Beethoven au-dessus du lit. Je pose une photo d'Helen sur mon bureau et une photo de Joan sur ma table de nuit. Les murs sont de couleur sombre et les pièces faiblement éclairées. J'éteins les lampes à la tombée de la nuit. Les pièces obscures suscitent des appels téléphoniques de femmes. C'est un texte sacré qui le dit.

Helen et moi parlons fréquemment. Je l'appelle plus souvent qu'elle ne m'appelle. Ma sollicitude encombre les lignes téléphoniques. Helen me dit : *Ça suffit – j'ai plus que ma dose de drame et de pension alimentaire*. Joan et moi parlons par intermittence. Sa règle implicite : J'appellerai quand je voudrai. Je refuse des invitations à dîner pour attendre dans le noir.

Les appels de Joan se déroulent en trois actes. Ils prennent un certain temps. Échange de propos anodins ; notre relation évoquée puis analysée ; les projets pour l'avenir de nos carrières.

Une douceur réciproque commence à s'immiscer. Elle me fait peur. Je me sens en sécurité dans ma solitude. Il me semble que Joan n'éprouve que de la souffrance. Je commence à la désirer de nouveau. Je mène un combat pour éviter les débordements. Réduis Joan aux conversations téléphoniques. Développe et exalte le personnage de Joan dans ton roman. Ne perds pas la tête une fois de plus. Fais entrer Joan dans l'Histoire et efface la trace de tes propres méfaits.

Les appels se font plus tendres. Quand j'attends dans le noir, j'écoute la chanson de *Joan* Baez : *Diamonds and Rust*. Elle décrit une fatalité romantique et d'anciens amants à la fois sauveurs et prédateurs.

Je sens qu'une autre chute est imminente. Je pense à Joan à chaque moment. Je réécoute la chanson de façon obsessionnelle. Elle est caustique et élégiaque. Les conversations téléphoniques se font encore plus tendres. J'écris des lettres à Joan. Elles n'expriment qu'un désir ardent. Mon combat contre les débordements potentiels fait rage. Mes anciennes jalousies refont surface. Trois nuits blanches consécutives me donnent le tournis. J'écris à Joan une lettre épouvantable.

J'y exagère l'importance de mon sentiment religieux et je la bannis pour l'éternité. Je lui dis que je suis en chute libre et que je dois songer à mon salut. Je lui dis que je prierai pour elle et que je la reverrai au Ciel.

Ma lettre est efficace. Elle empêche tout contact futur. Ma lettre est inefficace. Joan reste la deuxième ou la troisième pensée qui me vient à l'esprit. Ma lettre est efficace. Je demeure sain d'esprit. Ma lettre est inefficace. J'attends toujours ses appels. Ma lettre est efficace. La Déesse Rouge me donne le cœur pantelant de l'Histoire, revue et corrigée. Ma lettre est inefficace. Joan vit encore en moi, toutes forces déployées.

Le Dahlia noir est un fiasco. Le film passe des cinémas au DVD bradé à la vitesse de la lumière. Ça m'est égal – il fait vendre *beaucoup* de livres. J'anime cette fameuse soirée spéciale. J'arrive de bonne heure sur les lieux. Karen et moi *courons* l'un vers l'autre. Ses mouvements contredisent toutes les manœuvres qu'elle effectuait dans mes rêves.

Nous reprenons notre souffle et sourions jusqu'aux oreilles. Nous évoquons notre rencontre précédente. J'explique à Karen que j'ai orchestré cette soirée pour la revoir. Elle rit et mentionne le baiser que j'ai envoyé à Joan.

J'ai fait semblant de croire qu'il m'était destiné. Qu'est devenue cette femme ? Elle était tout à fait ravissante.

Elle m'a viré comme un malpropre il y a six mois. Comment va votre couple ?

Karen glousse et me fait signe : *comme ci, comme ça**. J'ai les cartes en main pour rafler la mise, et elles me brûlent les doigts. L'organisateur m'appelle au pupitre. Karen s'assied au premier rang. Je fais mon discours et j'atomise le public. Le regard de Karen se rive au mien. Je lui envoie un baiser. Karen pose la main sur son cœur.

Je ne pense pas qu'elle me rappellera. Je vois notre rencontre comme un gentil flirt qui précède la fuite. Je suis condamné à perpétuité à la Zone Joan. Karen est mariée, mère de deux fillettes. Je suis enchaîné à mon ex-épouse par le repentir.

Karen me passe un coup de fil. Elle me dit qu'elle a besoin de Valium et de bourbon. Elle devient mon troisième grand amour.

On se retrouve au Pacific Dining Car. Notre étreinte est une collision à quatre impacts. Helen et moi avons fêté notre mariage dans la salle voisine. Le déjeuner dure trois heures. Nous parlons de *tout*.

De ses racines – elle est de New York, mais pas de Manhattan. De ses années d'études supérieures dans une grande université privée. De sa vision d'historienne et des exigences fastidieuses du monde universitaire. Le langage gestuel de Karen est ambigu. Tout comme ses discours contradictoires. Elle parle de son couple et de sa famille comme étant sacrés. Oui, mais c'est un déjeuner *torride*. Nous le *savons* tous les deux. Son couple traverse une période de malaise. Elle ne le dit pas. Je le *sais*, tout simplement.

Quand je quitte le restaurant, la tête me tourne. Le second déjeuner est fixé à la semaine suivante. Je médite à temps plein sur Karen. Les Préludes opus 32 de Rachmaninov me tiennent compagnie. J'écris une chanson intitulée *Karen Girl*. Elle commence comme ça : « *Certains hommes sont nés affamés, certains hommes sont mort-nés – mais moi je suis né pour te brouter le minet.* » Karen *adoooore*. C'est une vraie déconneuse qui a décroché un doctorat à Yale. Nous déconstruisons l'Histoire et nous brocardons les modes culturelles exécrables. Karen a un côté conservateur. Karen a des insomnies et des nerfs ellroyens. Karen *s'épuiiiiise.* Elle court sans cesse entre sa charge d'enseignante et son rôle de mère de famille à plein temps. C'est une esclave du devoir qui se tue à la tâche. Mon âme hurle : *Oh là là !!!*

Elle le répète : Mon couple et ma famille sont sacrés. Foutaises. Moi, j'en suis déjà à son divorce, à *notre* mariage et à la petite fille n° 3. Karen refuse de critiquer son mari. Je sais pourquoi. C'est une femme forte enchaînée à une lavette qui lui fournit sa semence. C'est elle qui mène la barque et qui le laisse se glisser dans les intervalles. Ce sont des Blancs de la côte Est. La famille, c'est une source d'emmerdements. La famille, c'est familier et essentiel – mais Karen rêve romantiquement de reconnaissance et elle est en manque de bite. Ses compartiments commencent à perdre leur étanchéité. Elle est pareille à votre serviteur – prédéprime.

Le déjeuner n° 3 ne tarde pas à suivre. Nous nous dépêchons de sortir ce que nous avons sur le cœur et nos mains se joignent. L'idée centrale, c'est : *devenons amants*. Karen, stressée : *Je ne quitterai pas mon mari*. Je lui lance un clin d'œil et je mime une branlette.

L'adultère.

L'adultère avec enfants.

Karen parlant de l'adultère et d'un futur enfant Ellroy : *Les sabots fendus et la queue en trident, ce serait rude, pour moi.*

L'adultère avec « la femme que je veux prendre pour épouse », troisième du nom.

L'adultère : folie morale et métaphysique pas claire. L'adultère comme prison priapique et comme impasse.

Karen s'est perdue dans sa vie de couple. Tout n'était plus que trucs de mômes, cacophonie de gamins braillards, et mères de famille trentenaires avec leurs assommants conseils en matière d'éducation. Ses trajets domicile-lieu de travail lui prenaient trois heures par jour. Ses étudiants s'appelaient tous Gogol. Ses filles lui pompaient toute son énergie. Elle avait la tête prise dans un étau. Elle avait besoin de quelque chose qui ne concerne qu'*elle*.

Notre relation se limite à mon appartement. Je comprends bien que les filles de Karen passent avant tout et je trace cette ligne-là dans le sable. Nous sautons le pas selon *ses* conditions. Ses diverses obligations l'imposent. Karen décrit sa vie de couple comme dénuée de la moindre passion dès les premiers temps. C'est avec cet argument qu'elle justifie notre union. Elle a été submergée par les résultats de sa quête éperdue de l'intimité et de la sécurité. En ce qui me concerne, une recherche similaire m'a apporté encore plus de solitude dans le noir à l'approche de la soixantaine. Karen a besoin de *reconnaissance*. Elle désire de façon pressante un espace sans enfants, sans contraintes conjugales et sans liens avec l'université. Son énergie nerveuse, c'est la mienne – amplifiée par le fait qu'elle ne passe *pas* la moindre minute seule dans le noir.

Je comprends que l'adultère est condamnable. Moralement, j'y trouve une justification dans le fait que Karen et son mari vivent ensemble sans faire l'amour. Je rêve d'épouser Karen. Nous sommes amis depuis le début. Helen et moi avions cette relation-là. Joan et moi ne l'avions pas. « Le mariage, c'est le sexe et le courage. » C'est ce qu'a dit Doris Lessing. Helen a cité cette phrase le jour où je l'ai épousée. Je jette cet aphorisme à Karen. Je lui dis qu'elle ne devrait pas rester mariée. Ce n'est pas une bonne chose que de transmettre à ses filles la stase libidinale et l'échec du romantisme. Sa relation avec son mari était moribonde. Le pauvre type était condamné. Mon mantra : *Quitte ton homo de mari et épouse-moi !*

Nous parlons, nous faisons l'amour, notre amitié devient profonde. Nous parlons d'Histoire. J'amasse des notes pour mon roman, *Blood's A Rover*[1]. J'étudie Karen. Dans ma tête, je crée un fil narratif Karen-rencontre-la-Déesse-Rouge. Je rajeunis Karen pour qu'elle ait le même âge que la Joan Rosen Klein fictive. Je conserve l'adultère et les deux filles. J'en fait une Quaker/gauchiste/pacifiste. Mes filles virtuelles que je n'ai pas eues avec Karen se confondent avec la fille virtuelle que je n'ai pas eue avec Joan. Mon univers créatif penche vers le matriarcat. La maternité en tant que forme de courage et de chemin vers la transcendance. Un thème qui se dévoile de façon étrangement tardive pour un type comme moi.

J'apprends tardivement – et seulement avec de la sueur et des larmes. Ma vie a été une marche maternelle. Joan et Karen m'ont montré le raccourci pour

1. Publié en France sous le titre *Underworld USA*, aux éditions Rivages.

écrire l'Histoire à travers les femmes. Maintenant, j'ai le livre entier dans ma tête.

Des chambres obscures, des appels téléphoniques, *des Femmes*.

J'appelle Helen chaque soir. Je désire Joan sans cesse. J'apporte à Karen mon désir de posséder Joan et mon surplus de désir pour Karen se déverse vers Joan. Mon univers irréel aux femmes multiples est joyeux et aucune hiérarchie ne le paralyse. Karen et moi partageons un même système nerveux. Nous sommes grands, minces, et en surdose constante de caféine. Nous sommes incapables de réduire la cadence, de dormir, ou de cesser d'évaluer la signification de chaque chose. Nous nous parlons au téléphone tous les soirs. Nous avons des rendez-vous torrides chez moi deux fois par semaine. Je malmène Karen avec mon mantra : *Épouse-moi !* Karen m'apprend ce que c'est qu'une famille.

Je n'ai jamais eu de famille à moi. Karen ne s'en remet pas. Elle me dit de la vie de ses filles et de ses devoirs de mère que c'est un enchantement et une course folle. Karen s'obstine dans les limites étroites d'une union qui ne fonctionne plus. Elle conteste mes descriptions de ladite union et me raconte des histoires sur ses filles. Ces histoires contredisent les railleries que je dirige contre leur crétin de père. Les filles de Karen deviennent les enfants que je me cherche depuis longtemps. C'est un récit inventif qui se construit à partir de confidences sur l'oreiller. Il est exempt des craintes sinueuses qu'éprouvent les *vrais* parents et de toutes les corvées quotidiennes.

Je mythifie deux gamines que je n'ai jamais vues. Karen et moi délirons à partir de leurs personnalités déjà bien affirmées et leur bâtissons des vies imaginaires avec jubilation. On en fait des bébés gangsters qui vendent de la drogue pour un trafiquant du South Side et qui fourguent au marché noir des ogives nucléaires. Elles braquent des pharmacies et elles écoulent des médocs auprès de leurs copains de la maternelle. On est sur le cul tellement on rigole, Karen et moi.

On se marre bien. Je laisse à Karen des messages téléphoniques tonitruants. Hé, ma belle, les flics surveillent ton petit mari. Mes sous-fifres ont décidé de le coincer. Il drague dans les bars à tarlouzes. On l'a vu au Fort Braquemart, au Gay Ramoneur, au Gland des Siciliens et chez Boys'R Us. Karen adore mes vannes. Elle se gondole, elle hurle de rire. Je ne renonce pas à mon mantra : *Épouse-moi ! Épouse-moi !* Karen dit : *Non, non, NON.*

Cela me chagrine. J'en veux toujours plus. J'*aime* Karen. Nous sommes amants et *amis*. Je n'ai pas rencontré ses filles. Elles sont assez grandes pour me cafter à leur père. Tous mes délires sur Joan repartent en orbite avec de nouveaux thèmes.

Karen est sortie danser. Karen est nue dans un jacuzzi. Karen baise avec des Noirs et cherche des bites monstrueuses. Mes nerfs craquent, mon sommeil s'évapore, mon cerveau repasse cette bande en boucle.

Appels téléphoniques affolés, crises de panique, sanglots dans le noir. Karen me console et me dit :

Non, non, NON. Je supplie, j'implore, j'examine, j'importune, je cajole, je dissèque, j'analyse, et puis je supplie et j'implore de nouveau. Je me heurte à un mur à Noël 2006.

Karen retourne dans l'Est avec sa famille. Je me rends à Carmel en voiture et je dors dans le garage d'Helen. Margaret aboie, gronde et me montre les dents. J'envisage une virée à San Francisco pour lorgner Joan. Je traîne dans les parages. Helen me botte le train et me dit : *Arrête de languir pour cette femme mariée qui te sert de maîtresse, espèce de taré !*

Je passe la semaine de Noël à gémir chaque nuit. Je m'installe à ma table de travail et je commence à rédiger le plan du prochain roman. Les thèmes et les personnages surgissent de la page, en caractères gras.

Mères perdues, enfants perdus, Karen Sifakis et Joan Klein. Le décret d'Helen : Écris davantage avec ton cœur. L'Histoire comme feu rédempteur. Le puissant besoin masculin de réparer ses mauvaises actions. *Les femmes comme récompense et comme Graal éternel. Les femmes en tant que voix proactive de la révolution.*

J'appelle Karen dans l'Est. Je lui débite une dernière fois mon mantra épouse-moi. Elle me dit : *Non, non, NON.* Je lui propose : *Transformons ça en une belle amitié.* Elle me dit : *S'il te plaît, ne me laisse pas tomber.* Je lui réponds : *Aucun risque.*

Karen ne me quitte pas. Je ne la quitte pas. Nous parlons tous les soirs. Nous prenons le café, nous déjeunons ou dînons deux fois par semaine. Nous annexons un box au fond de la salle du Pacific Dining Car et nous parlons de choses sérieuses.

Elle me dit : « Tu crois réellement que tu m'as fait apparaître.

– Oui.

– Tu m'as vue en rêve et tu m'as mise dans un livre.

– C'est exact. Il pleuvait cette nuit-là. Je t'ai vue très clairement.

– Et tu n'as absolument pas été surpris de me rencontrer une vingtaine d'années plus tard ?

– Non. La prophétie est un effet secondaire de ma détermination et de l'amour de la solitude.

– Donc, tu t'es exilé à L.A. pour retrouver une femme mariée à qui tu avais parlé pendant deux secondes ?

– C'est ça.

– Et tu n'espérais pas *vraiment* que nous deviendrions amants ?

– Non. J'avais besoin de m'éloigner de San Francisco. L.A. me semblait une bonne idée.

– Parce qu'ici tu as des amis et des collègues qui travaillent dans le cinéma ?

– Non.

– Parce que tu es d'ici, et que c'est ici que tu es le plus connu ?

– Non. Ce ne sont pas des raisons suffisantes.

– Tu es en train de me dire...

– Je suis en train de te dire que j'ai fait un rêve et que j'ai rencontré, en chair et en os, la femme de ce rêve. Et je suis en train de te dire : "Et merde, pourquoi pas ?"

– Les femmes ont-elles le pouvoir de faire apparaître des êtres, ou est-ce strictement une prérogative masculine ?

– Je n'en sais rien.

– Que ferais-tu si une femme arrachait ta petite personne au *spiritus mundi* et te jouait un tour comme tu l'as fait pour moi ?

– Je méditerais et je prierais. Je jaugerais son caractère. Je m'interrogerais très sérieusement sur sa sagacité et sur son intuition.

– Et si elle réussissait tous ces tests ?

– Je capitulerais. »

Notre pacte d'amitié est conclu à la Saint-Sylvestre 2007. Je travaille à mon livre et je me rapproche de Karen et d'Helen. Elles se rencontrent un jour. Elles s'apprécient mutuellement. Helen conseille à Karen de prendre la bonne décision. Quittez votre mari homo – mais n'épousez pas Ellroy.

Je fais le vœu de renoncer à courir les femmes pour le carême. Je veux remettre mes pensées sous clé dans le cadre d'un embargo sur l'amour et sur le sexe. Je veux voir de quelle façon les ondes de mon cerveau et de mon âme pourraient évoluer alors que je m'approche en trébuchant de la soixantaine.

Karen et moi continuons à nous voir. Nous parlons de sujets légers et de sujets profonds. La plupart des moments que nous passons ensemble sont plombés par un sentiment de perte et par la nostalgie. Tous les autres sont marqués par une malicieuse ironie sous-jacente.

Si je demande à Karen : « Tu m'aimes ? », elle me répond : « Je vais y réfléchir. »

Frustré, je poursuis : « Divorce de ton mari homo et épouse-moi. »

À quoi elle m'oppose : « Tu ne comprends rien à la famille. Tout ce que tu connais, c'est ton public et tes proies. »

Je ris mais j'accuse le coup. Karen a raison. Ces factions constituent mon univers tout entier. Karen me rappelle notre conversation sur les rêves éveillés et le pouvoir des femmes de faire apparaître des créatures. Elle conclut : « Pour un fanatique religieux de droite, tu m'as toujours paru manquer de foi. »

SIXIÈME PARTIE

E L L E

Je dis : « Tu l'as compris avant moi. C'est ça qui me dépasse. »

Elle réplique : « Tu prétends que tu comprends toujours avant la femme que tu convoites ?

– Oui.

– On appelle ça une "projection". C'est pourquoi les archétypes masculin et féminin sont immuables depuis une éternité.

– Ça m'ennuie beaucoup qu'on me considère comme prévisible.

– Tu ne l'es pas. Ta détermination est tellement forcenée qu'elle donne une autre dimension à la projection et te place dans une tout autre catégorie.

– Et tu as compris ça ?

– Immédiatement.

– Le premier jour où on s'est vus ?

– Instantanément.

– Tu étais mariée. Tu avais deux filles.

– Quand ce genre de détail t'a-t-il jamais arrêté ?

– Tu aurais pu considérer ça comme un schéma pathologiquement enraciné. Je cite une phrase que mon amie Karen pourrait utiliser quand je lui brosserai ton portrait.

– Ta pathologie n'est pas dénuée de grandeur. Ça m'a plu.

– Ton couple est le couple de Karen. Tu as épousé un type rassurant, et tu te satisfais d'une vie sans problèmes. On appelle ça une "projection" et c'est pourquoi les archétypes masculin et féminin sont immuables depuis une éternité.

– Merci de me traiter avec condescendance sans connaître suffisamment mon mari et mes filles.

– J'ai toujours voulu avoir une fille.

– Oui. Je le sais.

– Quand l'as-tu deviné ?

– La deuxième fois que je t'ai vu.

– Un an plus tard ?

– Oui.

– Nous avons discuté du fait d'avoir des filles.

– Ce n'est pas à cause du sujet de notre conversation. C'était ton regard.

– Quitte ton mari homo et épouse-moi.

– Arrête de recycler ton vieux baratin sur la maîtresse mariée.

– Nous ne sommes pas amants.

– Et nous ne le serons sans doute jamais.

– Nous sommes en train de foutre en l'air nos bonnes vibrations. Revenons-en à "Tu l'as compris avant moi."

– J'ai pensé : "C'est le seul homme que j'aie jamais rencontré qui soit aussi affamé d'amour que moi." »

18

Ma foi et ma volonté tenace se heurtent et me propulsent. L'abstinence produit un flux magique. Helen et Karen demeurent mes meilleures amies. Elles dissertent à l'infini sur le problème foi-contre-volonté et applaudissent mon grand plongeon du carême 2007 : mon vœu de chasteté.

Mon ascétisme et ma soif de luxure se heurtent et me propulsent. Ce conflit et mon attention concentrée à l'extrême provoquent en moi un malaise considérable et *aussi* des périodes de paix intérieure. L'hiver 2007, c'est mon passé retrouvé et l'avenir de mon œuvre repensé. J'habite un appartement superbement meublé. Il se trouve à quatorze pâtés de maisons du taudis rempli de merdes de chien où je vivais il y a quarante-cinq ans. Il est impeccablement propre et bien rangé. Sur les étagères, pas d'autres livres que les miens. Pas de portraits de famille. Je possède une photo d'Helen, une de Karen, et une de Joan. Des portraits de Beethoven ornent majestueusement les murs et les consoles. J'ai une chaîne hi-fi de luxe, mais pas de téléviseur, pas d'ordinateur ni de téléphone portable. Cette piaule ne contient aucun objet superflu. J'imite le séjour du Christ dans le désert sur un somptueux canapé en cuir. La géographie du Los Angeles d'*alors* me berce *aujourd'hui*. Ma machine à remonter le temps m'emmène dans le passé d'un Los Angeles fictif antérieur à mes romans situés dans l'après-guerre et à ma naissance. Je commence à imaginer Jean Hilliker dans un nouveau contexte *fictif*. Je m'abstiens de chercher des femmes qui lui ressemblent, qui altèrent son image, qui l'absorbent ou la détournent de moi, ce qui atténuerait la valeur traumatique et le contenu spirituel de sa vie. Son image me tend constamment des embuscades. Des décors d'époque saisissants de réalisme se matérialisent chaque fois qu'elle m'apparaît. Je conçois une tétralogie romanesque, d'une envergure encore plus considérable que tout ce que j'ai pu produire jusqu'ici. Je danse avec le fantôme de ma mère et je passe d'une pièce à l'autre dans le noir. Je perçois le temps et l'espace comme un seul continuum avec elle. Le carême se passe. Je rencontre une femme quatre jours après Pâques. Helen et Karen sont sceptiques.

Helen me surnomme « Monsieur Je-Me-Retiens ».

Karen s'interroge : « Pourquoi t'a-t-il fallu si longtemps ? »

C'est une femme superbe. Mais, malgré tout, ça me paraît mal parti, cette histoire. Mon magnétisme personnel est en panne. Je me sens excité, prédateur, mais suffisamment immaculé pour donner des leçons de morale. Je suis embarqué dans une monomanie pro-matriarcat. Je suis en train d'écrire un long roman et d'en concevoir quatre autres qui seront encore plus gros. Joan et Karen imposent leur loi au livre en cours et sur la plupart des personnages masculins qu'il contient. Jean Hilliker y rôde en tant que divinité fictive.

Elle me plaît beaucoup, cette femme récemment rencontrée. Pour sa part, elle me trouve équivoque. Elle est affable, elle est charmante, elle est réservée de nature.

Mes élans désordonnés la déstabilisent. Je m'efforce de respecter les convenances et de me réinvestir dans le sexe.

Fais preuve de courtoisie. Préfère les détours au discours direct et pressure chaque instant pour en extraire le sens. Mets le paquet sur le pianissimo et garde au frais la frénésie.

Je navigue au radar et je fouille un peu les côtés obscurs de la dame. Le drame me manque et je tente de faire couler un peu de sang, à la façon de la Déesse Rouge, Joan. La dame est femme de lettres. Nous sommes programmés tous les deux le même jour à la Foire du livre du *L.A. Times*. J'arrive avant elle et je fais connaissance avec diverses personnes dans le foyer. Je parle à n'en plus finir de cette femme que je viens de rencontrer et de notre grande passion naissante. En fait, je me monte le bourrichon tout seul. *J'en suis conscient sur le moment*. Je sais que cette femme n'est pas La Femme et qu'elle ne pourra pas concrétiser mes espérances. Je suis rasséréné par ma résurrection et absout par mon abstinence. Je suis affamé d'amour et je raconte n'importe quoi.

Les conversations vont bon train dans le foyer. Je bavarde avec des gens. Debout, une assiette en carton à la main, nous parlons de livres. Il y a un couple à ma droite, une femme seule à ma gauche. Elle est grande, les cheveux blond roux. Elle doit avoir entre 40 et 45 ans. Elle a un visage sévère, aux traits étrangement émouvants de par leurs contours. Elle mange un chili. Je l'observe. Je la vois résister à une envie de se ronger les ongles. Ça me ravit.

Ses yeux, c'est du sérieux, ils sont d'un vert qui ne tire pas sur la couleur noisette. Son corps élancé possède des courbes étonnamment voluptueuses. Je *sais* que je repenserai à elle dans le noir, comme à mon habitude.

Elle s'appelle Erika. Son nom de famille indique qu'elle ne vient pas de nulle part. Sa mère a connu comme romancière une gloire éphémère dans les années 70, et son père est un célèbre critique de cinéma. Elle est journaliste. Elle a publié des « Mère-moires », prise d'une envie folle d'écrire un livre après la naissance de son premier enfant ; sa maternité y apparaît comme un mélange d'extase et de crucifixion. Elle est mariée et a deux filles. Je me dis : *Elle est grande, elle est belle, c'est une sacrée bonne femme* – et je me mets à dégoiser des confidences sur ma dernière *folie à deux**.

Mariée. Deux filles. *Merde...* j'ai *déjà* connu ça. Une bande-son démarre dans ma tête et grille mes ondes cérébrales. Ce n'est pas du Beethoven – c'est du bubble-gum.

Sooner or Later[1], par The Grass Roots. Lou Christie qui chante *I'm Gonna Make You Mine*[2].

Erika s'est rappelé cet instant deux ans et demi plus tard. Elle m'a dit : « J'ai pensé : "Il ne devrait pas être avec cette femme, il devrait être avec moi." »

Ma tentative pour me réinvestir dans le sexe en respectant les convenances a fait long feu. C'était un projet pyramidal inspiré par des espoirs démesurés et des hormones en surchauffe. J'ai fait de mon mieux. Cette femme a fait de son mieux. Nous avons tenté de fusionner notre capital affectif et nous n'y sommes pas parvenus. Nous n'étions pas faits l'un pour l'autre. C'était le canevas d'un scénario impossible à réaliser. Il était truffé d'invraisemblances d'un bout à l'autre.

Erika a appris que notre histoire était terminée. Deux ans et quatre mois plus tard, la rumeur lui revient en mémoire. Elle me dit : « Je savais que ça ne durerait pas. Je savais que c'était avec moi que tu devais être. »

Karen et moi tentons *une nouvelle fois* de nous réinvestir. Ça ne marche pas. Pendant des mois, c'est une liaison à éclipses. Je presse Karen de quitter son mari homo. Elle refuse avec persistance. Nous enfonçons la touche « Arrêt » et nous installons dans une amitié durable. J'écris mon roman et je brûle de désir pour les Karen et Joan réinventées dans un

1. *Tôt ou tard* (« Tôt ou tard, l'amour finira par gagner… »).
2. *Je te ferai mienne.*

contexte historique. Ces deux personnages m'ont donné des filles, *elles*. Les histoires que la vraie Karen m'a racontées sur ses filles apparaissent çà et là dans mon livre.

Comme un môme, je déborde d'un amour idiot et je n'ai personne à qui l'offrir. J'ai bientôt soixante ans, et les pulsions sexuelles d'un adolescent. Je sors tous les soirs pour le dîner. Je choisis les restaurants selon un seul critère : une femme juive aux cheveux bruns striés de gris va-t-elle entrer ici ? Sera-t-elle plus âgée et plus douce que Joan ? Aura-t-elle ou non peur de moi ?

La fille que je prénommais Joan, puis la vraie Joan, la Déesse Rouge de mon livre. Une douzaine de restaurants de L.A. constituant la Zone Sans Joan.

Je noue des liaisons débiles. Mes tentatives pour transformer en femme idéale une femme qui n'est pas pour moi déclenche en moi de violentes réactions physiques. Je tremble pendant mes incursions dans les chambres à coucher. J'ai des crises de panique pires que celles déjà anciennes de 2001. Je repère des femmes dans des restaurants et je leur fais passer des petits mots sirupeux. Elles m'envoient paître *à chaque fois*. Je prends l'avion pour la France et la Grande-Bretagne – bien décidé à épouser, à féconder, à *m'approprier*. Je m'installe à New York pendant une courte période et tente là-bas de concrétiser cette troïka. Je ne fais que du mal autour de moi. Je me comporte de façon indigne avec des femmes très bien. Je suis toujours tendu, prêt à me battre ou à prendre la fuite.

Ce n'est pas un combat. L'amour ne devrait faire de mal à personne. C'est Erika qui me l'a dit hier soir.

Mon roman décrit l'Histoire comme un état de désir ardent. Son écriture sème la pagaille dans mes désirs personnels. J'essaie de faire apparaître des visages et je ne parviens à rien. Je vois Erika, en appui sur les coudes, à côté de moi. Elle surgit constamment. Elle porte toujours un jean et rien d'autre. Ses seins frôlent les couvertures. De sa nudité partielle et de ses gestes avides jaillissent sa volonté et son intelligence, et l'annonce d'une importance *majeure* accordée au *Sexe*. Erika est ma compagne de tous les instants que je passe dans le noir. Je ne l'ai rencontrée qu'une seule fois. Je ne cesse de me demander ce que sa présence signifie pour moi.

Je m'informe à son sujet. Des connaissances communes me procurent d'elle quelques instantanés. Les littérateurs se méfient d'elle : ils la trouvent opportuniste, ils n'aiment pas son personnage haut en couleur et son côté grande gueule. Moi, ça me plaît.

Si-tu-n'arrives-pas-à-m'aimer-remarque-moi. Un principe de base des manuels consacrés aux enfants perturbés. Peut-être vrai en ce qui concerne Erika, incontestable dans mon propre cas.

Le mari, les deux filles. Le domaine de Karen. Je ne suis pas prêt à suer sang et eau pour draguer une autre femme mariée…

Pas encore.

Je ne tiens aucun compte des opinions diverses que les gens expriment au sujet d'Erika. Je sais qu'elle vaut bien mieux que les ragots qui courent sur elle. Je sais qu'elle est aimable et sincère. Elle continue de surgir dans ma tête. Ses apparitions sont sporadiques *et* lourdes de sens. Elle existe en dehors de moi et se matérialise selon son bon plaisir – et pas selon le mien. Je commence à subodorer que ce plan de vol mental est propre à Erika elle-même.

La voici. Elle est allongée sur les couvertures. J'ai le sentiment qu'elle sait des choses que j'ignore.

En 2008, je participe à la Foire du livre du *Los Angeles Times*. Je cherche Erika et je la trouve. Elle est ravie que je me souvienne d'elle. Je lui demande comment vont ses filles. Ses réponses me tuent. Elle me décrit deux gamines au tempérament artistique et une représentation de *Peter Pan* donnée par des enfants.

« Tu étais mon *humain*, Ellroy. C'est à ce moment-là que je l'ai su. » Erika m'a confié ça la semaine dernière.

Nous connaissons des gens dans des cercles qui se recoupent. Je glisse des allusions du style *elle-me-plaît-bien*, et en retour j'en capte d'autres qui se résument à *tu-lui-plais-bien*. J'apprécie le processus. Cela fait *très* années collège. La plupart des gens se rembrunissent pour m'annoncer une fatalité digne d'un film noir. Ils me disent : *Elle est mariée*. Le scénario de film noir n'en reste pas là. Je *saisis* ce que les gens voient dans l'idée que nous formions un couple. Cette extravagance et cet opportunisme que nous partageons. Le mari gêneur, la chambre à gaz dans six mois.

Je sonde les gens sur sa vie conjugale. Je récolte des réponses évasives et des grimaces. Je perçois la *Gestalt* :

Imaginez un pétrolier. La vie de couple d'Erika, c'est l'*Exxon Valdez*. Il fonce tout droit vers une catastrophe environnementale.

On est en juin 2008. Un ami m'invite à une soirée. Je demande : *Erika sera là ?* Mon ami me dit que oui.

Je lui annonce : *Je viendrai aussi.*

Je me rends à cette soirée. Erika reste invisible. Elle continue de s'incruster dans mes séances de méditation. Elle apparaît constamment. Merde – elle est torse nu et en appui sur les coudes. Ce n'est pas de l'obsession ni de la magie – c'est tout simplement *Elle*.

Ses cadences m'échappent. Je ne sais pas ce qu'elle veut me faire comprendre.

Je passe Noël 2008 à New York. Planté au bord de la patinoire du Rockefeller Center, je regarde des mamans quadragénaires évoluer sur la glace avec leurs filles. Helen a fait la connaissance d'Erika dans une soirée à Los Angeles. Elles ont passé un moment délicieux à bavarder. Je demande à Helen de me révéler la teneur de leur conversation. Elle sourit et pose un doigt sur ses lèvres.

La revoici. Elle est allongée sur les couvertures. Elle te dit des choses.

Nous avons des conversations *étonnantes*. Ses yeux verts me fascinent. Ses gestes sont plus énergiques que ceux de n'importe quelle autre femme qui soit jamais venue me rejoindre dans le noir.

J'ai fini mon roman. On y voit Joan, Karen et mes filles – que je cherche encore. Le poids de mes ans et ma verve adolescente innée y fusionnent. Je me sens vaseux et mal assuré. Cette citation de Rilke me revient sans cesse à l'esprit : *Il faut que tu changes de vie.*

Je sais que je dois changer. Je sens que je *peux* changer. Je me rue sur la Malédiction, muni de deux armes : ma perception de Dieu et mon sens de l'écriture.

Cela me vient dans le noir. La révélation surgit entre une conversation téléphonique avec Helen et une autre avec Karen. Marcia Sidwell est passée près de moi, suivie d'un défilé de visages. De leur mélange émerge celui de Jean Hilliker. Erika est allongée près de moi, en appui sur les coudes. Je viens de penser à Joan.

19

Pour que les femmes m'aiment.

Jean Hilliker aurait 95 ans aujourd'hui. La Malédiction est vieille de cinquante-deux ans. J'ai passé cinq décennies à chercher une femme pour détruire un mythe. Ce mythe que j'ai créé moi-même, je l'ai défini de façon spécieuse. Je lui ai imposé une continuité narrative pour assurer ma propre survie. Il m'infligeait d'en endosser la responsabilité afin de refouler mon chagrin et de m'octroyer ma passion délirante. La Malédiction était en partie une faveur. J'ai très bien survécu.

Pour que les femmes m'aiment.

C'est une excellente *raison d'être**. Cela a entretenu ma faim et ma puissance de travail. Au nom de l'amour, j'ai tendance à commettre des actes imprudents et irréfléchis. Le présent récit m'aidera à bannir cette pratique. J'ai besoin de limites bien définies. Elles servent à restreindre mon ardente détermination et ma grandiloquence. Mon regard intérieur m'a toujours poussé dehors, vers Elles. C'est souvent illusoire, et parfois c'est un bon de sortie vers un état de grâce.

À présent, j'ai placé la barre à une hauteur qui rend la circonspection obligatoire. Le fil narratif dominant de mon existence va se dissoudre à la dernière page du présent ouvrage. Les pages qui l'ont précédée m'auront montré aux prises avec Elle, puis avec Elles. Il est temps pour moi de poser la plume et de vivre depuis Leur seule perspective. Il faut que je reste assis seul dans le noir. Il faut qu'elles viennent à moi sans que je les invoque ou que je me remémore et transpose des images. Il se peut qu'elles ne me disent rien. Il se peut qu'elles m'apprennent que j'ai toujours eu un destin insondable. C'est à travers les femmes que Dieu me recrute. Ma tâche a toujours été de les amener jusqu'à Lui. Cette quête m'a poussé à commettre l'erreur de servir mes propres intérêts. Lentement, constamment, les femmes m'ont révélé le coût de mes actes. Je dois m'asseoir seul avec Elles à présent et user de toute ma volonté pour être réceptif. Elles ont formé une sororité qui vit en moi. Je me suis armé de courage pour supporter Leurs reproches et j'ouvre grand les bras pour accueillir tout messager qu'Elles pourraient m'envoyer. Au cœur de ma quête, je dépasse enfin le stade où l'angoisse m'oppressait et m'empêchait de respirer.

J'existe à présent dans un matriarcat. Je suis le garçon égaré que des femmes fortes ont sauvé et lâché dans la nature. Ce garçon, je l'ai laissé derrière moi en rédigeant ce récit. Lorsque j'écris, je finis toujours par trouver le chemin de la vérité. Je le crois sincèrement, parce que c'est Helen Knode qui me l'a dit.

Je parle à Helen et à Karen presque chaque nuit. Helen vient de s'installer à Austin, Texas. Margaret m'aboie aux oreilles, au prix d'une communication longue distance. Karen n'a toujours pas divorcé de son mari homo. J'ai cessé de la harceler à ce sujet. Cela fait déjà un certain temps que nous nous en tenons à des propos convenables. Karen s'approche toujours en riant et bat en retraite en retenant presque son souffle.

Joan a eu un enfant l'an dernier. Des rumeurs contradictoires me sont parvenues aux oreilles. Je suppose que c'est un garçon et j'espère que c'est une fille. Je n'ai aucune idée de l'identité du géniteur. Et je ne veux pas la connaître. L'Histoire est le plus petit des nombreux cadeaux que m'a faits Joan. Elle a gagné sa place de premier plan et l'a payée au prix fort. C'est une étoile fixe et lointaine aujourd'hui.

Joan ne m'appelle jamais. C'est une jeune femme prénommée Julia qui me téléphone. Elle a vingt-neuf ans, elle est brillante, elle est lesbienne. Nous nous ressemblons. C'est ma fille spirituelle. Nous dînons ensemble et nous échangeons des pensées profondes sur les femmes. Les clients du restaurant supposent que je suis son père. Cela me brise le cœur. J'ai fait sa connaissance à la Foire du livre du *L.A. Times*, en 2009. J'étais venu faire un discours. Je m'étais habillé pour plaire à Erika.

J'étais *armé* pour Erika. J'avais envie de l'emmener dans un endroit calme et protégé. Je voulais la regarder et laisser nos mains s'effleurer sur la table. Elle est mariée, moi pas. Qui retirera ses mains le plus vite ?

Ça fait deux ans, maintenant.

– Je suis épuisé par tous mes délires.

– Explique-moi ce que tu veux dire par là.

– Notre relation s'apparente à une cour assidue qui ne manque pas de sérieux. Tes apparitions sont inimitables. Est-ce que tu penses à moi ?

20

Je fais mon discours. Il enflamme la foule. Je porte un costume rayé bleu et blanc en crépon de coton, une chemise blanche et un nœud papillon écossais. Je suis séduisant au possible. Je ne vois Erika nulle part. Je sillonne le foyer et les environs. L'amante de mes rêves ne se trouve nulle part.

Erika s'est habillée pour me plaire à cette soirée de Noël. Elle m'a décrit les chaussures qui lui faisaient atteindre 1 m 85 et sa robe noire sans bretelles. Nous en avons ri hier soir. Erika ajoute : *Tu n'étais pas là, mais j'ai fait la connaissance de ton ex-femme.*

Elle avait compris avant moi.

C'est elle qui m'a fait apparaître.

Elle m'a cherché, seule dans le noir. Elle a consacré plus de deux ans à cette quête. Elle a pratiqué l'art de la magie avec plus d'obstination et d'acuité que moi. Elle savait plus de choses sur moi que je n'en pressentais à son sujet. Ses connaissances remplaçaient un déluge de rumeurs et de textes imprimés. Son discernement l'emportait sur la connaissance que j'avais de moi-même. Elle arrivait mieux armée que moi. Son objectif majeur, qu'elle a d'abord élaboré dans la solitude, nous a unis et a scellé notre destin romantique.

Elle m'a fait apparaître à force de volonté. Il me manquait la bravoure et les certitudes qui nourrissaient sa volonté. Elle savait que sa volonté pourrait faire plier la mienne. Une confrontation était nécessaire. Je n'avais pas su accomplir cette tâche. Erika savait comment s'y prendre.

Mon éditeur m'ouvre un compte sur Facebook. Il connaît mon aversion pour les ordinateurs et m'a forcé la main. Mon boulot, c'est de faire du battage pour mon nouveau roman d'un bout à l'autre du cyberespace. Un collègue m'explique que les gens qui veulent « être amis » avec moi m'adresseront des demandes que je devrai confirmer ou rejeter. Je m'attelle à ce pensum trois semaines durant. C'est d'un inintérêt abrutissant. Puis le nom et l'image d'Erika apparaissent sur l'écran de mon collègue.

Je pousse un cri de joie. Je clique sur le bouton « Confirmer ». Je compose un poème ardent en vieil anglais. Je clique sur le bouton « Envoyer ». J'attends un jour entier. Erika m'envoie une réponse.

Elle est surprise, elle est reconnaissante, elle est ravie. Elle inclut un aparté de pure forme sur sa vie de couple. Elle laisse entrouverte sa porte sur le Web pour que j'y fourre mon groin.

Je lui envoie un poème encore *plus* ardent. Sa réponse me réprimande gentiment.

Oui, vous me plaisez bien. *Mais*… je suis heureuse en ménage. J'ai deux filles. Nous avons trop d'amis en commun. Vos obsessions sont de notoriété publique. Le risque est trop grand.

Je lui présente mes excuses via Internet. Par courriel, Erika accepte mon faux renoncement. Elle déplore son état psychique actuel. Je réplique vivement à sa critique. Je *connais* Erika. Je *sais* que son couple est moribond. Je *connais* l'ampleur des idées tordues qui tournent dans sa tête. Je *sens* ce qu'*elle a compris* avant moi : cette femme est une version authentique de la personne imparfaite, en quête de transcendance, que je suis moi-même.

Erika m'écrit de nouveau. Elle dissèque la plus récente de mes prestations télévisées. Elle m'a trouvé nerveux et pervers. L'ampleur de mon ego lui a semblé ahurissante. J'incarnais à ses yeux une variété typiquement masculine d'infantilisme. *Mais*… elle s'est quand même sentie *subjuguée*.

Ce courriel me blesse profondément. J'y réponds en proposant de couper les ponts une bonne fois pour toutes. Je l'appelle « ma sœur subversive ». Erika m'écrit : « C'est donc avec grand regret que je dois te bannir, mon frère impudique. »

Je broie du noir un moment. Je ne tarde pas à reprendre du poil de la bête. Laisser tomber ? *Pas question !*

J'attends deux semaines. Je pense à Erika, sans cesse. Elle avait fait allusion à ses manœuvres magiques des deux dernières années. Je manipule magiquement sa magie et il me vient une idée – alors que je suis seul dans le noir, ce qui n'a rien de surprenant.

Dans mon panthéon de la passion, Erika n'a pas d'égale. Notre cour assidue et toujours chaste dure depuis plus de deux ans. Il se pourrait qu'elle croie, elle aussi, à l'invisibilité. Elle possède un pouvoir de perception extravagant. Son scepticisme en est la preuve. Tous nos détracteurs le contesteraient – mais… *maintenant je sais.*

Cette femme est l'incarnation féminine de ton âme intime. Tu dois t'adresser à elle de la voix de l'artiste le plus impérieux de l'histoire.

Conséquence : l'obsédé sexuel vieillissant que je suis s'exprime en se prenant pour Beethoven. Conséquence : Erika devient son « Immortelle Bien-aimée ». Conséquence : le cyberespace devient Vienne en 1810.

J'enfourche ce nouveau cheval de bataille avec grandiloquence et jubilation. Ma lettre empeste cet ego ahurissant qu'Erika a entrevu à la télévision. Le simple fait que je m'identifie au Maître annonce ma mégalomanie. J'accorde délibérément une importance énorme au facteur *je-stupéfie-ma-lectrice-et-je-lui-donne-la-nausée.* La douceur la souligne de bout en bout. Je suis un soupirant expérimenté. Je trouve les accents du plus grand soupirant de tous les temps. Erika était aussi une soupirante. Son univers, c'étaient les passages les plus doux de la Sonate « Les adieux », qu'elle l'ait jamais entendue ou non. Elle comprend le désir muet et les échanges entre douceur et tristesse qui constituent l'art. C'étaient les années 1810 et 2009. J'y ajoute une pincée de 1962. Je suis un collégien voyeur qui colle l'œil aux carreaux

– aujourd'hui à la dérive. Erika est la mère de toutes les filles de Hancock Park combinées. Elle est toutes les dames de la bonne société que j'ai reluquées à la soirée Twist. Elle est contrariée, désincarnée et accablée par un ennui profond. Sa taille et son maintien l'apparentent à Anne Sexton. Elle a 45 ans, moi 61. Elle est toutes les femmes mûres que j'ai aperçues et désirées dans ma jeunesse. Je suis nettement plus âgé qu'elle. Je suis bien plus avancé qu'elle dans la dernière partie du parcours de la vie. Ma lettre est un *cri du cœur** et un traité sur l'éphémère, traversés par un couplet tonitruant de *Peppermint Twist*.

Je l'ai écrite. Je l'envoie. Erika me répond, immédiatement. Elle y exprime – avec réticence – son plaisir à la lire. Elle en salue la construction dramatique et tourne en ridicule le rôle d'« Immortelle Bien-aimée » que je lui attribue. Elle m'invite, avec circonspection, à la recontacter.

Une correspondance quotidienne commence. J'écris mes lettres à la main et je les faxe à l'ordinateur d'Erika. Elle me répond par fax. Je m'entête. Erika s'avance et se dérobe à une allure imprévisible. Elle cite ma réputation d'amuseur public, de coureur de jupons et de bouffon de droite. Je m'efforce d'établir une distinction entre mon image publique et ma personnalité privée. Je lui confie la vérité de ma vie. Je lui demande de me rendre la pareille. Erika s'exécute. Elle décrit sa vie sous la forme de compartiments qui prennent l'eau et d'icebergs menaçants. C'est l'auteur prodige d'un seul bouquin, son second est encore au stade, périlleux, de premier jet. Ses filles ont onze et quatorze ans. La maternité, c'est exaltant, mais c'est une corvée permanente, aussi. Lisez *mon* livre. La maternité, c'est *ma* spécialité – tout comme les mères *décédées* sont la vôtre.

J'adore mes filles. Elles sont toujours présentes. Elles sont exactement ce qu'Elle est pour vous.

– Oui, mais elles sont vivantes. Elles sont plus réelles qu'Elle. Ce sont des enfants. Elles dévorent votre quotidien. Elles ne sont pas comme ce fantôme avec qui je danse quand bon me semble.

– Je passe mon temps à faire du covoiturage et à accompagner des troupes de Girl Scouts. J'écris par intermittence. Vous avez raison au sujet de mon couple. Cela fait des années qu'il ne se passe plus rien entre mon mari et moi, et c'est irrémédiable. Je suis coincée derrière cette inertie totale. Votre volonté brutale me touche et m'horrifie. Je me demande qui vous êtes, au fond de vous.

– Je suis craintif. Je suis autoritaire et mal élevé. J'attire les gens à moi et je les repousse. J'écris de façon obsessionnelle et avec une grande concision. Je suis croyant et j'ai des conceptions de la vie en société que vous trouveriez sans doute déplorables. Tout ce que je désire, c'est une intense communion avec les femmes et du temps libre pour rester seul dans le noir.

Des lettres partent. Des lettres arrivent. J'envoie à Erika mon numéro de téléphone. Elle refuse de me donner le sien. J'insiste. Elle résiste. Je bats en retraite avec élégance. Erika me récompense par de merveilleux compliments. Je me sens en prise directe avec Dieu. Erika m'exhorte à la vertu alors que nous commettons un adultère textuel. Chacun décode l'autre sans pouvoir l'entendre, le voir, le toucher. Nos lettres bannissent fallacieusement la possibilité de faire un jour l'amour ensemble – alors que nous fonçons tout droit vers cette issue au nom de l'amour platonique.

Elle m'appelle. Un lundi à onze heures du soir. Notre badinage dure depuis un mois.

Elle s'annonce : *Bonsoir, c'est Erika.* Elle se trouve dans sa voiture, garée près de chez elle. Cela sent fortement l'entourloupe. Sa voix me fait sursauter. Elle contraste violemment avec le ton de ses lettres. Le sol se dérobe sous mes pieds. C'est la rencontre de la nausée et de l'apesanteur. Nous échangeons des propos sans intérêt qui ne nous mènent nulle part. Les paroles contredisent le poids de nos mots sur le papier. Je pensais que nous aborderions *très vite* des sujets majeurs. Je dois lui donner l'impression que je la juge sévèrement. Erika se sent stupide et en position d'infériorité. Nous frisons l'un et l'autre l'hostilité.

La conversation dure quatre-vingt-dix minutes. Je raccroche et m'effondre sur mon lit. La chambre tourne. Mon pouls grimpe jusqu'au triple de son rythme normal.

Nous reprenons notre correspondance. J'essaie de me mettre à la place d'Erika. Elle maquille la vérité. Son bavardage chaotique et ses longs silences le démontraient clairement. Ses nouveaux fax confirment mon analyse. *Espèce de salaud, je t'ai appelé. J'ai plus à perdre que toi. Ce n'est pas facile pour moi.*

Elle me promet de me rappeler. Je sais qu'elle le fera. Laisse les lumières éteintes et attends près du téléphone. Il *sonnera.* Tu le *forceras* à sonner. Vous êtes mordus l'un de l'autre en proportion égale.

Notre relation se renforce par le biais de l'écriture. Notre thème principal, c'est le changement. La question est : comment chacun peut-il changer *l'autre* ? Vue de l'extérieur, ma vie n'est que succès et reconnaissance bien méritée. Ma vie intérieure n'est que tourment solitaire, ambition et désir jusqu'à l'obsession. Erika a une vie de couple à l'agonie. Elle a vécu une jeunesse débridée au point que son goût pour le chaos a fini par l'horrifier. Elle a épousé un homme de nature débonnaire et s'est mis en tête de le transformer, tout en créant un espace où l'amour serait sans risque. Cet homme n'est pas parvenu à combler les attentes déraisonnables d'Erika. Elle s'est sentie coupable et excessivement responsable de son état psychique. Leur union était décidément sans avenir. Ses filles, adorables et intellectuellement brillantes, étaient pour elle une consolation de tous les jours, tout en représentant à elles deux une charge de travail considérable. Erika vivait dans le désespoir. Elle a construit sa propre cage, regardant le monde extérieur à travers les barreaux. Ses filles lui fournissaient l'occasion de se détourner momentanément de son travail. Elle en concevait une joie véritable – même si cela se traduisait par une charge supplémentaire. Dans leur couple, c'était elle qui supportait la part la plus importante du fardeau. Elle assumait la responsabilité entière de l'état de leur union et ne condamnait nullement son mari. Sa joie de vivre innée s'étiolait de plus en plus. Elle possédait une âme héroïque. Elle était beethovenienne dans son bras-le-corps schizophrénique avec la vie dans toute son horreur et sa beauté. Elle me donnait une leçon d'humilité. J'étais un être humain de sexe masculin, sans attaches ni obligations. Je fuyais les liaisons risquées et je vivais en permanence dans ma tête. J'étais un homme. L'inégalité entre les sexes m'était favorable.

Tu connais ton boulot. Travaille dur pour écraser les autres hommes et les rendre stériles. Fais des rêves grandioses et cherche des femmes. Beaucoup d'hommes font ça. Toi, tu le fais avec une verve et une efficacité uniques. Aujourd'hui, tu as 61 ans, et tu attends dans le noir qu'une femme mariée – encore une – t'appelle au téléphone. Tu ne trouves pas ça pitoyable ? Tu n'as pas honte ?

Non, pas vraiment.

Je livre un combat sacré, à présent. Il y a elle en tant qu'*Elle* et autre chose, et si nous continuons à dire la vérité, nous gagnerons tous les deux.

Erika me rappelle. La conversation se déroule davantage en douceur. Nous avons accepté la gravité et le caractère ouvert de notre relation et considéré le *Nous* qui émerge comme une entité spirituelle. Erika raille mes numéros de cirque pour les médias. Je raille son empressement à mener une existence chaotique. Tout cela est lourd de sous-entendus : nous sommes bien décidés à scier les chaînes qui emprisonnent nos âmes – mais nous ne pouvons pas baiser.

Notre correspondance dure depuis six semaines. Mon fax et l'ordinateur d'Erika fonctionnent à plein régime. Erika se rend dans l'Est en avion pour rendre visite à sa sœur. Nous chauffons à blanc les lignes téléphoniques entre L.A. et Chagrin Falls, Ohio.

Nous parlons de *tout*. Nos conversations durent des heures. Nous décrivons en détail nos passés de débauchés et nous discutons de politique. Nos joutes verbales tournent autour de : nous-sommes-déjà-amants, non-nous-ne-le-sommes-pas, arrêtons-de-plaisanter. Erika parle de ses filles. Je reconnais volontiers mon inaptitude à la paternité et je concède que les enfants en tant que rédemption pour l'assassinat d'une mère constituent un idéal vraiment délirant. Nous avons plein de discussions torrides sur le sexe. Nous essayons sans cesse de définir ce que nous sommes et finissons par y renoncer. Chacun dit à l'autre : *Je t'aime* à la fin de chaque appel téléphonique – *et nous sommes sincères*.

Peu m'importait ce que nous étions.

Je n'avais besoin de nulle consommation.

Ce que nous étions, ce que nous possédions... je savais que ça ne s'arrêterait jamais.

Je parle d'Erika à Karen. Elle commente : « Je te croyais plus malin. » Je parle d'Erika à Helen. Celle-ci note la ressemblance marquée d'Erika et de Jean Hilliker. Personnellement, je note la ressemblance marquée d'Erika et de votre serviteur.

Erika me demande : « Qu'est-ce qu'on fait, maintenant ? »

Je lui réponds : « On dit la vérité. »

Notre badinage dure depuis sept semaines. Cela fait un an et trois mois que nous ne nous sommes pas *vus*.

Le téléphone sonne. Un jour en milieu de semaine, à trois heures de l'après-midi. Erika dit : « Bonjour. » Sans réfléchir, je propose : « On prend un café ? Au Pain Quotidien, à l'angle de la 1re Rue et de Larchmont Boulevard. » Elle me répond : « Dans une demi-heure ? »

Une salle de café faussement rustique. Moka hors de prix et pâtisseries surchargées. Éclairage trop violent du décor faussement provençal. Ça n'a rien d'une toile de fond pour un dénouement tragique de film noir.

Car c'en était un.

Parce que tout était fini *à ce moment-là.*

Le film noir est une référence surexploitée. Un adultère se termine rarement au parloir de la prison de San Quentin. La destination finale la plus probable, c'est le tribunal qui prononce les divorces. On ne balance pas des petits plombs dans des cuves d'acide. Les gens pleurent et enragent et tentent de comprendre à quel moment les choses ont mal tourné. Ils essaient de voir comment la situation pourrait s'arranger.

J'arrive le premier. La table est au fond de la salle, avec vue sur la porte. Elle entre cinq minutes plus tard. Elle arbore une expression que j'en suis venu à aimer, et qu'Erika a spécifiquement définie ainsi la première fois qu'elle m'en a parlé : « Quand je ne souris pas, j'ai l'air apeuré, inquiet, ou sévère. »

Elle ne sourit pas. Ça n'a pas d'importance. C'est la femme la plus ravissante que j'aie jamais vue.

Nous tombons dans les bras l'un de l'autre. Notre étreinte dure quarante-sept battements de cœur trop longtemps. Nous nous asseyons. Nous ne nous tenons pas la main. Nous nous penchons au-dessus de la table et nous entrelaçons nos bras.

Deux heures s'évaporent comme autant de microsecondes. Entre deux *autobiographes* égocentriques ? Notre seul sujet de conversation, c'est *NOUS*.

Cela nous vient naturellement.

C'est facile.

Le flot du discours se déploie symétriquement. Deux autobiographes égocentriques – et aucun des deux ne monopolise la parole.

Qui sommes-nous ? Que sommes-nous ? Devrions-nous passer à l'acte ? Bon sang... j'ai un mari et deux mômes. Mais je n'ai pas le sentiment que c'est mal – plutôt celui que c'est agréable. Pourtant... mon mari, mes filles, les critiques que je vais devoir affronter, ta réputation merdique...

Ta réputation merdique, et les miasmes que tu traînes depuis le meurtre de ta mère. Tout le monde va me prendre pour une folle – mais je ne doute pas un seul instant que tu sois l'homme de ma vie.

Je dis à Erika : « Je t'aiderai à mettre en forme ton manuscrit. »

Elle me dit : « Quoi qu'il arrive, je ne veux jamais te perdre. »

Ces yeux verts. Ces mains longues et belles. Sa gaîté après des années de déconvenues. Mon effacement au sein de son aura.

Elle m'appelle « Ellroy ». C'est un procédé destiné à conserver une certaine distance. Je m'adresse plus souvent à elle en disant « Chérie » qu'en utilisant « Erika ». Je lui dis : « Je veux t'offrir une robe noire en cachemire. » Elle réplique : « Ne fais pas avec moi des trucs que tu as faits avec d'autres femmes. Bon sang, je ne le supporterais pas. »

Je raccompagne Erika à sa voiture. Notre au revoir est une étreinte qui dure quarante-huit battements de cœur trop longtemps. Elle me serre très fort dans ses bras. Mes mains jouent sur la longue courbe de son dos.

D'autres visages de femmes deviennent flous et s'effacent complètement. *Blood's A Rover* va bientôt paraître. Le fait que j'aie dédié ce roman à Joan ne me paraît plus un événement aussi considérable. Je réfléchis à la personnalité d'Erika. Je résiste à l'envie de la remodeler à ma propre image. Une ressemblance commune s'impose cependant, alors même que je tente de la nier. Le contrecoup arrive sous la forme d'une vérité inoffensive née de divers chuchotements, rumeurs et médisances. C'est une grande perche aux mouvements maladroits. *Toi aussi.* Elle a une bonne nature mais paraît souvent sévère. Elle observe chacun des instants qu'elle vit. *Tu fais de même.* Elle a peur d'aimer et plus encore de ne pas aimer. Elle est infatigable et dévouée. Elle aime coucher sur le papier des mots sans ambiguïté et quelque peu choquants. Maintenant, c'est à toi qu'elle les écrit. Elle se dévalorise aux yeux des autres. Pour ta part, tu te surévalues sans cesse. Sur ce point, vous êtes différents. Cela fait deux mois que vous vous dites la vérité. Tu as fait des efforts pour améliorer ton comportement. Erika connaît tout de ton histoire avec Karen. Elle sait que tu ne peux pas affronter les mêmes embûches une fois de plus.

J'examine méthodiquement Erika. L'absence de relations sexuelles nourrit mon analyse. Par nature, elle est douce et reconnaissante. Elle se pâme au moindre soupçon de compliment. Sa sévérité est une posture défensive et une attitude de tous les instants pour lui permettre d'accomplir les tâches prosaïques de ce monde. Elle est impeccablement courtoise. Elle s'excuse pour un rien, sans nécessité. Elle manie l'argot mieux que Karen et Helen Knode. Je lis son essai autobiographique. Elle y fait preuve d'une perception singulière et son écriture est remarquablement maîtrisée. Son livre rend compte d'une vie passée à évaluer constamment la signification des choses. Sa façon de battre en retraite, c'était d'avoir recours à un langage grossier pour provoquer un choc. En ce sens, elle se montrait ellroyenne. Si-tu-n'arrives-pas-à-m'aimer-remarque-moi.

Donnez-nous un micro et un auditoire, et la flagellation en public aura *forcément* lieu. Erika est embarquée dans un périple humain harassant. Elle est terriblement entravée par des gens qu'elle adore. Elle a parfaitement saisi mon bagout d'exhibitionniste déjanté. Elle le comprend parce que nous partageons cette composante psychique. Et nous en sommes encore au stade du badinage. Deux mois à décoder des mots, des concepts et des inflexions. Nos âmes sont soudées en une seule. Nos corps n'ont pas encore suivi.

Nous ne sommes même pas encore officiellement amants. Il y a deux mois, il me paraissait très improbable que cela se produise un jour. Mais je sens comme un frémissement – *il se pourrait qu'elle ait le tremplin pour prendre son élan.*

Nous commençons à nous retrouver chez moi. Nous nous installons à la table de la cuisine pour revoir son manuscrit. C'est le livre d'une vie de femme rédigée sous forme de récit à l'approche de l'âge mûr. Je connais déjà certaines des histoires qu'il relate ; Erika me les a racontées sous forme d'anecdotes. Son enfance, son exil, ses parents qui ne s'occupent pas d'elle, c'est mon histoire – avec un niveau sonore plus feutré, des décors plus luxueux, pas de malédiction ni de meurtre. Nous convergeons de nouveau. Erika me raconte l'histoire de son couple. Elle y inclut le fil conducteur que Karen omettait toujours. Sur ce point, nous convergeons *et* nous divergeons. Je n'ai jamais diabolisé ni tourné en ridicule le mari d'Erika. Je sais qu'elle ne le tolérerait pas. C'est un brave homme sous l'emprise d'une femme puissante et puissamment tourmentée. Je sais que notre mission commune consiste pour chacun à changer l'autre. Nous tentons de nous fondre en un tout symbiotique et non codépendant – quels que soient les paramètres de notre union.

Nous sommes unis pour atteindre précisément ce but. Ce qui éclipse toute conjonction sexuelle et nous impartit une mission de dimension cosmique. Chacun doit devenir ce qu'il y a de mieux en l'autre. Il me faut apprendre la tolérance et une plus grande humilité. Erika a besoin d'une transfusion de ma détermination et de mon énergie. J'y crois, parce que je sais que cela est réel au-delà de toutes les manifestations de folie que j'ai connues jusqu'à ce jour dans ma vie d'homme fou des femmes. Erika nous considère comme cosmiques. Elle me répète souvent que notre union ne lui semble pas immorale. Son amour-amitié pour son mari ne suscite pas ma colère. Ils sont camarades et parents, unis par l'histoire qu'ils partagent et arrachés l'un à l'autre par une désunion qui les dépasse. Leur dévouement envers leurs filles est en lui-même un travail à plein temps. Ellroy, fornicateur chevronné, sait bien cela. Erika, l'adultère néophyte, sait qu'elle ne doit pas transmettre à ses enfants son héritage conjugal. Ce terrain d'entente ne m'étonne aucunement. Cette femme nouvellement contestatrice a décidément *changé*. Elle ne peut plus prendre la fuite et se cacher comme elle le faisait auparavant. Moi non plus. Elle m'a changé. Je vis à présent dans un monde romantique sans frontières bien définies. *Voilà* ce qui me stupéfie : j'aime Erika au-delà de toutes mes espérances.

Son manuscrit nécessite des retouches. Nous travaillons sur la table de la cuisine. Celle-ci est contiguë au salon équipé d'un long canapé en cuir. Erika suggère que nous y fassions la sieste. J'accepte avec joie sa proposition. Nous y voici. L'espace est étroit. Erika passe une jambe par-dessus moi. Mon cœur rate quelques battements. Erika pose sa tête sur mon épaule. Nous évitons de croiser nos regards, ce qui pourrait nous inciter à échanger un baiser.

Réinvestissement.

Deux cœurs qui battent violemment. *Let's Twist Again*. On respecte les limites en usage au temps du collège – 2009 devient 1962.

L'été s'écoule lentement. Notre badinage dure depuis neuf semaines. Il fait chaud. Le canapé devient trop collant. On s'étend sur le lit. Le contact s'accélère.

Nous *continuons* à nous imposer des limites. Nous nous allongeons à plat ventre en travers et nous laissons nos longues jambes pendre par-dessus le rebord du matelas. Cette pose devient vite intenable. Au bout de deux semaines, nos tibias n'en peuvent plus. Nous remontons vers la tête de lit et posons nos têtes sur les oreillers. Les yeux d'Erika sont tout près.

Elle me fait écouter une chanson écrite par sa fille âgée de 14 ans. C'est une chanson d'amour douce et mélodieuse. Sa fille gratte un ukulélé. Sa voix s'étrangle sur les notes aiguës. Je me mets à pleurer. Erika se penche vers moi. C'est alors que je l'embrasse.

Elle a fait le grand saut.

Elle rentrait chez elle après des vacances en famille. Leur voiture, moteur en surchauffe, les laisse en rade à Fresno en pleine vague de chaleur. Ils dînent *en famille** dans un resto rapide Rally Burger. Les filles réussissent à se faire payer des babioles dans une boutique où tout est à 99 *cents*. Erika et son mari s'assoient non loin sur une pelouse. Il y a une crotte de chien dans l'herbe à quelques mètres. Erika la ramasse à l'aide d'un emballage de hamburger et la jette à la poubelle.

Et puis elle lui dit tout. Il a beaucoup de mal à encaisser le coup. Cela s'est passé vers la mi-août. Nous sommes à présent en avril de l'année suivante.

Nous sommes ensemble depuis lors.

21

L'important, pour moi, c'est ce qu'elle est.

C'est ce qu'elle était et ce qu'elle devient.

C'est le fait que c'est *elle* qui *m*'a fait apparaître.

Erika s'est installée dans un nouvel appartement près de son ancienne maison. Les filles en ont souffert et puis elles ont rebondi. Le mari rebondit. Il lui extorque des rendez-vous pour tenter de recoller les morceaux et communique avec elle par Internet. Erika repousse ses dernières vagues de culpabilité et de regrets résiduels. Je lui remonte le moral avec ma bonne humeur de sociopathe.

Son couple heurte les récifs. Les mers agitées ont projeté le navire dans leur direction. Vous êtes tous les deux responsables. Ni l'un ni l'autre ne voulait lâcher la barre.

Divorcer, ce n'est pas si terrible. Personnellement, je l'ai fait à deux reprises. Le chiffre 3 me porte chance. Porter ma ceinture écossaise à notre mariage – ou du moins, *réfléchir* à la possibilité de le faire.

Mes rares amis expriment leur incrédulité. Helen parle du « Syndrome de la Grande Rousse ». Karen me dit : « Finalement, tu as quand même réussi à détruire un couple. *Mazel Tov !* enfoiré. » La majorité des amis d'Erika la condamnent. Tu as quitté cet homme adorable pour un type comme *lui* ?

Je ne cesse de demander à Erika de me dire ce que j'ai envie d'entendre. S'il te plaît, chérie. Redis-moi ça.

Oui, mon grand. Tu as parfaitement raison. C'est ce qui m'est arrivé de mieux de toute ma vie.

Voilà dix mois, à présent, que nous nous disons la vérité. Notre trait commun le plus marquant est la gratitude. Chacun lit le regard de l'autre et le rassure par télépathie. Nous sommes des personnalités dominantes aux contours fragiles et aux besoins insondables. Nous sommes inextinguiblement affamés l'un de l'autre et notre tendresse est pareillement infinie. Voyez en nous des adolescents qui attaquent l'escalade de la Montagne de l'Amour. Voyez en nous des pèlerins de la passion que rien n'entrave.

J'aime bien les filles d'Erika. La création de deux foyers séparés les a fortement secouées. Elles se méfient de moi et regardent parfois d'un air soupçonneux leur mère et le type bizarre avec lequel elle s'est acoquinée. Je traite les deux fillettes avec déférence. Je lance quelques plaisanteries, je m'efforce de les amuser, et je les laisse tranquilles. Je n'ai pas de feuille de route pour instaurer un régime du style : Votre-père-maintenant-c'est-moi. Elles semblent me respecter pour cela. Je rends leur mère heureuse. Je crois marquer des points sur ce plan-là. Je ne leur dirai jamais que leur présence m'apporte ce qui ressemble le plus, pour moi, à une famille.

Je ne suis pas leur père, ni le père de qui que ce soit. La paternité, pour moi, aurait été un ratage total. L'aînée m'a souri hier. Rien ne l'y obligeait. *Je crois avoir compris*. Des moments pareils s'accumulent et vous attendrissent. Un lien biologique n'est pas nécessaire. J'ai acheté à la plus jeune un alligator en peluche. Je parle à la bestiole en argot. Ma récompense, ce sont quelques éclats de rire spontanés. D'autres moments s'ajouteront à ceux-ci. Je suis triplement comblé. La femme que j'aime a donné naissance à deux fillettes magnifiques. Elles méritent amplement qu'on s'intéresse à elles avec attention. Ce sont des enfants. Elles imposent un niveau d'exigence élevé en matière de bienséance. Aux autobiographes et aux amants égocentriques de s'y conformer.

Nos amis communs pensent que notre couple ne durera pas. Ils désignent les filles d'Erika comme victimes collatérales. Nombreux sont les amis d'Erika qui la traitent comme une pestiférée. Un vigoureux « Allez vous faire foutre ! » collectif la soulagerait sur le moment et se retournerait contre elle à longue échéance.

Erika s'inquiète. Nos points de divergence sont multiples. Elle est sociable et connectée au monde extérieur de façon omnivore. Je vis en reclus. Je ne désire rien d'autre que de voir Erika confinée dans des espaces restreints et de passer du temps seul avec elle dans le noir. Et c'est *moi* qui m'inquiète. Je suis jaloux et possessif. Je suis toujours sur le qui-vive, guettant les prédateurs décidés à me prendre la femme de ma vie. Erika me parle avec douceur et c'est son amour qui parvient à me faire sortir et m'aventurer dans le monde extérieur. Je suis souvent tendu et prêt à me battre. Je suis plus rarement tendu et prêt à prendre la fuite. J'ai couru vers Erika pendant cinquante ans. Ce n'est pas aujourd'hui que je vais la fuir.

Nous sommes désignés par Dieu. Le prix de notre incarnation, c'est notre insouciance mutuelle et notre refus de perdre la foi en l'amour. Ensemble, nous sommes le sexe et le courage. Séparément, nous sommes des spécimens monstrueux d'une obstination sans bornes.

Je ne suis bon à rien sans elle. Elle n'est bonne à rien sans moi. J'ai toujours considéré cette formule comme une épigramme digne d'une lavette. Je me trompais sûrement.

Redis-moi ça, s'il te plaît.

Oui, mon grand. C'est ce qui m'est arrivé de mieux de toute ma vie.

Hier matin, quand Erika est sortie de la douche, ses cheveux mouillés avaient une teinte auburn. Elle les a séchés et noués en arrière. Elle ressemblait de façon saisissante à Jean Hilliker.

Nous tâtonnons pour nous construire une vie quotidienne. C'est plus facile pour Erika que ça ne l'est pour moi. Je commence à devenir sociable. Erika résiste à mes tentatives pour nous confiner entre quatre murs. Nous nous lançons dans toutes sortes d'activités et retournons toujours dans un endroit sombre et clos. Elle sait que je ne demande rien d'autre. Elle veut quelque chose en plus. Je vais mieux. Notre union a de meilleures chances de réussir si nous évoluons dans le monde extérieur – habillés, s'il le faut. Nous nous retrouvons toujours seuls et enlacés. Mes nerfs se calment immanquablement dès que nous arrivons chez moi ou chez elle et que les verrous se referment.

Il y a des choses que tu dois apprendre. Tu m'as emmenée très loin. Laisse-moi te donner ta première leçon sur la vie telle qu'elle existe en dehors de ta tête.

Oui, mon amour – si c'est toi qui le dis, alors je sais que c'est vrai.

J'ai rencontré à deux reprises le futur ex-mari d'Erika. Il personnifie la bienveillance et concède que nous avons tous fait ce qu'il fallait faire. Il incarne une variété unique de cette gratitude que j'ai toujours cherchée. Il a des choses à m'apprendre.

J'obtiens toujours ce que je veux. La plupart du temps, j'étouffe ou je jette ce que je désire le plus. Cela me donne le champ libre pour aspirer à autre chose et reproduire profitablement la même démarche. Erika m'apprend à éliminer cette pratique. Jamais on ne m'a aimé ou enseigné quoi que ce soit avec autant de douceur ni autant de précision ou de bienséance. Il y a les moments où je peste et me replie sur moi-même. Il y a ceux où Erika choisit la confrontation pour me ramener à la vérité. Et notre conviction que de tels moments permettront à nos instants partagés de se prolonger et à notre union de durer.

Erika me fait souvent remarquer nos dimensions cosmiques. Elle ne va pas jusqu'à en créditer Dieu. Personnellement, je voudrais m'arrêter sur un certain soir de l'hiver 1975.

J'ai 26 ans et je suis gravement malade. Je tousse et je crache du sang, et je descends Pico Boulevard sous une pluie torrentielle. Il est tard. Je suis trempé et je n'ai pas d'endroit où dormir. Je longe une rangée de magasins. Un bouton de porte semble luire dans la nuit. Je pose la main dessus. La porte s'ouvre sans aucun effort.

J'entre dans un immeuble de bureaux où il fait bon. Je trouve un bout de plancher près d'une bouche de chauffage en retrait. Mes vêtements sèchent pendant la nuit. Je me réveille, revigoré. Mes quintes de toux chargées de sang se sont calmées, temporairement.

C'est Dieu qui a laissé cette porte ouverte pour moi. Je n'ai aucun doute à ce sujet. J'ai bénéficié de plusieurs répits. D'autres sursis leur ont succédé pour assurer ma survie.

Invisibilité. Le miraculeux rencontre le banal. Des moments qui s'accumulent et forment des états de grâce.

Je viens d'entrer dans l'un d'eux, à présent. Je me sens transformé. Je suis Beethoven avec ses derniers quatuors, mais un Beethoven qui aurait recouvré l'ouïe. De tels moments forment le reste d'une vie. Je rejette l'idée que cette femme puisse être autre chose que le plus grand don que Dieu m'ait jamais fait. Je m'adresse à elle avec la foi d'un homme qui a été croyant toute sa vie. Sa simple existence abroge toutes les formes de scepticisme. Elle m'a vu et elle m'a fait venir à elle. Elle m'a trouvé alors que je me cherchais désespérément, affamé d'Elle et de personne d'autre. Son amour sublime m'enhardit et annihile ma peur et ma rage. Elle est Jean Hilliker ressuscitée par un alchimiste, et bien plus encore. Elle m'ordonne de sortir de l'ombre et de m'avancer en pleine lumière.

Rivages / noir
Dernières parutions

Eric Ambler	*Sale Histoire* (n° 721)
	Docteur Frigo (n° 771)
Claude Amoz	*Racines amères* (n° 629)
Raul Argemi	*Les morts perdent toujours leurs chaussures* (n° 640)
	Patagonia tchou tchou (n° 792)
Olivier Arnaud	*L'Homme qui voulait parler au monde* n° 547)
Ace Atkins	*Blues Bar* (n° 690)
Cesare Battisti	*Avenida Revolución* (n° 522)
William Bayer	*Le Rêve des chevaux brisés* (n° 619)
	Pèlerin (n° 659)
	La Ville des couteaux (n° 702)
	Wallflower (n° 763)
	Punis-moi avec des baisers (n° 849)
Jérémy Behm	*Démolitions en tous genres* (n° 833)
Marc Behm/Paco Ignacio Taibo II	
	Hurler à la lune (n° 457)
M. Behm/J. Behm	*Le Hold-up des salopettes* (n° 856)
A.-H. Benotman	*Marche de nuit sans lune* (n° 676)
	Éboueur sur échafaud (n° 729)
Joseph Bialot	*L'Héritage de Guillemette Gatinel* (n° 821)
James C. Blake	*Crépuscule sanglant* (n° 637)
	Un Monde de voleurs (n° 743)
	Dans la peau (n° 869)
Robert Bloch	*Le Crépuscule des stars* (n° 841)
Lawrence Block	*Moisson noire* (n° 581)
Michel Boujut	*La vie de Marie-Thérèse qui bifurqua quand sa passion pour le jazz prit une forme excessive* (n° 678)

Marc Boulet	*L'Exequatur* (n° 614)
	Contrebandiers (n° 851)
Thomas Bronnec	*La Fille de Hanh Hoa* (n° 877)
K. Bruen/R.F. Coleman	*Tower* (n° 883)
Frederic Brown	*La Fille de nulle part* (n° 703)
Edward Bunker	*L'Éducation d'un malfrat* (n° 549)
	Stark (n° 766)
James Lee Burke	*Le Boogie des rêves perdus* (n° 593)
	Purple Cane Road (n° 638)
	Jolie Blon's Bounce (n° 739)
	Bitterrott (n° 770)
	Dernier tramway pour les Champs-Élysées (n° 820)
	L'Emblème du croisé (n° 857)
	Jésus prend la mer (n° 858)
Sean Burke	*Au bout des docks* (n° 782)
Giacomo Cacciatore	*L'Homme de dos* (n° 796)
James Cain	*Au bout de l'arc-en-ciel* (n° 550)
G. Carofiglio	*Témoin involontaire* (n° 658)
	Les Yeux fermés (n° 847)
Laurent Chalumeau	*Bonus* (n° 870)
Jerome Charyn	*El Bronx* (n° 852)
Daniel Chavarría	*Le Rouge sur la plume du perroquet* (n° 561)
Elliott Chaze	*Noires sont les ailes de mon ange* (n° 814)
George Chesbro	*Le Rêve d'un aigle foudroyé* (n° 565)
	Le Seigneur des glaces et de la solitude (n° 604)
Andrew Coburn	*La Baby-sitter* (n° 712)
Piero Colaprico	*Derniers Coups de feu dans le Ticinese* (n° 722)
	La Mallette de l'usurier (n° 834)
Michael Connelly	*Moisson noire* (n° 625)
Christopher Cook	*Voleurs* (n° 501)
Robin Cook	*Quelque Chose de pourri au royaume d'Angleterre* (n° 574)

Peter Corris	*Signé Mountain* (nº 788)
Peter Craig	*Hot Plastic* (nº 618)
David Cray	*Little Girl Blue* (nº 610)
Jay Cronley	*Le Casse du siècle* (nº 468)
A. De Angelis	*Le Banquier assassiné* (nº 643)
M. De Giovanni	*L'Hiver du commissaire Ricciardi* (nº 831)
J.-P. Demure	*Cher payé* (nº 799)
J.-C. Derey	*L'Alpha et l'Oméga* (nº 469)
Pascal Dessaint	*Loin des humains* (nº 639)
	Cruelles Natures (nº 809)
J. Dickson Carr	*Les Nouveaux Mystères d'Udolpho* (nº 758)
Peter Dickinson	*Quelques Morts avant de mourir* (nº 537)
Sean Doolittle	*Savemore* (nº 773)
	Rain Dogs (nº 838)
Rolo Diez	*Les 2001 nuits* (nº 772)
Tim Dorsey	*Stingray Shuffle* (nº 706)
	Cadillac Beach (nº 832)
L.L. Drumond	*Tout ce que vous direz pourra être retenu contre vous* (nº 717)
James Ellroy	*American Death Trip* (nº 489)
	Destination morgue (nº 595)
	Revue POLAR *spécial Ellroy* (nº 662)
	Moisson noire (nº 668)
	Tijuana mon amour (nº 750)
	Underworld USA (nº 840)
	La Malédiction Hilliker (nº 885)
V. Evangelisti	*Nous ne sommes rien, soyons tout !* (nº 774)
Howard Fast	*Mémoires d'un rouge* (nº 543)
François Forestier	*Rue des rats* (nº 624)
Dominique Forma	*Voyoucratie* (nº 881)
David Fulmer	*Courir après le diable* (nº 780)
Kinky Friedman	*Une fessée pour Watson* (nº 720)
B. Garlaschelli	*Deux Sœurs* (nº 633)
Doris Gercke	*Aubergiste, tu seras pendu* (nº 525)

Barry Gifford	*L'Imagination du cœur* (n° 731)
A. Gimenez Bartlett	*Un vide à la place du cœur* (n° 797)
C. Goffard	*Profession balance* (n° 862)
F. Gonzales Ledesma	*La Vie de nos morts* (n° 835)
David Goodis	*Ceux de la nuit* (n° 760)
Joe Gores	*Privé* (n° 667)
James Grady	*Les Six Jours du condor* (n° 641)
Davis Grubb	*Personne ne regarde* (n° 627)
Wolf Haas	*Quitter Zell* (n° 645)
Oakley Hall	*Warlock* (n° 839)
Éric Halphen	*Maquillages* (n° 823)
Jilali Hamham	*MachiAdam* (n° 846)
P. Hamilton	*Hangover Square* (n° 732)
Josephine Hammett	*Dashiell Hammett, mon père* (n° 736)
Joseph Hansen	*Gravedigger* (n° 757)
Cyril Hare	*Le Clarinettiste manquant* (n° 686)
John Harvey	*D'ombre et de lumière* (n° 777)
	Demain ce seront des hommes (n° 778)
	Traquer les ombres (n° 845)
M. Haskell Smith	*À bras raccourci* (n° 508)
Russel Hill	*La Femme de Robbie* (n° 805)
Tony Hillerman	*L'Homme squelette* (n° 679)
	Le Chagrin entre les fils (n° 713)
Mike Hodges	*Quand tout se fait la malle* (n° 734)
Craig Holden	*La Rivière du Chagrin* (n° 685)
Rupert Holmes	*La Vérité du mensonge* (n° 699)
	Swing (n° 853)
Philippe Huet	*L'Ivresse des falaises* (n° 751)
Fergus Hume	*Le Mystère du Hansom Cab* (n° 594)
Lorent Idir	*Un nageur en plein ciel* (n° 767)
Eugene Izzi	*Le Criminaliste* (n° 456)
Shirley Jackson	*Nous avons toujours vécu au château* (n° 880)
Bill James	*En son absence* (n° 747)
	À cheval sur une tombe (n° 798)
	Question d'éthique (n° 837)
Hervé Jaouen	*Les Moulins de Yalikavak* (n° 617)
Theodor Kallifatides	*Juste un crime* (n° 815)

Stuart Kaminsky	*L'Impossible Monsieur Grant* (n° 744)
	Mildred percée (n° 859)
Thomas Kelly	*Rackets* (n° 773)
Claude Klotz	*Darakan* (n° 730)
Helen Knode	*Terminus Hollywood* (n° 576)
Jake Lamar	*Nous avions un rêve* (n° 748)
	Rendez-vous dans le 18e (n° 879)
Michael Larsen	*Le Cinquième Soleil* (n° 565)
Alexis Lecaye	*Einstein et Sherlock Holmes* (n° 529)
Gérard Lecas	*Le Corps de la ville endormie* (n° 863)
Hervé Le Corre	*Derniers retranchements* (n° 825)
	Les Cœurs déchiquetés (n° 878)
Cornelius Lehane	*Les Fantômes du vieil hôtel* (n° 793)
Dennis Lehane	*Mystic River* (n° 515)
	Gone, Baby, Gone (n° 557)
	Shutter Island (n° 587)
	Prières pour la pluie (n° 612)
	Coronado (n° 646)
	Un pays à l'aube (n° 800)
Christian Lehmann	*La Tribu* (n° 463)
Robert Leininger	*Il faut tuer Suki Flood* (n° 528)
Elmore Leonard	*Gold Coast* (n° 786)
	La Guerre du whisky (n° 811)
	Mr Paradise (n° 812)
	Tishomingo Blues (n° 875)
	Cat Chaser (n° 884)
Bob Leuci	*L'Indic* (n° 485)
Ted Lewis	*Billy Rags* (n° 426)
Eva-Marie Liffner	*Chambre noire* (n° 761)
Chuck Logan	*Brume de chaleur* (n° 762)
Steve Lopez	*Le Club des Macaronis* (n° 533)
Ernesto Mallo	*L'Aiguille dans une botte de foin* (n° 745)
	Un voyou argentin (n° 860)
J.-P. Manchette	*Chroniques* (n° 488)
	Cache ta joie (n° 606)
D. Manotti	*Lorraine connection* (n° 683)
Thierry Marignac	*À quai* (n° 590)
A. Mateo-Sagasta	*Voleurs d'encre* (n° 836)

Ed McBain	*Alice en danger* (nº 711)
Michaël Mention	*Sale temps pour le pays* (nº 882)
Stéphane Michaka	*La Fille de Carnegie* (nº 700)
Max Milan	*Le Visage de la folle* (nº 864)
Bill Moody	*Bird est vivant !* (nº 768)
R. H. Morrieson	*L'Épouvantail* (nº 616)
	Rendez-vous avec un spectre (nº 850)
Tobie Nathan	*Serial Eater* (nº 718)
Jim Nisbet	*Comment j'ai trouvé un boulot* (nº 710)
	Le Codex de Syracuse (nº 753)
Alexis Nolent	*La Nuit du vigile* (nº 824)
Jean-Paul Nozière	*Cocktail Molotov* (nº 746)
	Dernier Tour de manège (nº 818)
	Le Chat aux aguets (nº 890)
Jack O'Connell	*Ondes de choc* (nº 558)
Renato Olivieri	*Ils mourront donc* (nº 513)
	L'Enquête interrompue (nº 620)
J.-H. Oppel	*French Tabloïds* (nº 704)
	Barjot ! (nº 806)
Samuel Ornitz	*Monsieur Gros-Bidon* (nº 716)
Abigail Padgett	*Petite Tortue* (nº 621)
Hugues Pagan	*Je suis un soir d'été* (nº 453)
Robert B. Parker	*Une ombre qui passe* (nº 648)
David Peace	*GB 84* (nº 735)
	44 Jours (nº 769)
	Tokyo année zéro (nº 790)
	Tokyo ville occupée (nº 855)
Pierre Pelot	*Pauvres Zhéros* (nº 693)
Anne Perry	*Un plat qui se mange froid* (nº 425)
Leif GW Persson	*Comme dans un rêve* (nº 842)
Andrea G. Pinketts	*La Madone assassine* (nº 564)
Gianni Pirozzi	*Romicide* (nº 775)
Philip Pullman	*Le Papillon tatoué* (nº 548)
Michel Quint	*À l'encre rouge* (nº 427)
Rob Reuland	*Point mort* (nº 589)
John Ridley	*Ici commence l'enfer* (nº 405)
Christian Roux	*Kadogos* (nº 749)
	L'Homme à la bombe (nº 866)

Marc Ruscart	*Noir Désert* (n° 822)
Barouk Salamé	*Le Testament syriaque* (n° 816)
	Arabian thriller (n° 865)
D. Salisbury-Davis	*L'Assassin affable* (n° 512)
James Sallis	*Drive* (n° 613)
Louis Sanders	*La Lecture du feu* (n° 808)
G. Scerbanenco	*Vénus privée* (n° 794)
	Ils nous trahiront tous (n° 795)
	Les Enfants du massacre (n° 843)
	Les Milanais tuent le samedi (n° 844)
John Shannon	*Le Rideau orange* (n° 602)
Roger Simon	*Final Cut* (n° 592)
Pierre Siniac	*La Course du hanneton dans la ville détruite* (n° 586)
Maj Sjöwall/Per Wahlöö	
	L'Abominable Homme de Säffle (n° 754)
	La Chambre close (n° 755)
	L'Assassin de l'agent de police (n° 764)
	Les Terroristes (n° 765)
Jerry Stahl	*À poil en civil* (n° 647)
Richard Stark	*Firebreak* (n° 707)
	Breakout (n° 827)
Jason Starr	*Frères de Brooklyn* (n° 738)
	Loser (n° 804)
	Harcelée (n° 876)
Rex Stout	*Le Secret de la bande élastique* (n° 545)
D. Swierczynski	*The Blonde* (n° 759)
	À toute allure (n° 810)
Paco I. Taibo II	*D'amour et de fantômes* (n° 562)
	Adios Madrid (n° 563)
	Défunts disparus (n° 871)
Paco I. Taibo II/Sous-Commandant Marcos	
	Des morts qui dérangent (n° 697)
Peter Temple	*Un Monde sous surveillance* (n° 867)
Hake Talbot	*Le Bras droit du bourreau* (n° 556)
Josephine Tey	*Le Plus Beau des anges* (n° 546)
Tito Topin	*Des rats et des hommes* (n° 813)
Nick Tosches	*Night Train* (n° 630)

Jack Trolley	*Ballet d'ombres à Balboa* (n° 555)
Cathi Unsworth	*Au risque de se perdre* (n° 691)
	Le Chanteur (n° 861)
E. Van Lustbader	*Tableau de famille* (n° 649)
Jean Vautrin	*Canicule* (n° 819)
	Baby Boom (n° 854)
Marc Villard	*Le Roi, sa femme et le petit prince* (n° 776)
	Un Ange passe à Memphis (n° 872)
M. Villard/J.B. Pouy	*Tohu-Bohu* (n° 673)
	Zigzag (n° 791)
J.-M. Villemot	*L'Évangile obscur* (n° 781)
	M. Wachendorff
	L'Impossible Enfant (n° 653)
Per Wahlöö	*Meurtre au 31e étage* (n° 801)
	Arche d'acier (n° 802)
	Le Camion (n° 868)
Jim Waltzer	*Keene en colère* (n° 740)
John Wessel	*Pretty Ballerina* (n° 578)
Donald Westlake	*Les Sentiers du désastre* (n° 709)
	Bonne Conduite (n° 727)
	Motus et bouche cousue (n° 728)
	Argent facile (n° 783)
	Mort de trouille (n° 784)
	Comment voler une banque (n° 828)
	Voleurs à la douzaine (n° 829)
	Innocence perdue (n° 848)
J. Van De Wetering	*Meurtre sur la digue* (n° 518)
	Le Cadavre japonais (n° 539)
	Le Juge Ti prend son luth (n° 830)
Charles Willeford	*La Machine du Pavillon 11* (n° 742)
	Je cherchais une rue (n° 826)
Charles Williams	*La Fille des marais* (n° 807)
John Williams	*Gueule de bois* (n° 444)
Timothy Williams	*Un autre soleil* (n° 817)
Colin Wilson	*Meurtre d'une écolière* (n° 608)
	Le Doute nécessaire (n° 670)
Daniel Woodrell	*Un hiver de glace* (n° 803)

Mise en pages PCA
44400 Rezé

Achevé d'imprimer en septembre 2012
sur les presses de Normandie Roto Impression s.a.s.
61250 Lonrai
pour le compte des Éditions Payot & Rivages
106, bd Saint-Germain – 75006 Paris
N° d'imprimeur : 12-3471
Dépôt légal : octobre 2012

Imprimé en France